10
18

12, AVENUE D'ITALIE. PARIS XIIIᵉ

Sur l'auteur

Howard Roughan est un ancien directeur de publicité d'une agence de Manhattan. Il vit dans le Connecticut avec sa femme et son fils. Son second roman, *Un mensonge presque parfait*, a paru aux Éditions Plon en 2005.

HOWARD ROUGHAN

INFIDÈLE

Traduit de l'américain
par Elisabeth PEELLAERT

10/18

« *Domaine étranger* »

dirigé par Jean-Claude Zylberstein

PLON

Titre original :
The Up and Comer

© Howard Roughan, 2001.
© Plon, 2002, pour la traduction française.
ISBN 978-2-264-03626-1

Pour Christine,
qui lit en moi comme nulle autre.

PREMIÈRE PARTIE

UN

Nous dînions ensemble, tous les quatre, comme nous le faisions très souvent. C'était au Grange Hall, dans West Village. Il y avait Connor et Jessica, Tracy et moi. Connor, jamais homme à lancer une conversation, encore moins à la mener, tenait néanmoins le crachoir.

— L'autre jour, commença-t-il en nous lançant des petits regards rapides de ses yeux plissés, je me suis rendu compte que nous sommes parvenus désormais à l'âge où, pour réussir, nous ne pouvons plus nous appuyer que sur notre instinct et notre intellect.

Connor s'interrompit un instant, probablement pour nous laisser le temps d'absorber toute l'ampleur supposée de sa déclaration. Il reprit :

— Si on réfléchit bien, de l'âge de, mettons, vingt-huit à... euh, à peu près trente-quatre, nous sommes lancés sans filet. Plus vieux, il faut espérer qu'on aura réuni assez d'expérience personnelle, professionnelle, ce qu'on voudra, pour nous sortir de n'importe quel merdier. Et plus jeunes, voyons la vérité en face, on n'exigeait rien de nous de vraiment important, justement parce que nous n'avions aucune expérience. Mais c'est pendant ces années intermédiaires — celles que nous vivons actuellement —, que nous sommes réellement livrés à nous-mêmes.

Je me rappelle que j'observais Connor tandis qu'il achevait cette dernière phrase, en prenant lentement un sachet de sucre comme pour tester une prothèse. Je m'en souviens parce que je regrette qu'à ce moment précis ça ne me soit pas passé par la tête : *Il faudrait peut-être que j'arrête de baiser sa femme.*

DEUX

— C'est absolument incroyable !

Tracy se tenait debout devant moi, les bras chargés de sacs de shopping, et souriait jusqu'aux oreilles. Elle était partie depuis six bonnes heures.

— Déjà rentrée ? demandai-je, en interrompant à peine ma lecture du *Times* du dimanche.

Mais, de toute évidence, il n'y avait pas assez de sarcasme dans le monde pour faire éclater la bulle dans laquelle vivait ma femme. Elle fit la sourde oreille.

— Tout m'allait ; tout ce que j'ai essayé m'allait comme un gant. C'était comme un karma... un karma vestimentaire ! dit Tracy en gloussant de rire. C'est exactement ça !

Arrêtons-nous un peu. Si c'était l'appartement de n'importe qui et qu'une scène identique s'y jouait, il y aurait de fortes chances pour que le type dans mes bottes se mette à grommeler et à se plaindre du trou que cette petite virée dans les boutiques allait forer dans son compte en banque. Il y aurait un échange de noms d'oiseaux, suivi d'une prise de bec qui à son tour entraînerait un certain nombre de gestuelles généralement associées aux scènes de ménage telles que coups de pied, cris ou lancer de vase à travers la pièce.

Mais ce n'était pas l'appartement de n'importe qui,

11

c'était notre loft en duplex à Chelsea, trois cent vingt-cinq mètres carrés, payé en liquide par mon beau-père Lawrence Metcalf, qui nous l'avait offert comme cadeau de mariage deux ans auparavant. Ce qui ne veut pas dire que je me suis marié pour de l'argent. Non, je me suis marié pour *beaucoup* d'argent.

Si bien que lorsque Tracy dépensait des sommes à quatre chiffres chez Bergdorf, chez Bendel ou, comme ce dimanche après-midi-là, chez Saks Fifth Avenue, moi, Philip Randall, je m'en foutais éperdument. Ce n'était pas notre argent qu'elle dépensait, c'était celui de papa, et inutile d'être la lame la plus aiguisée du tiroir pour comprendre que si cet état de choses pouvait susciter quelques réflexions sur la morale ou l'estime de soi, il était tout simplement inutile de les exprimer. Point final.

— Philip, si tu veux, je suis dans la chambre.

Naturellement, c'était là un code. Qui signifiait que Tracy avait envie de faire l'amour. Comme si la richesse n'était pas une bénédiction en soi, il se trouvait que dépenser de l'argent excitait ma femme. Ça l'excitait vraiment. Et plus elle dépensait, plus elle était excitée. Ce qui, par ailleurs, laissait place à un intéressant rituel post coïtum. Quand nous avions fini, selon ce qu'elle m'avait laissé faire et l'intensité de sa concentration, je cherchais à deviner combien elle venait de dépenser. Une fois, sur un coup de tête, elle s'était acheté une Pasha Cartier chez Tourneau. C'est la seule fois que nous avons pratiqué la sodomie.

— Ça doit faire au moins trois mille, soufflai-je en roulant sur le côté.

— Deux, souffla-t-elle à son tour. Mais sans la TVA.

(Je serai franc, je n'aurais pas placé la barre plus haut que deux cent, mais enfin, l'expérience m'avait appris à toujours suggérer une somme plus élevée.)

Tracy se leva du lit et se dirigea vers la salle de bains. Je la regardai s'éloigner. Elle était encore très mince, aussi mince que lorsque nous nous étions rencontrés, quatre ans auparavant. Ses seins n'étaient pas gros, mais ils étaient ronds, ils avaient une jolie forme. De temps à autre, quand elle avait trop bu, elle parlait de se faire placer des implants, mais je savais que c'était une chose qu'elle ne ferait jamais.

— Oh, devine sur qui je suis tombée ? me parvint sa voix, depuis la salle de bains.

— Sur qui ?

Tracy reparut dans son peignoir.

— Tyler Mills.

— Sans blague.

— Ouais, et il se souvenait de moi et tout. Évidemment, sur le moment, je ne l'ai pas reconnu. Il avait une mine épouvantable, cela dit.

— Bizarre, l'effet que ça peut avoir sur vous, une tentative de suicide. Où l'as-tu vu ?

— Devant chez Saks. Il était debout près des portes.

— Tout seul ?

Tracy hocha la tête.

— De quoi avez-vous parlé ?

— De rien, en fait. Je lui ai demandé comment il allait et tout ça. C'était... Oh, en y repensant, il a dit quelque chose d'étrange, enfin, pas vraiment étrange, mais un peu curieux.

— C'était quoi ?

— Il a dit qu'il espérait te parler bientôt.

— Et tu as trouvé ça curieux ?

— C'était sa façon de le dire, comme si c'était une chose qui n'allait pas te plaire.

— Quoi, il a dit ça ?

— Non, mais j'ai eu l'impression que ça cachait autre chose. Tu as une idée ?

— Pas la moindre.

— Finalement, je lui ai donné notre numéro et celui de ton travail. J'ai bien fait, non ?

TROIS

Il y a probablement plus d'avocats à Manhattan que dans n'importe quelle autre ville du monde. Je dis *probablement* parce que je n'ai jamais vraiment pris le temps, ou plus exactement, jamais eu l'envie, de le vérifier. Ce genre de statistiques, les New-Yorkais y croient par pur égocentrisme.

Nombreux sont les avocats que je connais qui voulaient déjà le devenir dans leur jeune âge. Souvent parce qu'un parent l'était, ou parce qu'ils avaient subi l'influence d'un personnage avocat à la télévision ou dans un roman qu'ils avaient lu. Je parie que *To Kill a Mockingbird*[1] est à lui seul responsable de la vocation de facilement plus d'une centaine d'avocats dans ce pays. Mais peu importe l'origine de la vocation, en réalité, la seule idée qu'un tas de types pubescents se baladent convaincus de vouloir devenir avocats m'a toujours paru grotesque. Et ça continue.

Moi, je n'ai su que je voulais devenir avocat que lors de ma dernière année à Dartmouth. Ça n'a pas été une grande révélation, et ça n'a pas donné lieu à un profond examen de conscience. En réalité, c'est à cause d'un exercice complètement crétin en cours de sciences politiques.

Nous étions en train de simuler une conférence des

1. *Alouette, je te plumerai*, Harper Lee. (*N.d.T.*)

Nations unies pendant laquelle chaque étudiant représentait un pays membre. Étant donné le contexte politique de l'époque (fin de la guerre froide, capitalisme balbutiant, bla-bla-bla...), l'objectif consistait à défendre le mieux possible les intérêts de notre pays. Je représentais la Hongrie. J'ai fait sauter la baraque.

J'étais parvenu à persuader la majorité de la classe de voter pour chaque projet que j'avançais. Quel que fût l'argument contraire opposé par un autre étudiant, je le réduisais en charpie. C'était complètement fou, et le plus étonnant c'est que c'était aussi d'une incroyable facilité.

Le cours terminé, environ six ou sept autres étudiants sont venus vers moi pour me dire combien j'avais été brillant et, pratiquement chaque fois, ils disaient que je ferais un excellent avocat. Un type, qui ne m'avait jamais dit autre chose que bonjour bonsoir me demanda si j'avais l'intention de me présenter à l'examen d'entrée à la faculté de droit. *L'examen d'entrée à la faculté de droit ?*

Tout simplement, les autres voyaient en moi un talent que je n'avais jamais vu moi-même. Je fus d'abord sceptique — il y avait, après tout, un sacré nombre de débiles dans la classe — mais plus j'y pensais, plus je me disais qu'ils avaient peut-être mis le doigt sur quelque chose. Peut-être ferais-je un bon avocat. De toute façon, j'avais d'autres tours dans mon sac. J'aurais pu faire une licence de littérature française, c'était une bonne façon de draguer les filles. Seulement, même moi je savais que ça ne nourrissait pas son homme.

J'ai présenté l'examen, j'ai atteint les sommets, et j'ai été admis à la Faculté de droit de l'université de Virginie. Je me suis spécialisé en droit pénal et j'ai appris par cœur tout un tas de merdes pendant les trois années de cursus. Quand est arrivée la saison des recrutements, je n'étais sûr que d'une seule chose : je voulais travailler à Manhattan. J'ai reçu trois offres.

Et puis un jour, un professeur m'a entraîné à l'écart après le cours et m'a dit que Campbell & Devine cherchait un associé. C'était comme d'être appelé dans une société secrète. Le petit cabinet de Manhattan était doté d'un immense prestige. Les Bérets Verts du droit. Ayant partagé sa chambre avec Jack Devine à la faculté, le professeur m'assura qu'il pouvait arranger un entretien. Sans vouloir me dénigrer, demandai-je, pourquoi moi ? Parce que vous êtes exactement le genre de fils de pute qu'ils recherchent, répondit-il — un des plus beaux compliments qu'on m'eût jamais fait.

Je ne me rappelle plus le vol pour New York. Je ne pourrais pas vous dire s'il faisait beau ou pas. Je suis sûr d'avoir mangé, mais je suppose que vous pourriez en dire autant à ma place. La seule chose dont je me souvienne, c'est d'être assis en face de Jack Devine, un immense bureau gainé de cuir entre nous, et lui agitant mon CV... puis le déchirant. Lentement.

— Nous n'aurons plus besoin de ça, maintenant, n'est-ce pas ? dit-il sur un ton légèrement théâtral.

Il laissa choir les morceaux de papier sur le bureau. J'aurais pu jurer qu'ils tombaient au ralenti.

L'entretien dura cinq minutes. Il avait consisté en une question et une requête, l'une comme l'autre sans aucun rapport avec le droit. Du moins c'est ce que j'ai pensé. La question, qui vint en premier, me prit totalement au dépourvu.

— Philip, pourquoi les couvercles des bouches d'égout sont-ils ronds ?

Qu'est-ce que j'en savais ? Mais je soupçonnais vaguement que ce n'était pas la réponse que Jack Devine attendait. Alors je restai là à le regarder. Du moins, c'est ainsi qu'il dut voir les choses. Ce qu'il ne pouvait pas voir, c'était le cerveau d'un type cherchant, comme s'il y allait de sa vie, à trouver quelque chose, n'importe quoi, de plausible. Finalement, sans même m'en rendre compte, je crachai une réponse.

— Parce que les bouches sont rondes.

Jack Devine resta là, à me regarder à son tour. Au bout d'un moment, il éclata d'un gros rire tonitruant. C'était comme un coup de tonnerre.

— Parce que les bouches sont rondes ! hurla-t-il. Vingt sur vingt ! Donna, faut que je vous en raconte une bonne.

Une brune aux cheveux épais, vêtue d'une jupe moulante, apparut, toute en courbes, sur le seuil. Staten Island, sans l'ombre d'un doute.

— Parce que les bouches sont rondes, lui dit Devine, avec un accent qui semblait dire « Écoute-moi bien ça ».

— Très drôle, dit Donna, en me décochant un sourire professionnel avant de s'en aller.

Putain, je suis sur le gril, me dis-je. Et après ? Pourquoi le ciel est-il bleu ? Quelle est la différence entre AM et FM ? La parade amoureuse des crabes ? Vas-y, Jack !

Ça n'a pas tardé.

— Vous voyez ce stylo, demanda-t-il en indiquant un Bic sur une console voisine. Je veux que vous me vendiez ce stylo.

Cette fois, je n'hésitai pas. Si un peu de savoir peut s'avérer dangereux, un peu d'assurance peut produire des miracles.

— Vous *vendre* ce stylo ? commençai-je, en me levant et en m'approchant de la console. Merde, Jack, je vous le *donne*, ce stylo.

Je le pris et le lançai sur son bureau.

— Et il y en a un tas d'autres à l'endroit où vous avez trouvé celui-là.

Trois jours plus tard, je reçus un coup de téléphone à la faculté. C'était Donna. Elle me dit de patienter, que Jack voulait me parler. Après suppression du flot constant de heu... que je débitai, la conversation se déroula à peu près comme suit :

JACK :   Vous êtes fana des vacances d'été ?
MOI :   Pas nécessairement.
JACK :   Bonne réponse. Vous commencez le 1ᵉʳ juin, avec un salaire de cent cinquante mille, et si vous n'êtes pas admis au barreau du premier coup, vous êtes viré. Vous pouvez me donner une réponse tout de suite ou me faire connaître votre décision demain matin. Pas plus tard, sinon le gars qui savait pourquoi les couvercles des bouches d'égout sont ronds rafle la mise.
MOI :   Je vous rappelle demain matin.

Le lendemain à neuf heures zéro minute une seconde, j'appelai Devine et acceptai le travail. Il me souhaita la bienvenue à bord et me dit de me préparer à être formidable. C'était il y a cinq ans.

— Bonjour Philip, comment s'est passé votre week-end ?
— Super, répondis-je. Et vous ?
— Atroce.

Ma secrétaire, Gwen. Candide à l'excès.

A la fac de droit, j'étais allé un jour à ce genre de soirée vin-et-fromage où ce type bronzé, associé d'un cabinet de Miami, me rebattait les oreilles sur les us et coutumes du monde des avocats. Rien d'inoubliable dans l'ensemble, excepté une chose. Il a dit que je pouvais faire ce que je voulais, violer autant de règles et travestir autant de vérités qu'il me plairait, mais que je ne devais jamais, au grand jamais, engager une jolie secrétaire. La tentation, m'expliqua-t-il, la bouche pleine de gouda, sèmerait un trop grand trouble dans mon esprit. La remarque me parut pleine de perspicacité. D'autant plus quand j'appris que ses deuxième et troisième épouses étaient chacune capable de taper à plus de quatre-vingts mots minute.

Aussi, j'ai fait en sorte que Gwen soit laide. Enfin, ses parents. Moi, je me suis contenté de faire en sorte qu'elle travaille pour moi. Gwen était grosse, avait des cicatrices d'acné et perdait même ses cheveux. (D'accord, j'ai un peu dépassé les bornes.) Mais elle savait s'y prendre pour me couvrir.

— Le Devine Un vous cherchait, dit-elle en me suivant à l'intérieur de mon bureau. Il est passé il y a vingt minutes. Je lui ai dit que vous étiez à une déposition.

— Excellent, répliquai-je en consultant ma montre.

Neuf heures trente-cinq. Où croyais-je donc travailler ? Dans une agence de pub ? Je commençai à me diriger vers la porte.

— Inutile, il voulait juste savoir si vous pouviez le voir cet après-midi à deux heures, dit Gwen.

— Vous avez des détails ?

Elle secoua la tête.

— Non. Seulement à deux heures dans son bureau.

— Dites à Donna de lui faire savoir que je serai là.

Gwen regagna son bureau et je m'installai devant le mien. Les bureaux de Campbell & Devine se trouvaient au trente et unième étage de l'immeuble Graybar, en plein centre du quartier des affaires. C'était, je crois, un bon quartier pour travailler mais je n'avais jamais eu l'occasion d'établir des comparaisons.

Après l'examen de deux dossiers entrecoupé de longs regards fixes par la fenêtre, je me levai et fermai la porte pour appeler. Au bout de deux sonneries, Jessica décrocha. Nous échangeâmes des salutations. Puis nous en vînmes aux affaires.

— Je ne peux pas aujourd'hui, dit-elle d'une voix étouffée.

En tant que chargée de la publicité à *Glamour*, Jessica était victime du concept de bureau virtuel et du manque d'intimité qui lui était associé.

— Allez..., dis-je.

— Non, je t'assure, reprit-elle, s'efforçant de parler avec plus de conviction. J'ai une présentation cet après-midi et nous avons modifié certains graphiques. Tout est en pagaille. Il faut que je mette un peu d'ordre.

— Apporte-les, dis-je. Je vais t'aider.

Elle rit.

— Oui, c'est ça.

— Je parle sérieusement. Je vais t'aider.

— Philip, je...

Je l'interrompis. Nous avions adopté pour règle de ne pas prononcer nos noms, surtout de son côté à elle. Elle la transgressait régulièrement.

— Désolée, chuchota Jessica.

C'était la prise dont j'avais besoin.

— Écoute, j'ai du travail, moi aussi. J'ai juste envie d'être avec toi aujourd'hui, c'est tout. On restera une heure, maxi.

Je sentais le vent tourner.

— J'apporte le déjeuner, salade Caesar au poulet de chez Piatti Pronti.

— Et un Snapple à la pêche sans sucre ?

— Et un Snapple à la pêche sans sucre, répétai-je.

Victoire.

— Vers midi et demi. J'arriverai le premier.

QUATRE

Jessica Levine est née et a grandi à New York, où, selon toute vraisemblance, elle mourra un jour. En fonction de ce que vous pensez des films de Woody Allen, c'est soit une bénédiction, soit une calamité. Son père avait perdu la guerre contre le cancer quand elle avait six ans, un âge délicat pour ce qui est de la mémoire. Un jour que nous étions au lit ensemble, elle s'est mise à pleurer parce qu'elle ne pouvait plus se rappeler son odeur. Elle savait que c'était un parfum sucré, pas fleuri ou quelque chose dans ce goût-là, simplement sucré. Seulement voilà, tout à coup, elle ne le sentait plus. A peine quelques semaines auparavant, dit-elle, il lui suffisait de penser à lui et d'inspirer profondément pour s'en souvenir. A présent, rien. Une nouvelle victime de la distance que le galop des ans mettait entre elle et le souvenir qu'elle avait de cet homme.

Son père avait été un financier brillant et, comme on pouvait s'y attendre, très bien assuré. Si bien que Jessica, sa mère et son jeune frère Zachary avaient continué à mener une vie confortable dans leur duplex de Park Avenue. Comme le disait Jessica, sa mère avait soigné son chagrin en s'inscrivant à pratiquement tous les comités pour la défense des arts que comptait la ville. Subséquemment, Jessica grandit en assistant à tous les événements où figuraient rideau, cordes de velours ou homosexuels en folie.

Elle était jolie, pas jolie renversante, plutôt le genre de jolie fille qui semble le devenir lentement sous vos yeux. J'ai essayé un jour de le lui expliquer en la comparant à un Polaroid. Je ne sais pas ce qui m'a pris. Si je comprends bien, dit Jessica, ce que tu veux dire c'est qu'à première vue, je suis une image floue ? D'accord, ce n'est pas la comparaison la mieux trouvée, lui assurai-je, faisant aussitôt marche arrière. Mais elle avait compris. Elle comprenait toujours.

Il se peut que les liaisons soient d'abord et avant tout fondées sur le sexe, et en effet, il était rare que dès que Jessica et moi étions seuls, nous ne puissions pas en apporter la preuve. Néanmoins, il y avait quelque chose d'autre. C'était comme si nous vivions tous deux dans la terreur d'avoir un jour, devant l'imminence de la mort, en regardant en arrière avec un soupir vaincu, à nous demander : « *Ce n'était donc que ça ?* » Nous appartenions à une génération gourmande, pour commencer, et elle et moi, semblait-il, plus que la plupart des autres. Nous étions deux individus mus par une nécessité intérieure et pour qui l'égoïsme n'était pas une si mauvaise chose. En résumé, nous étions l'un pour l'autre ce que nos conjoints ne s'étaient pas révélés. Une ambition érotique.

Logistique. Quand notre liaison avait commencé, il nous avait d'abord fallu trouver un endroit pour nos rendez-vous. Nous avions envisagé de louer un petit studio, mais plus nous y réfléchissions, moins l'idée nous paraissait bonne. Devoir signer un bail, risquer d'avoir des voisins indiscrets, et la perspective de s'entendre demander un jour : « Chéri, qu'est-ce que c'est que ces clés ? », c'était trop dangereux. Non, un hôtel ferait mieux l'affaire, avons-nous décidé. Mais lequel ? Jessica suggéra le Paramount. Je lui soufflai que nous courions moins de danger d'être surpris en nous confessant dans un reality show. L'idée, lui rappelai-je, était ne pas craindre de tomber sur des amis ou des relations. L'hôtel ne serait pas forcément un bouge, il suffisait simplement qu'il soit un peu à l'écart.

Notre choix se fixa sur le Doral Court, non loin de Lexington, sur la Trente-neuvième. C'était le genre d'endroit dont on ignorait l'existence jusqu'au jour où quelqu'un vous en parlait. Il était propre, bien situé pour l'un comme pour l'autre, et avait toutes les apparences de la discrétion.

Nous n'y entrions jamais ensemble et nous n'en sortions jamais ensemble. Les choses se passaient ainsi. L'un d'entre nous, moi en général, serait « le premier arrivé ». Ce qui signifiait que je venais en avance et que je prenais la chambre (avec ma carte American Express de société, naturellement, dont le relevé mensuel m'était adressé au bureau). Une fois dans la chambre, j'appelais Jessica à son bureau et je lui indiquais le numéro. Dix minutes plus tard, nous nous retrouvions entre les draps.

Cela se passait deux, parfois trois fois par semaine. A son travail Jessica annonçait qu'elle sortait déjeuner. Au mien, où déjeuner à son bureau était la norme, je prétendais me rendre à ma salle de sports. J'allais même jusqu'à emporter un sac de sport.

Pour certains, j'imagine, tout cela pourrait sembler un peu paranoïaque. Mais voilà, ceux-là n'ont probablement jamais eu de liaison. Le plus étrange dans tout ça, c'est que ces précautions excédaient la simple prudence de deux personnes mettant tout en œuvre pour ne pas se faire prendre. Elles étaient devenues une partie du jeu. En d'autres termes, le secret était le moteur de l'excitation. Il renforçait le lien qui nous unissait. Et, oui, le sexe n'en était que meilleur.

*

J'achetai à déjeuner pour nous deux et pris la direction de l'hôtel. Retirer les clés de la chambre était devenu presque comique. L'équipe de jour avait naturellement fini par me connaître, et ils ne furent pas longs à comprendre de quoi il retournait. Évidemment, ils faisaient semblant de rien, ce qui conférait à leurs gestes un automatisme robotique. Ils souriaient et me disaient toutes sortes de bons mots, mais leurs mouvements étaient apprêtés et tous évitaient les regards inutiles. Enfin, tous, sauf Raymond.

Raymond, comme indiquait son badge, était un jeune Noir qui se détachait des autres non pas à cause de la couleur de sa peau, mais parce qu'il semblait vraiment aimer son boulot. Tandis que les visages de ses collègues affichaient toutes les occasions manquées, Raymond se comportait comme s'il avait décroché la timbale. Il était grand et mince, il avait le crâne rasé et un diamant à l'oreille gauche. Je ne crois pas me tromper en pensant que son supérieur n'avait pas cherché à vérifier dans quelque règlement intérieur si les employés masculins étaient autorisés à porter des boucles d'oreille.

Non seulement Raymond savait ce qui se passait, mais il me faisait savoir qu'il savait. Un sourire imperceptible associé à un hochement de tête au moment où il me remettait la clé. Non qu'il fût tenté de me mettre mal à l'aise. C'était plutôt quelque chose du genre *Hé, vieux, est-ce qu'elle aurait pas une sœur ?*

Ce jour-là, pourtant, je n'eus pas affaire à Raymond. Mais à Brian. Il était nouveau à l'hôtel et n'y était employé que depuis deux semaines. C'était la deuxième fois qu'il s'occupait de moi. Je me le représentais devant la machine à café, dans une arrière-salle, mis au parfum par un autre employé à propos de mes pauses-déjeuner. Est-ce qu'il riait ? Est-ce qu'il cherchait à en savoir plus ? Ou se contentait-il de hocher la tête parce qu'il s'en foutait éperdument ? Peut-être Jessica et moi n'étions-nous qu'un couple illégitime parmi de nombreux autres dans cet hôtel. Peut-être ces types voyaient-ils passer un véritable défilé d'amants et de maîtresses. C'était une grande ville, après tout.

— Votre clé, monsieur Randall. Bon séjour.

Tu peux en être sûr, Brian.

On éprouve toujours une certaine curiosité quand on pénètre dans une chambre d'hôtel. Même quand on sait pratiquement toujours ce qu'on va y trouver. Un lit, une salle de bains, une télévision, un bureau ou une table. Sauf que maintenant, c'est votre chambre, votre salle de bains, votre télévision, votre bureau ou votre table. Du moins pour la durée de la nuit. Ou, dans mon cas, l'espace d'une heure au cours de l'après-midi.

Je commençai par le commencement, je pris aussitôt le téléphone et composai le numéro. Une sonnerie.

— Jessica à l'appareil, dit-elle.

— Chambre 406.

— Entendu.

Nous raccrochâmes tous les deux et je m'appuyai contre la tête de lit. Je détestais attendre, que l'attente dût ou non déboucher sur quelque chose d'agréable. Mes parents (nous y reviendrons) affirmaient que c'était parce que j'étais né prématuré de près d'un mois. Le pli était pris, disaient-ils. Et cela avait fait de moi un enfant impatient qui, en grandissant, devint un adulte impatient. Si c'est une explication un peu trop simpliste à mon goût, je reconnais que, du ventre de ma mère au mariage, je n'ai jamais beaucoup apprécié le sentiment d'enfermement.

Je consultai ma montre. Midi vingt-sept. J'ouvris mon sac de sport et en sortis ma brosse à dents et un tube de Colgate. Amélioration de l'hygiène buccale : tel est le bénéfice inattendu d'une liaison.

Je consultai ma montre à nouveau, cette fois avec une haleine plus fraîche. Midi trente-deux. Je me mis à faire les cent pas, quelque chose dont j'avais l'habitude, et comme cela ne me menait nulle part, je me rassis. Je m'emparai de la télécommande et allumai la télévision. Une série. Une très belle jeune femme expliquait à un très bel homme qu'elle ne pouvait plus supporter ça. Elle ne précisa pas en quoi « ça » consistait, mais elle semblait parler sérieusement. A une certaine époque, je n'aurais pas regardé ce genre de chose pour tout l'or du monde. Bien trop ridicule. A présent, cela ne me paraissait plus autant tiré par les cheveux.

Enfin, on frappa à la porte. Quand j'ouvris, Jessica entra précipitamment, en furie.

— Ma patronne est une vraie conne.

— Qu'est-il arrivé ? demandai-je.

— C'est une conne, c'est tout. C'est moi qui produis tout dans cette boîte, et cette salope a redistribué tous mes budgets sans même me demander mon avis. Je ne peux pas le croire ; on dirait que je représente une menace !

« Tu sais, si je veux entendre quelqu'un se plaindre, je peux appeler ma femme », avais-je envie de dire, mais je ne le fis pas. « C'est dégueulasse », tels furent les mots qui franchirent mes lèvres. Ce qui n'eut d'ailleurs aucun effet. Je ne crois même pas qu'elle m'ait entendu. Je n'ai jamais été très doué pour savoir quand il fallait parler et quand il fallait se taire devant une femme, en particulier devant une femme en colère. Mais j'étais absolument certain que là, il fallait se taire. Alors c'est ce que je fis. Je restai silencieux. Il s'avéra que j'avais raison. Après avoir lâché un peu de pression, Jessica s'interrompit brusquement.

— Oh, mon Dieu, je suis désolée, dit-elle avec un sourire coupable. C'est juste que j'étais tellement en colère.

Elle s'approcha de moi.

— Je ne t'ai même pas dit bonjour, je crois.

Sans me laisser le temps de décider si c'était le moment de me taire, elle s'agenouilla et défit ma braguette. Bonjour.

J'ai eu, deux fois dans ma vie, des relations intimes avec des femmes juives, et l'une comme l'autre n'avaient rien contre le sexe buccal. Au temps pour cette théorie.

Je rendis la politesse à Jessica. Puis, après avoir conclu dans la bonne vieille position du missionnaire, nous nous attaquâmes aux sandwiches et perdîmes rapidement la notion du temps. L'instant d'après, il était deux heures moins dix. *Merde !* J'avais dix minutes pour courir jusqu'au bureau pour ma réunion avec Devine. Dans trente minutes, Jessica devait défendre ses nouveaux graphiques chez Young & Rubicam devant des publicitaires ringards. Nous nous habillâmes tous les deux dans la panique. S'il avait existé une épreuve olympique de boutonnage de chemise avec paiement de chambre d'hôtel simultané, j'aurais sûrement retrouvé ma tête sur une boîte de corn-flakes.

Comme je l'ai dit, d'ordinaire nous mettions en scène nos sorties de la même manière que nos entrées. Mais d'ordinaire nous n'étions pas non plus obligés de courir comme des figurants dans un film d'horreur. L'un après l'autre, les portes-tambour de l'hôtel nous recrachèrent. C'était une violation mineure de nos règles de sécurité ; je pensais qu'elle valait la peine, eu égard aux circonstances.

CINQ

Je parvins en courant dans le hall de réception de Campbell & Devine à deux heures une minute. J'avais dans la gorge un arrière-goût indiscutable de salade Caesar au poulet. Je m'arrêtai pour reprendre mon souffle. Comme j'étais là, haletant, Josephine, la réceptionniste, leva les yeux de son magazine. Elle indiqua mon sac de sport du menton, le visage marqué par la perplexité.

— On peut dire que vous n'êtes pas en superforme pour quelqu'un qui va si souvent faire du sport, dit-elle.

Je ris, pas trop nerveusement, espérai-je, et regagnai mon bureau.

— Appelez Donna et dites-lui de dire à Jack que je serai là dans une minute, lançai-je à Gwen en passant.

En général, je revenais douché de mes rendez-vous avec Jessica (hygiène mise à part, rappelez-vous que j'étais censé être allé à la salle de sport). Mais en ces rares occasions où c'était impossible, je m'en remettais au tiroir. Le Tiroir. Tout homme qui se respecte a son tiroir ; et toute femme aussi d'ailleurs. Un tiroir de bureau garni des objets de toilette indispensables pour le cas où vous auriez besoin de vous rafraîchir au cours de la journée. Moi, je m'en tenais au strict nécessaire : eau de toilette, pulvérisateur pour l'haleine, fil dentaire, gel capillaire, peigne. Ce dont je m'emparai et fis usage rapidement, prouvant une fois de plus que ce qu'il y avait de plus important sur le mur n'était pas mon diplôme d'avocat, mais le miroir accroché derrière ma porte. Les cheveux recoiffés jusqu'au dernier et l'odeur du sexe terrassée par Bulgari Pour Homme, j'émergeai de mon bureau pour me rendre chez Devine.

*

Thomas Methuen Campbell, le Campbell de Campbell & Devine, était un homme distingué au regard serein. Du moins c'est ainsi que le vaste portrait de lui le représentait dans chacun de nos bureaux. Si je l'avais connu, me dit un jour Devine, j'aurais découvert que cet aspect placide n'était qu'une façade. Car derrière elle, en réalité, se cachait un homme beaucoup plus ténébreux.

Selon Devine, Campbell était le dernier des grands fils de pute, doté d'une âme qui aurait fait rougir le diable en personne. Quand il mourut d'une crise cardiaque en 1992, une foule immense se pressa à ses obsèques. Dix pour cent étaient apparemment venus lui rendre un dernier hommage, les autres s'étaient déplacés pour s'assurer qu'il était bien mort. Il y avait beaucoup à dire sur ses prouesses de plaideur, sur sa capacité à affaiblir l'adversaire, et sur son penchant à faire manger un jury dans sa main. Et, par petits morceaux, j'ai pratiquement tout appris de la bouche de Devine.

A l'origine, le cabinet s'appelait Campbell & Associés, et avait été fondé par Campbell en 1972 quand il avait quitté le cabinet d'associés Silver, Platt, Brown & LePont. Il emmena un seul client avec lui, une petite société baptisée Procter & Gamble ! A cette époque, M. LePont jura qu'il se vengerait de Campbell, cette vengeance dût-elle être la dernière chose qu'il ferait. Il s'avéra que la dernière chose qu'il fit fut de glisser dans sa douche un an plus tard et de se tuer. Comble de l'ironie, il glissa sur une savonnette. Une Ivory, bien sûr : la marque phare de P&G.

En 1976, Campbell recruta Devine dès sa sortie de la faculté de droit de l'université du Vermont. A ce stade, six associés travaillaient au cabinet, tous diplômés de Yale, Harvard ou Stanford. En présentant Devine à ses collègues,

Campbell annonça : « Mesdames et messieurs, je vous prie d'accueillir votre groupe témoin. » Un homme moins sûr de lui se serait senti gêné, voire insulté. Devine me dit qu'il avait trouvé que c'était la chose la plus sacrément drôle qu'il eût jamais entendue.

Après quelques années d'apprentissage, Devine accumula les victoires. Au tribunal, il se montrait aussi implacable que Campbell, à la différence près qu'il le faisait avec le sourire. En tant qu'équipe, ils jouaient le rôle de bon flic/mauvais flic à la perfection, et si la plaque sur la porte disait Campbell & Associés, pour tout le monde ils ne tardèrent pas à devenir Campbell & Devine. Devine ne fut pas long à exiger que cela fût reconnu officiellement. Il avait de solides arguments, et s'il y avait une chose que Campbell savait respecter, c'étaient les arguments solides.

Avec apparemment peu de résistance et encore moins de bruit, Campbell accorda à Devine le titre d'associé directeur en 1988. Ce faisant, il n'exigea en retour qu'une seule condition. Qu'à la mort de Campbell, Devine accepte avant chaque décision délicate de se poser la question suivante : qu'aurait fait Campbell ?

Joli coup, de la part d'un homme très intelligent, pour tenter de rester immortel.

*

— Comment va notre Divine Gardienne aujourd'hui ? demandai-je à Donna en souriant jusqu'aux molaires.

Elle quitta à peine des yeux l'écran de son ordinateur et me fit signe d'entrer tel un joueur de base-ball sous Xanax.

Quelques années auparavant, dans un article du *Wall Street Journal*, un journaliste avait décrit Jack Devine comme « le Général Patton armé d'un bloc ». Bien que Devine n'eût aucun passé militaire et qu'il ne se comportât d'aucune manière qui pût suggérer le contraire, le portrait était absolument exact. La raison la plus évidente était la ressemblance physique entre les deux hommes. (Mais j'ai toujours affirmé que Devine ressemblait plutôt à George C. Scott dans le rôle de Patton qu'à Patton lui-même.) Ce qui lui avait réellement valu ce surnom était plus subtil. Il y avait deux choses, en fait. Pour commencer, Devine, comme le célèbre général, possédait les qualités de dirigeant qui exigeaient du talent de la part des autres. Que ce fût par crainte ou par respect, vous ne vouliez jamais décevoir Devine quand vous veniez au rapport. Jamais. Ensuite, en toute logique, lorsqu'il fallait livrer bataille au tribunal — ou ailleurs —, peu d'autres hommes, voire aucun, ne vous semblaient dignes de prendre le commandement[1].

Quand j'entrai dans son bureau, Devine était au téléphone et il me fit signe de m'asseoir. C'était le même fauteuil devant le même bureau gainé de cuir dans lequel j'avais pris place quand il m'avait reçu pour notre premier entretien, cinq ans auparavant. Ce qui avait changé, ou pour employer un terme plus exact, ce qui avait évolué, c'était notre relation. Il avait beau ne pas avoir d'enfants, je vous épargne les analogies du-père-avec-le-fils-qu'il-n'a-jamais-eu. Disons seulement que le gars avait vu en moi quelque chose qui le renvoyait à lui. A en juger par la tournure des choses, il ne faisait aucun doute que ma réussite ne lui portait pas ombrage.

Fort heureusement, je ne déçus pas. Avec Devine comme mentor, j'apparus vite au contraire comme promis à un avenir radieux Il était rare que les petits cabinets établissent des distinctions entre associés, mais Devine le faisait. Vous étiez recruté comme collaborateur. Si vous vous en tiriez bien, vous pouviez devenir collaborateur principal. De là, vous grimpiez à associé ou à associé *à l'extérieur*, l'équivalent commun de « proche, mais pas de cigare ».

Au bout de trois ans, je fus nommé collaborateur principal, plus rapidement que personne d'autre dans toute l'histoire du cabinet.

Le jour de cette promotion, Devine me déclara : « Philip, j'ai toujours pensé que le titre déteint sur l'homme. Dans ton cas, que le titre ait eu parfois besoin de freiner et de lâcher un peu de vapeur devrait te donner un sentiment de fierté d'autant plus grand. »

1. Une note révélatrice : quand il lut l'article mentionné ci-dessus, la seule réaction de Devine fut de souligner que, étant donné l'incident indigne de la gifle qui avait entaché la carrière de Patton, le journaliste s'était dangereusement exposé à une plainte pour diffamation. (*N.d.A.*)

Je souris, apparemment un peu trop. Devine ne releva pas. « Cela dit, si tu prends la grosse tête, tu seras un jeune collaborateur principal dans la merde et au chômage. »

Dans son bureau, Devine haussait le ton au téléphone.

— Écoute, Bob, je me fous de ce que nous dit un expert sans intérêt. Sous-estimer les douze jurés, ça ne marche jamais.

Il roula des yeux tout en laissant entendre qu'il écoutait la réponse de Bob. Puis ce fut son tour.

— Qu'est-ce que je ferais si j'étais toi ? Je vais te le dire. La première chose que je ferais, ce serait de commencer à essayer d'être beaucoup plus comme moi !

Il raccrocha et fit un doigt d'honneur. Il marmonna en me regardant :

— Passé un bon week-end ?

— Ouais, et toi ?

— Ne me demande pas.

— Pourquoi, que s'est-il passé ?

Devine gronda :

— La salope s'est fait arrêter pour conduite en état d'ivresse.

Je savais qu'il parlait de Mme Devine, mais je n'étais pas homme à paraître saisir tout de suite. Salope ou non, elle restait la femme de mon patron. Je lui lançai un regard signifiant « Je ne suis pas sûr de savoir de qui tu parles. »

— Bien joué, Philip, répondit-il.

Nul n'était capable de repérer un frimeur mieux que Devine.

— Etait-elle vraiment ivre ?

— Ça oui ! Et en plein jour. Elle était allée à un brunch au champagne des femmes du club, un peu trop de champagne. Sur le chemin du retour, elle a piqué droit sur un poteau télégraphique.

— Elle n'est pas blessée ?

— Elle va bien. Mais je ne peux pas en dire autant de la voiture.

— Elle est fichue ?

— Pratiquement.

Devine se mit à feuilleter des documents sur son bureau. C'était sa façon d'en venir aux choses sérieuses.

— Alors, tu sais ce que tu vas faire ?

Et dire que je pensais qu'on ne parlerait que de la pluie et du beau temps.

— C'est toi qui vas la défendre, reprit-il.

— Moi ?

Il haussa un sourcil.

— Pourquoi, tu refuses ?

— Non, pas du tout. C'est juste que je pensais...

— Tu pensais que je m'en chargerais.

— Oui.

— Philip, j'ai défendu des cousins, des oncles, un beau-frère, tout ce que tu voudras. La moindre brindille de l'arbre généalogique. Mais je fais une exception. Je ne défendrai jamais quelqu'un avec qui je couche... épouse ou autre. Et tu sais pourquoi ? Parce que mon objectivité s'en trouverait compromise. Tu me suis ?

Je suivais.

Devine se pencha en avant.

— Tu ne baiserais pas ma femme, par hasard ?

J'adorais ce type.

— Ah, non, je ne crois pas.

— Parfait. Cela signifie que tu seras en mesure de rester objectif. La seule chose que je te demande, et j'insiste là-dessus, c'est que les choses se passent aussi rapidement et sans douleur pour elle que possible. Des questions ?

Je croisai les jambes. (C'était devenu ma façon à moi d'en venir aux choses sérieuses, mais je n'étais pas certain que quelqu'un l'eût encore remarqué.)

— Quelques-unes, dis-je, sachant pertinemment que Devine détestait les questions. Est-ce qu'elle a appelé du commissariat ?

— En plein pendant le match de base-ball.

— Et que s'est-il passé ?

— Je me suis assuré qu'elle avait refusé l'Alcootest et pré-féré une analyse de sang, expliqua-t-il. Ce qui donne le temps de métaboliser l'alcool.

Je hochai la tête.

— Les flics devaient être ravis.

— Enchantés, dit-il avec un rire bref. Ils adorent perdre deux heures à l'hôpital, d'autant que ce temps supplémen-taire n'a rien changé. Elle était quand même à 1,6.

— Et le test de la marche ?

— Elle a dit qu'elle titubait pas mal.

— Elle avait peut-être des souliers à talons ?

— Bonne question. Trouve la réponse, dit-il.

— Je ne pense pas que tu veuilles qu'elle vienne au cabinet ? demandai-je.

— Non. Je vais vous arranger un déjeuner, et elle pourra te renseigner.

— Tu ne veux pas être là ?

— Tu crois que je devrais ? demanda-t-il lentement.

Un piège gros comme ça.

— J'aime mieux pas. Je voulais être sûr que tu étais d'accord.

— C'est d'accord, m'assura-t-il.

— Tant que nous y sommes, tu vois un intérêt à assigner le country club ou pas ?

Devine sourit. Rien ne le rendait plus heureux qu'un avocat qui examinait les choses sous tous les angles.

— Non, le club reste le seul endroit où un paria est accepté pour ce qu'il est. Je ne veux pas perdre cela. Et puis, ils sont garantis jusqu'à la gueule.

Donna sonna pour l'informer d'un appel. Quelqu'un du bureau du procureur.

— Il faut que je le prenne, dit-il. Est-ce que dans la semaine, ça t'irait de déjeuner avec elle ?

— Bien sûr.

— Parfait. Je te confirmerai.

Devine tendit la main vers le téléphone et je tournai les talons.

— Oh, Philip ?

— Oui ?

— Pas un mot à personne là-dessus.

— De quoi ?

SIX

Dwight était en super forme.

— Donc je suis en train de sauter cette nana l'autre soir, commença-t-il, et on y allait comme des vedettes de porno.

Il s'interrompit pour tirer une bouffée de cigarette.

— Et donc je décide de la retourner et de la prendre par-derrière, d'accord ? lorsque tout à coup elle me dit : Tu ne crois pas que tu es un peu présomptueux ? Et je dis : Tu ne crois pas que *présomptueux* est plutôt un grand mot pour une fille de cinq ans ?

Et tous d'éclater de rire. Il y a une frontière ténue entre le sordide et le drôle et Dwight Jarvis y avait depuis longtemps planté sa tente. Nous nous étions rencontrés par l'intermédiaire de Connor (qui l'avait connu à l'université du Michigan), parfait exemple de ces amis qu'on ne se fait qu'au travers d'un autre ami. Le jour, il était un investisseur financier, le soir aspirant alcoolique.

Bonjour la sortie entre mecs. Attention, nous n'aurions jamais employé ce cliché surfait pour décrire notre soirée, mais si on réfléchissait bien, nous étions exactement entre mecs, le soir et de sortie. Et complètement partis, pour être précis. Entre autres à cause de la pléthore de cocktails par laquelle nous avions commencé au Monkey Bar. En plus de Dwight, Connor et moi, le groupe comptait Menzi.

Joseph Paul Menzi, tel était son nom complet, bien que, comme c'était souvent le cas avec les Italiens, tout le monde l'appelât par son nom de famille. Il était grand, il mesurait dans les un mètre quatre-vingt-dix, et il avait des cheveux noir de jais qui commençaient depuis peu à s'éclaircir. Dix ans et une vingtaine de livres en moins auparavant, il avait été ailier de l'équipe de football de Dartmouth. (Je vous parle de mains énormes ; un jour, devant une épicerie coréenne, je l'ai vu tenir dans sa paume une pastèque.) Menzi était le benjamin de neuf enfants et de loin le plus riche. Il s'en délectait. En dépit d'innombrables explications, ses parents n'avaient pourtant toujours pas la moindre idée de ce en quoi consistait une opération d'arbitrage. Maintenant que j'y pense, moi non plus.

Et nous étions donc là, surfant sur la crête. Quatre garçons avec beaucoup trop d'argent et d'énergie à dépenser après avoir passé toute la journée à travailler. Ah, être jeunes, beaux et riches dans la ville qui ne dort jamais.

Après quelques tournées supplémentaires, Dwight descendit un dernier bourbon, à peine capable de trouver la table pour poser son verre vide.

— Quelqu'un a faim ? demanda-t-il.

Après une rapide course en taxi, il nous précédait dans le Gotham Bar and Grill, et faisait son numéro devant le maître d'hôtel — un homme grand aux joues creusées, sans doute à force de faire de la lèche aux célébrités depuis des années.

— Franklin, quatre, s'il vous plaît, annonça Dwight.

Le maître d'hôtel nous inspecta rapidement des pieds à la tête. Il y a quelque chose comme cinquante-six muscles différents dans un visage humain, et aucun d'entre eux ne tressaillit sur celui de ce type. Baissant les yeux, il tendit l'index et se mit à passer en revue le cahier de réservation.

— Franklin, Franklin..., marmonna-t-il en faisant glisser son doigt jusqu'au bas de la page sans s'arrêter.

Modérément amusé, il nous informa qu'il ne pensait voir ce nom nulle part.

— Mais si, dit Dwight. Il est là.

Et sur ces mots, Dwight sortit la main droite de sa poche et la posa sur le cahier de réservation. Quand il l'ôta, le portrait de Benjamin Franklin sur un billet de cent dollars fixait du regard le maître d'hôtel. L'effet fut instantané.

— Oh, oui, fit notre meilleur ami, faisant aussitôt disparaître la pièce à conviction. Je crois que nous avons une table pour vous.

Il fit signe à un bonnet D en robe 34.

— Messieurs, si vous voulez bien suivre Rebecca, elle va vous conduire à votre table.

Fichtre, nous aurions suivi Rebecca jusqu'au bas d'une falaise, si c'est là qu'elle nous avait conduits. Une fois arrivée — une table en coin, rien que ça —, elle tendit le bras comme une de ces présentatrices du Juste Prix. Comme nous prenions place, Dwight ne put résister à la tentation de se conduire comme un connard.

— Vous ne seriez pas au menu ce soir, par hasard, chérie ? demanda-t-il.

— Va te faire foutre, répliqua-t-elle.

Et nous en restâmes là.

Nous commandâmes toutes les entrées de la carte avec un mouton-rothschild 88 à 600 dollars la bouteille. Et puis, sans nous en rendre compte, nous commençâmes à jouer à Mieux que Ça, un genre de jeu circulaire au cours duquel chaque participant régale les autres d'une histoire de conquête sexuelle ou de prouesse technique chargée à la testostérone pour qu'ensuite chacun s'efforce de le surpasser. En d'autres termes, plus débile, tu meurs.

Après avoir mangé et écouté Dwight raconter l'histoire des deux infirmières nymphos et de la seringue à arroser la dinde l'été dernier à Nantucket, j'en eus assez.

— Je dois passer un coup de fil, dis-je en me levant.

Le téléphone se trouvait au sous-sol. La soirée entre mecs était l'une des rares occasions où je pouvais appeler Jessica chez elle sans redouter que Connor décroche. Je commençais à chercher une pièce de vingt-cinq cents dans ma poche.

— Votre ami est un connard, dit une voix.

Je me retournai et je trouvai Rebecca en train de fumer une cigarette en douce dans le coin.

— Je vous demande pardon ?

La fille qui nous avait accompagnés à notre table s'approcha et croisa les bras sur sa poitrine.

— Vous sortez avec lui de votre plein gré ou est-ce qu'un châtiment cruel vous y oblige ? demanda-t-elle.

— Qui, Dwight ? dis-je. Oh, il gagne à être connu.

— Aucun risque.

Touché. Je souris et Rebecca tendit la main.

— Rebecca, dit-elle.

— Philip, répondis-je en la lui serrant légèrement.

Elle avait de longs cheveux noirs bouclés, le teint mat, des yeux enfoncés. Au moins un mannequin de catalogue sinon de défilé. Nous restâmes là un moment sans rien dire. Je ne savais pas si elle m'avait simplement fait une conversation polie ou si elle attendait à présent que je lui demande à quelle heure elle finissait son travail. Je n'eus pas à chercher longtemps. Elle aperçut mon alliance.

— Depuis combien de temps êtes-vous marié ? demanda-t-elle.

— Deux ans environ.

— Deux ans, hein ?

Sa bouche dessina un sourire ironique.

— Vous l'aimez ?

Question intéressante.

— Eh bien, oui, mentis-je.

— Bien.

Elle jeta sa cigarette et s'éloigna, non sans m'avoir d'abord frôlé l'épaule avec l'un de ses seins. Voilà une fille qui savait sortir de scène.

Je me ressaisis et glissai une pièce dans le taxiphone.

— Allô ?

— Salut, c'est moi.

— Je déteste quand tu fais ça, répondit la voix de Jessica.

— Quand je fais quoi ?

— Quand tu dis *C'est moi*, comme s'il n'y avait qu'un seul c'est moi dans ma vie.

Elle avait raison.

— Pardonne-moi.

— C'est bizarre que tu m'appelles quand vous sortez ensemble tous les deux. Je ne sais pas si j'aime ça.

— Je suppose que ce n'est pas tout à fait de bonne guerre de ma part, avouai-je.

— Ne te force pas, me corrigea-t-elle. Alors, est-ce que vous êtes sages ?

— En ligne générale, oui.

— Est-ce que Dwight est déjà soûl ?

— Est-il besoin de demander ?

— Je le déteste quand il boit.

— C'est que tu le détestes point final.

— Vous ne pourriez pas essayer de l'aider un peu ?

— Nous ne sommes pas franchement des modèles de sobriété, lui rappelai-je.

La conversation se poursuivit ainsi une minute ou deux. Du bavardage sans importance qui nous donnait l'occasion d'entendre nos voix respectives.

— Alors tu fais quoi ? demandai-je.

— J'essaie de comprendre comment j'en suis arrivée là, répondit Jessica.

— Désolé pour ça.

— Est-ce que je te vois demain ?

— Ça pourrait s'arranger.

— Je t'en prie, ne te donne pas tant de peine pour moi, tombeur.

Je ris.

— Je t'appelle demain matin.

— D'accord.

En remontant, je trouvai Connor tout seul à la table.

— Comment va-t-elle ? demanda-t-il tandis que je m'asseyais.

L'espace d'une seconde, je fus saisi de panique.

— Quoi ?

— Tracy, répondit-il. Je suppose que c'est elle que tu appelais.

— Oh, elle va bien. (*Ouf.*) Où sont les autres ?

— Au bar, pour fumer un cigare.

— Tu n'avais pas envie de les accompagner ?

— Pas vraiment, dit Connor. Et puis, je ne voulais pas que tu croies que nous t'avions planté.

— Merci.

La salle était en effervescence et nous nous accordâmes tous deux un moment pour profiter du spectacle unique qu'offrait la clientèle d'un restaurant classé au top-ten dans le guide Zagat. Au-delà des peaux exfoliées chimiquement, des coachs privés et des chevelures teintes, s'étendait le véritable champ de bataille de la mode. J'avais même trouvé une expression pour le décrire : *garde-robe en campagne*. Une petite reconnaissance oculaire permettait de voir que ce soir-là, malgré les régiments d'Hugo Boss et de DKNY, les armées Prada et Armani semblaient avoir nettement l'avantage. Dans mon costume gris à rayures de chez Brooks Brothers, j'avais l'impression de représenter la Suisse.

Finalement, je remarquai une grande table à l'autre bout de la salle. On devait fêter un anniversaire. Tandis que je m'efforçais de deviner de qui, il me vint à l'esprit qu'il existait probablement deux espèces de gens ici-bas : ceux qui détestent qu'on leur chante « Joyeux anniversaire » dans un restaurant, et ceux qui l'affirment mais en tirent un plaisir secret. Je décidai que je tombais dans la première catégorie et que ma femme, Tracy, tombait sans hésiter, dans la deuxième.

C'est à ce moment précis que j'ai commencé à me dire que la présence de Connor à la table n'était pas seulement à verser au compte de la politesse. Il confirma mes soupçons presque aussitôt.

— Jessica, dit Connor, est bizarre ces temps-ci.

— Bizarre ? Comment ça ?

Il inspira profondément. Depuis que je le connaissais, il n'avait jamais été ce qu'on pourrait appeler expansif. Cette situation était visiblement délicate.

— Les choses sont différentes entre nous, expliqua-t-il. Elle est différente, je ne sais pas ; c'est comme s'il y avait une distance. Même quand nous faisons l'amour, on dirait qu'elle a l'esprit ailleurs.

— C'est peut-être son travail, lui proposai-je. Tu me dis toujours à quel point elle est passionnée. Ou peut-être il y a quelque chose avec sa mère ou son frère, quelque chose dont elle n'a pas voulu t'accabler.

— Non, ça n'a rien à voir, dit-il.

— Comment le sais-tu ?

— Je le sais, c'est tout.

Je suivis des yeux le garçon qui apportait une part de gâteau avec une bougie dessus à la grande table devant nous. Je savais que c'était le type chauve.

— Philip, je crois que Jessica a un amant.

Je me retournai et trouvai le regard de Connor posé sur moi, à l'affût.

— Tu crois *quoi* ?

— Je crois qu'elle a un amant.

— Tu parles sérieusement ?

Il n'avait jamais eu l'air aussi sérieux de sa vie. Le fait qu'il me fixait du regard, simplement, sans dire un mot en réponse constituait le plus gros, le plus gras, le plus affirmatif oui qui fût. Il était sérieux à mort. Il allait falloir se montrer ingénieux.

— Connor, depuis combien de temps êtes-vous mariés Jessica et toi ? demandai-je.

— Dix mois.

— Voilà qui règle la question. Elle ne peut pas avoir d'amant, dis-je avec un sourire rassurant.

— Et pourquoi ? demanda-t-il.

— La loi du cadeau, voilà pourquoi. Dans un couple, les conjoints ne peuvent pas commencer à se tromper mutuellement avant d'avoir eu une première année pour s'offrir un cadeau de mariage. Letitia Baldridge — tu peux vérifier.

Connor n'eut pas l'air de comprendre la plaisanterie.

— Tu sais, ça pourrait être Eric Johnson, dit-il, en hochant la tête comme s'il y voyait plus clair. Nous sommes allés à une soirée il y a deux mois, et Jessica et lui se sont parlé pendant un bon bout de temps. Je te jure, si c'est lui, je le tue. Je prends un revolver et je lui explose les couilles, à cet enfoiré !

— Nom d'une pipe, Connor, du calme. Je ne crois pas que tu aies la moindre raison de t'inquiéter à cause d'Eric Johnson.

— Pourquoi pas ?

— Fais-moi confiance.

— Je ne suis pas d'humeur à faire confiance, au cas où tu n'aurais pas remarqué. Pourquoi pas lui ?

— Parce qu'il goûte la terre jaune, voilà pourquoi.

— Quoi ?

— Il goûte la terre jaune, répétai-je. Tu sais bien, la spécialité de San Francisco.

Il lui fallut une seconde. Il faillit crier :

— Eric Johnson est gay ?

— Ouais, il m'a dragué l'automne dernier.

— Arrête tes conneries.

— D'accord, peut-être pas, mais Tracy m'a dit qu'un ami

à elle de l'école qui le connaît l'a vu au Vault le faire avec un autre type.

— *Le faire* le faire ?

— Je n'ai pas la vidéo, si c'est ce que tu veux dire.

Connor s'affala dans son fauteuil.

— Whaou ! Qui l'eût cru ?

— Freud, apparemment. Eric est l'essence même du fils à sa maman, après tout.

— D'accord, alors ce n'est pas Eric Johnson. Ça pourrait être n'importe qui.

— Ou ça pourrait être personne, lui rappelai-je.

Connor afficha une expression qui signifiait « Vas-y, essaie me faire croire ça ». Je pris les devants.

— Connor, ce n'est pas pour faire mon numéro d'avocat avec toi, mais tout ce que tu m'as raconté est plutôt accessoire. Ce sont des trucs que tu perçois. Maintenant, si un soir, en rentrant, tu la trouves en train de s'envoyer en l'air avec le facteur, là on pourra discuter. Jusque-là, même si elle se montre un peu distante comme tu le dis, je crois vraiment qu'il n'y a pas de quoi s'inquiéter. Mon idée, c'est que ça passera. C'est vrai, peu de temps après notre mariage, Tracy avait le même comportement. Comme quelqu'un qui se mord les doigts d'avoir acheté un article. Je t'assure, un mariage doit être comme une nouvelle maison. Il lui faut du temps pour s'installer.

J'observai Connor. Il semblait ruminer mes paroles.

— Et si elle a un amant ? demanda-t-il.

— Et si, et si ! dis-je en levant les bras au ciel. Et si Jack Kennedy était monté dans une conduite intérieure et Teddy dans la décapotable, hein ? *Et alors quoi* ? Ce que tu dois comprendre, c'est que tu peux spéculer tout le temps que tu voudras sur la question et si, mais que seul compte vraiment ce qui est, pas l'éventualité.

— Quelle éventualité ? fit la voix de Menzi au-dessus de mon épaule.

Dwight et lui étaient revenus du bar.

— L'éventualité que deux gars célibataires comme vous aient pêché quelque chose ce soir, dit Connor brouillant la piste de manière étonnamment invisible.

— C'est drôle que tu dises ça, répliqua Dwight. Il se

trouve que Menzi et moi avons fait la connaissance de deux jeunes et belles Indiennes au bar.

— Gandhi ou casino ? demandai-je.

— J'aimerais bien qu'elles aient du sang casino, répondit Dwight. Alors nous pourrions nous marier riches et calmos, un peu comme quelqu'un qu'on connaît, non ?

— Mais qui ça peut-il être ? fit Menzi en se grattant la tête et en se prêtant au jeu.

Je fis semblant d'être touché et tremblant :

— Ooh, ça fait mal.

— Alors vous auriez une chance, les gars ? dit Connor.

— Faut croire, plastronna Dwight. Et puisque vous semblez ne pas vouloir relever le défi, Menzi et moi n'aurons pas trop de remords à laisser tomber comme de vieilles chaussettes deux vieux schnoques mariés.

— Trente et un ans et déjà un poids mort, soupirai-je en secouant la tête. Que nous est-il arrivé, Connor ?

— Qu'est-ce que tu dis ? répliqua-t-il avec une inflexion de vieillard.

Il se frappa l'oreille.

— Saloperies de prothèses !

Le garçon vint poser l'addition sur la table. Je la pris et la lançai en l'air en direction de Dwight qui la rattrapa d'instinct.

— Merci, mon vieux, dis-je en me levant et en emboîtant aussitôt le pas à Connor qui s'éloignait rapidement vers la sortie.

— Très drôle !

J'entendis la voix de Dwight s'amenuiser derrière moi. J'adressai un clin d'œil au maître d'hôtel, soufflai un baiser à Rebecca et grimpai dans le taxi que Connor avait hélé aussitôt dehors. Tout cela sans jamais casser le rythme.

— Deux arrêts, dis-je à une nuque enturbannée. Le premier sur la Dix-neuvième Rue, entre la Cinquième et la Sixième Avenue. Et le deuxième...

— Quatre-vingt-unième, entre Columbus et Amsterdam, poursuivit Connor, me donnant la réplique.

Le turban acquiesça et le taxi s'éloigna.

— Un de ces jours, il faudra peut-être qu'on paie l'addition, dit Connor.

Je le regardai en secouant la tête.

— Ouais, tu as raison, reprit-il aussitôt. Qu'ils aillent se faire foutre.

Nous éclatâmes de rire et il me sembla que Connor avait probablement émergé de notre conversation dans de meilleures dispositions qu'il n'y était entré. La grande question était : cela allait-il durer ?

A mon retour, Tracy dormait à poings fermés. J'allai dans la salle de bains, refermai la porte derrière moi et me branlai devant l'image mentale d'une partie à trois, composée de Jessica, de moi et d'une certaine hôtesse de restaurant.

Et ce fut tout.

SEPT

Au cours de mon adolescence, je ne parviens pas à mettre le doigt sur l'année exacte, je m'étais créé mentalement une échelle de ce que j'appelais — sans grande originalité — les Facteurs de risque. L'échelle allait de un à dix. Par exemple, quelque chose comme... je ne sais pas, la traversée à pied du Sahara, constituait un Facteur de risque 10. Voler le dernier album des Talkings Heads, en revanche, un Facteur de risque 1. Les deux étaient dangereux, bien entendu, mais pas au même degré. Depuis, cette échelle m'avait servi comme méthode simple et rapide pour évaluer tous les risques qui émaillaient ma vie. En m'y référant, je parvenais mieux à déterminer lesquels valaient réellement la peine d'être courus.

Après notre sortie entre mecs, je m'éveillai le lendemain matin souffrant de deux migraines. L'une, consécutive à la consommation d'alcool, l'autre consécutive à Connor. Ma liaison avec Jessica avait brusquement grimpé d'un Facteur de risque 5 à un Facteur de risque 6. (A titre de comparaison, la perspective d'avoir à défendre la femme de mon patron dans une accusation de conduite en état d'ivresse représentait un Facteur de risque 4, maximum.) Ne vous y trompez pas, la liaison ne présentait pas encore de difficultés. Mais la soirée d'hier avait eu pour effet de me rappeler que je ne contrôlais pas toute la situation. C'est ce qui m'inquiétait un peu. Il était clair que Jessica ne remplissait pas sa part du contrat.

*

Alors, comment un type qui n'est marié que depuis un an et une fille qui garde encore le bronzage de sa lune de miel aux Caraïbes se retrouvent-ils en train de faire l'amour ensemble ? Le moment est venu de répondre à cette question.

Jessica et Connor étaient ce que nous appelions des ARV. Pour Amis Rencontrés en Ville. Quand Tracy et moi nous sommes mariés et nous sommes installés dans notre loft de Chelsea, Tracy avait lancé l'idée qu'il serait amusant de rencontrer un autre couple habitant Manhattan. Le mot d'ordre était qu'il ne pouvait s'agir de gens qu'on nous aurait présentés, il fallait au contraire que nous soyons nous-mêmes à l'origine de cette amitié. C'est cela, selon Tracy, qui était « amusant ».

Et, il ne pouvait pas non plus s'agir du premier couple que nous aurions rencontré. Il fallait que ce couple soit le bon. Tracy avait insisté pour que nous établissions d'abord chacun la liste des trois qualités que nous voudrions absolument trouver chez nos amis, par ordre de préférence. Ensuite, après avoir comparé nos listes, nous déciderions d'une liste commune. Je repoussai le projet en bloc au motif qu'il me paraissait idiot. Tracy me reprocha d'être rabat-joie. Et sans même m'en rendre compte, je me retrouvai assis en face d'elle chez Capsouto Frères à TriBeCa où nous nous appliquâmes à dresser nos listes entre les entrées et le plat principal. Il était interdit de copier.

Quand nous eûmes terminé, Tracy voulut que je lise ma liste le premier. Je refusai en lui rappelant que le plaignant prenait toujours la parole avant le défendeur. Avec un regard réprobateur et son annonce « Voici les trois qualités que je désire le plus trouver chez mes nouveaux amis », elle me lut ceci :

1. Drôles
2. Beaux
3. Sans enfants

Ce fut mon tour. Je m'éclaircis la gorge et lus :

1. Intelligents
2. Casier judiciaire vierge
3. Ne s'appellent pas « mon trésor »

Après de farouches débats, dont aucun, avec le recul, n'offre d'intérêt particulier, notre liste commune comportait en fin de compte une qualité extraite de chacune de nos listes. Voici ce qu'elle indiquait :

1. Beaux
2. Intelligents

Le fait que maintenant notre liste directrice ne présentait guère de différence avec la race dominante ne m'échappait pas. Elle constituait néanmoins la part cédée par chacun de nous, la définition même d'un mariage.

Puis ce fut le début des auditions. (Que croyiez-vous d'autre ?) Il fallut admettre que trouver un couple beau *et* intelligent habitant Manhattan n'était pas aussi facile que ça. Cela exigeait beaucoup d'efforts ou, pour être plus exact, beaucoup de dîners, car c'est alors qu'avait lieu le test décisif. Tandis que Tracy et moi chassions conjointement, c'est Tracy seule qui obtenait des résultats. Quand elle avait fait connaissance de ce qui était généralement la moitié féminine d'un couple potentiel, elle organisait un dîner au restaurant. C'est là que nous pouvions réunir les deux moitiés et décider si elles étaient ou non tissées dans l'étoffe de l'amitié.

Il nous arrivait de savoir qu'il n'en serait rien avant même d'avoir ouvert la carte. Comme ce duo mari-et-femme de l'Upper East Side, par exemple. Il était actuaire et elle rédigeait les nécrologies du *New York Times*. Je ne plaisante pas. Dudley et Martha Erdman, surnommés les Donormyl humains.

Et puis il y eut Alex et Cindy, avec qui il s'en fallut d'un cheveu. Tracy avait rencontré Cindy un dimanche soir à une conférence du club Y de la Quatre-vingt-douzième Rue. Cindy semblait intelligente, et sinon un canon d'après

Tracy, elle possédait de nombreux « beaux traits ». Le soir même, les deux femmes avaient partagé un taxi et Tracy l'avait déposée au coin de la Soixante-neuvième et de la Troisième. Avant de se quitter, elles étaient convenues de dîner au Café Loup le vendredi soir suivant.

En entrant dans le restaurant, je suppliai Tracy de me laisser leur dire que nous étions des échangistes, pour voir leur réaction. S'ils étaient ceux que nous recherchions, soulignai-je, ils apprécieraient la plaisanterie. Inutile de dire que Tracy me décocha à nouveau son regard réprobateur. Trois bouteilles de vin plus tard, je ne pus résister. Ce fut parfait. Après un silence terrifiant, Alex et Cindy éclatèrent de rire. Voilà ! Des Amis Rencontrés en Ville. L'addition, s'il vous plaît.

Pas si vite. Tandis que nous partagions l'addition, Tracy se rendit compte qu'Alex et Cindy avaient notre numéro de téléphone, mais que nous n'avions pas le leur. Cindy l'écrivit alors au dos d'une facture de Banana Republic et le fit glisser sur la table. Il resta là comme une grenade.

— Sept cent un ? N'est-ce pas hors de Manhattan ? demanda Tracy en lisant le code téléphonique.

— Oui, nous habitons à Brooklyn, dit Cindy, visiblement sans aucune arrière-pensée.

Tracy : — Mais, est-ce que je ne vous ai pas déposée à... ?

Cindy : — Oh, c'était chez ma sœur. Nous avons dormi là quelques jours pendant qu'elle et son mari étaient en vacances.

Il faut accorder cela à Tracy, elle ne trahit pas sa déception à table. En fait, quand nous étions montés dans un taxi après avoir dit au revoir à nos nouveaux amis potentiels, elle s'était montrée si polie, si enthousiaste, que je fus pratiquement sûr que Tracy avait décidé de fermer les yeux sur la règle que nous nous étions imposée : « doivent habiter Manhattan ». Imbécile.

— Pas question, dit-elle au moment du démarrage, en fixant le vide devant elle à travers la séparation en Plexiglas.

Nous savions tous les deux qu'elle était déraisonnable, carrément snob pour être plus précis. Nous savions tous les deux que j'avais toutes les raisons de lui rentrer dans le chou à tire-larigot. Et nous savions de toute façon tous les deux que, lorsque la messe serait dite, jamais plus nous ne reverrions Alex et Cindy de Brooklyn.

Après cet épisode, la quête d'ARV perdit un peu de sa fébrilité pendant quelque temps. Et puis, environ un mois plus tard, Tracy rentra à la maison après le travail et m'apprit que nous étions pris le samedi soir. En tant que graphiste free lance occasionnelle (et par occasionnelle, je parle de la fréquence, mettons, avec laquelle on change ses pneus) Tracy avait trouvé un boulot à *Glamour* qui consistait à contribuer à réactualiser la mise en page du magazine. Elle expliqua qu'au cours du pot d'anniversaire d'une rédactrice, elle avait rencontré une fille très sympathique nommée Jessica Levine. Jessica vendait des espaces publicitaires pour le magazine et était fiancée à un programmeur de logiciels.

— Je crois vraiment que ceux-là pourraient être les bons, me dit Tracy en servant un verre de vin. Ça me semble parfait.

Samedi soir, table pour quatre, Zarela.

Ce que je préférai chez Connor Thompson dès cette première rencontre, fut l'ennui absolu qu'il parut éprouver pendant tout le dîner. L'expression de son visage semblait hurler *Et merde, qui sont ces inconnus avec qui je suis en train de manger ? Qui plus est, est-ce que je connais si bien ma fiancée pour qu'elle organise ce genre de rendez-vous ?* Mes sentiments exacts, naturellement, si j'avais été à sa place.

D'un autre côté, Jessica se sentait parfaitement à son aise. Elle nous dit qu'elle avait accepté le dîner parce que la situation « mes amis/tes amis » que tout couple doit affronter avait vraiment commencé à l'agacer. C'est pourquoi, l'occasion de se faire des « nos amis » était inespérée. Pas faux.

Intelligents ?

Nous n'échangeâmes pas exactement nos QI, mais Connor et Jessica semblaient parfaitement à la hauteur et je suis sûr que, interrogés, ils auraient chacun fourni une admirable citation littéraire ou un commentaire personnel sur les complexes militaro-industriels.

Beaux ?

Connor était un homme charmant, en dépit d'un menton un peu fuyant. Des cheveux noirs bouclés, à peine en dessous d'un mètre quatre-vingts. Mais surtout, il avait ces yeux ovales qui à première vue vous faisaient penser qu'il avait du sang asiatique. (Il n'en avait pas.) Il parlait en phrases mesurées et s'il n'avait pas eu le rire facile, on aurait pu le juger un peu coincé.

Quant à Jessica, je vous renvoie à ma remarque précédente sur le Polaroid. Brune, yeux marron, et d'après ce que j'avais pu en juger (et plus tard confirmer), beau corps. Certes, je n'ai pas, aussitôt que je l'ai vue, oublié comment s'appelait Tracy. Jessica n'était pas ce genre de fille. Ce qu'elle était, cependant, c'était très sympathique, très gentille, et elle semblait très fiancée.

Après environ trois margaritas chez Zarela, vous êtes anesthésié. C'est sans doute pourquoi l'endroit continue à obtenir des critiques dithyrambiques d'une année sur l'autre. Ou bien personne n'est en mesure de se rappeler s'il a aimé la nourriture le lendemain matin, ou bien l'engourdissement interdit même d'en sentir le goût. Tandis que nous étions tous les quatre assis en train de lécher le sel sur le bord de nos verres tout en faisant connaissance, il devint évident que ce dîner ne serait pas le dernier, cette idée ayant considérablement gagné en force lorsqu'un peu plus tôt Tracy avait dit :

— Avant que je n'oublie, donnez-moi votre numéro de téléphone, comme ça, nous l'aurons.

Nous vîmes ce code magique 212 que Jessica écrivait sur une serviette en papier et nous sûmes que le destin en avait décidé ainsi. Et voilà, enfin, des Amis Rencontrés en Ville.

Franchissons les étapes. Au cours des mois suivants, tous les quatre ensemble, nous allâmes à des soirées, visitâmes des expositions, et fîmes tout ce qui est de rigueur pour des New-Yorkais, mais nos dîners devinrent le socle de notre amitié. C'était toujours le week-end, jamais dans le même restaurant. Si c'était un vendredi, nous nous quittions généralement après le repas pour cause de fatigue professionnelle. Mais si c'était un samedi, le repas n'était qu'un premier arrêt dans ce qui se terminait généralement par une tournée des boîtes. Car, en dehors des chaussures de luxe et des mauvais feuilletons pour adolescents, Jessica et Tracy partageaient une autre passion : la danse.

Ce qui nous amène à ce samedi fatal.

Connor et Jessica étaient rentrés de leur lune de miel le week-end précédent. Nous avions regardé leurs photos de Saint Barth' au cours du dîner au Gascogne, après quoi les filles avaient décidé d'aller danser au Vinyl. Après une course en taxi vers le bas de la ville, Connor et moi faisions la grimace de l'homme blanc en compagnie de nos épouses, tout en nous efforçant sans grand succès de suivre le rythme.

Vers les deux heures du matin, Connor en eut assez. Il insista pour que tout le monde continue à s'amuser et cria au-dessus de la musique qu'il était épuisé et qu'il rentrait. Un bref regard me fit comprendre qu'il souhaitait que je reste pour chaperonner les filles. J'acquiesçai en articulant silencieusement « A charge de revanche ». Il sourit et se tourna pour embrasser Jessica. Puis il s'en alla.

Au bar, je surveillai Tracy et Jessica qui refaisaient les Solid Gold Dancers. Elles étaient vraiment très bonnes. Girations des hanches, balancement des bras. Pour tous les types présents, elles devaient sûrement se trouver haut placées sur l'échelle des coups d'une nuit. Ça ou un couple de très chaudes lesbiennes rouges à lèvres (encore plus excitant, j'imagine). Tracy portait une jupe courte et un de ces hauts en satin tout boutonnés. Jessica, une jupe tout aussi courte et une chemise blanche ouverte sous laquelle elle portait un genre de body moulant.

Elles continuèrent à danser ensemble jusqu'au milieu de la nuit. Entre les chansons, pardon, les « remixes », elles venaient me retrouver et engloutissaient plusieurs verres. Vers trois heures du matin, elles étaient bourrées.

Réussir à ce que deux femmes ivres quittent un night-club quand elles n'en ont pas envie ne fut pas une mince affaire. Mais je m'appliquai et finis par l'emporter après les avoir littéralement prises chacune par le bras pour les entraîner sur le trottoir. Nous nous entassâmes dans un taxi.

— Uptown, dis-je au chauffeur en lui précisant nos deux arrêts.

— Attends, tu ne peux pas laisser Jessica rentrer toute seule, dit Tracy avec un petit renvoi.

Elle était peut-être soûle, mais elle avait toute sa tête. Comme nous habitions à Chelsea et Jessica Upper West Side, nous serions les premiers à descendre.

49

— Ne soyez pas ridicules, dit Jessica.

C'est ça, ne sois pas ridicule, pensai-je, sachant exactement ce que Tracy avait à l'esprit.

— Non, toi, ne sois pas ridicule, répliqua Tracy. Philip veillera à ce que tu rentres bien.

— Il n'y aura pas de problème, plaida Jessica.

— Naturellement, parce que Philip restera avec toi pour s'en assurer, dit Tracy qui eut finalement le dernier mot.

Le taxi s'arrêta devant notre immeuble et Tracy en descendit. Elle prit Jessica dans ses bras, lui dit au revoir et, à moi : « Merci, chéri. »

— Quatre-vingt-unième, entre Columbus et Amsterdam, rappelai-je au chauffeur.

Il s'éloigna.

Manhattan offrait un spectacle étrange au cours des heures normales de la journée. Après les heures de bureau, c'était un animal tout différent. Restez assez tard dehors et vous êtes sûr de voir quelque chose propre à éveiller l'intérêt du plus blasé. Cette nuit-là, c'était le vieillard en chemise d'hôpital.

Sur le trottoir, de mon côté du taxi, il y avait cette espèce de grand-père qui se promenait vêtu seulement d'une chemise d'hôpital. Ce qui rendait le spectacle vraiment unique, c'était qu'il portait un de ces bracelets d'admission au poignet. Tout en marchant, il regardait de temps à autre par dessus son épaule.

— Hé, Jessica, regarde ça, dis-je en lui montrant ma vitre.

— Hein ?

— Ce type, il faut que tu voies ce type.

Jessica cligna des yeux deux fois et se pencha de mon côté. Le vieillard passa devant le taxi tout en regardant à nouveau par-dessus son épaule.

— Nom d'une pipe, on voit ses fesses !

Je regardai encore et, en effet, le vieux nous montrait la lune. Nous éclatâmes de rire. Jessica eut un grognement de porc et nous rîmes de plus belle. Je surpris le regard de notre chauffeur qui nous observait dans le rétroviseur. A cet instant, je me demandai quel effet cela devait faire de gagner sa vie par tranches de cinquièmes de mile.

Le silence retomba sur une distance de deux pâtés de maisons. Nous nous arrêtâmes à un feu rouge.

— Tu veux m'embrasser ? chuchota Jessica.

Je me tournai vers elle :

— Quoi ?

— Est-ce que tu veux m'embrasser ? chuchota-t-elle, plus lentement cette fois.

Pour être franc, j'en eus le souffle coupé. Bien sûr, tous les types savent dans les quinze premières secondes si oui ou non ils coucheraient avec une fille et, bien sûr, Jessica — même à l'état de Polaroid non développé — avait été un oui sans hésiter. Pourtant, il s'était passé beaucoup de temps depuis ces quinze premières secondes, et je n'y avais plus repensé. Jusqu'à cet instant.

Je commençai à bégayer :

— Je, euh...

— Parce que, moi, j'ai envie de t'embrasser, dit-elle.

Et elle s'exécuta. Elle glissa sur le siège et se mit à m'embrasser en pressant son corps contre le mien. Je suis sûr que si je lui avais demandé d'arrêter, elle l'aurait fait. Mais je ne dis rien. Je ne voulais pas. Au lieu de cela, comme aurait dit le bon révérend Jesse Jackson, je l'embrassai en retour, ce fut l'escalade et sans rien avoir vu venir, nous forniquions. Pas dans le taxi, cependant. Non, notre chauffeur n'eut que le droit d'assister à quelques préliminaires poussés avant de nous débarquer au coin de la Quatre-vingt-unième et de Columbus. La course coûtait treize dollars. Je lui donnai un billet de vingt et lui dis de garder la monnaie. Je lui adressai un clin d'œil. Nous savions tous les deux que c'est lui qui aurait dû me donner un pourboire.

Jessica et moi commençâmes à marcher en direction de l'appartement où elle vivait avec Connor, sans dire un mot. Quand nous eûmes dépassé quelques maisons en grès brun, elle me saisit la main et m'entraîna sous une volée de marches. C'est *là* que nous forniquâmes. Je soulevai sa jupe, baissai sa culotte jusqu'aux genoux et la laissai tomber par terre. (J'adore ces deux petits pas que font les femmes quand elles enlèvent leur slip.) Pendant ce temps, Jessica défit mon pantalon et baissa mon caleçon. C'est seulement alors que furent prononcées ces uniques paroles :

— Es-tu sûre de vouloir ? lui demandai-je.

Elle tendit la main et me mit en elle. J'interprétai son geste comme un *oui*.

Alors, comment un type qui n'est marié que depuis un an et une fille qui a gardé le bronzage de sa lune de miel aux Caraïbes se retrouvent-ils en train de faire l'amour ensemble ? Voilà comment.

Quand ce fut fini, Jessica se décida à parler.

— Il faudra qu'on recommence, dit-elle.

En remontant mon pantalon, je consultai ma montre. J'aurais déjà dû être rentré. Nous échangeâmes un baiser rapide et je courus héler un taxi. Dans notre hâte, nous avions pu nous épargner tout malaise post-infidélité. Mais je ne suis pas certain que nous en aurions éprouvé. Alcool ou pas, la perspective du remords semblait très lointaine.

Dans le taxi qui me redescendait en ville, la seule chose que je retournai dans ma tête fut des idées sur le passé sexuel de Jessica. Je me souvenais que Connor m'avait dit un jour qu'elle n'avait pas eu beaucoup d'amants avant leur rencontre. Étant donné ce qui venait de se passer, cela m'était une piètre consolation. A noter : se faire faire un test dans deux mois. C'est ça, laisse le sida te donner l'impression que, à côté, une grossesse non désirée c'est du pipi de chat. J'estimais que oui, mais je n'avais pas demandé à Jessica si elle prenait la pilule. Mais, dites, qu'est-ce qu'un avortement, comparé à son propre enterrement ? En penchant la tête en arrière dans le taxi, si loin que je pouvais voir les étoiles dans le ciel par la lunette arrière, je songeai comme ce monde était incroyablement égocentrique, chacun-pour-soi. Et sans hésiter, l'exemple numéro un, c'était moi.

Avec un peu de chance, Tracy serait endormie à mon retour dans notre loft. Non, elle lisait au lit.

— Qu'est-ce qui t'a pris si longtemps ? dit-elle, les yeux fixés sur son livre.

Elle ne semblait plus ivre le moins du monde.

— Quelle galère, elle ne retrouvait pas ses clés, répondis-je.

C'eût été un peu gros d'accuser la circulation à quatre heures du matin. Les clés paraissaient plus vraisemblables. Mais, craignant que ce fût insuffisant, j'étais prêt.

— Et j'ai pris le *Times* près de chez eux, ajoutai-je.

J'avais vraiment acheté le journal, mais seulement après avoir pensé sur une distance de trente blocs comment répondre à Tracy si elle me posait la question. J'avais demandé au chauffeur de s'arrêter à un kiosque sur la Quarante-sixième Rue.

— Je me suis mis à bavarder avec le vendeur ; il venait du Yémen. Je lui ai demandé s'il croyait que c'était un bon endroit pour passer des vacances et il a ri comme s'il n'avait jamais rien entendu de plus drôle.

— Il a sans doute cru que tu étais fêlé, dit Tracy en me regardant enfin.

Ce qui était sûr, c'est qu'*elle* devait penser que j'étais fêlé, mais ça m'était complètement égal. Elle pouvait penser ce qu'elle voulait du moment que ce n'était pas que je venais de sauter sa copine Jessica.

Je me déshabillai, fit une rapide toilette post-sexe dans la salle de bains et rampai dans le lit.

— Tu ne t'imagines pas qu'il y a un Four Seasons au Yémen, tout de même ?

— J'en doute, dit Tracy.

Elle referma son livre et éteignit la lumière.

*

J'allai jusqu'à la réception de l'hôtel. Un visage familier m'attendait.

— Salut, Raymond, dis-je.

— Hé, monsieur Randall, ravi de vous revoir.

— Moi aussi. Ça fait un moment.

— Oui, je sais. J'ai pris un peu de congé.

A sa façon de parler, ce n'étaient pas des vacances.

— Pas de problèmes ? lui demandai-je.

Raymond se gratta l'oreille, celle dépourvue de diamant. On voyait bien qu'il se demandait s'il allait se lancer ou pas.

— C'est ma mère, commença-t-il. Je suis rentré pour la voir. Elle a été malade.

— Je suis désolé, lui dis-je, et c'était vrai. Est-ce qu'elle va aller mieux, si vous me permettez ?

— Je sais pas encore. Elle a appris qu'elle a un cancer de l'estomac. Elle savait même pas qu'on pouvait en avoir un là. Elle dit que c'est le diable, qu'il la considère comme une menace pour lui, là-haut sur la terre. Elle est très pratiquante, vous savez.

— Si elle est assez finaude pour savoir que c'est lui, je dirais que le diable n'a pas l'ombre d'une chance.

Raymond éclata de rire et me dit qu'il espérait que j'avais raison. Tout le temps de notre conversation, il m'enregistrait, ses longs doigts caressant le clavier de son ordinateur. *Évidemment* que j'étais là pour une chambre. Raymond savait qu'il n'était pas nécessaire de poser la question.

Cet après-midi-là, j'attendis que Jessica et moi eussions fait l'amour pour lui parler de la conversation que j'avais eue avec Connor la nuit dernière. Je savais que si je le faisais avant, il n'y aurait pas de sexe. Impossible à mon sens de penser à deux choses à la fois.

Jessica sortit du lit et s'éloigna vers la fenêtre. Elle ouvrit les rideaux et resta là, toute nue. Dans le flot de soleil, elle devint une silhouette. Une silhouette inquiète.

— Il est sur notre piste, dit-elle.

— Erreur. Il est sur ta piste.

— Et que dois-je comprendre par là ?

— Je veux dire que tu as un comportement différent avec lui et que ça le rend soupçonneux.

— Mais ce n'est pas vrai.

— Tu le crois peut-être, mais il semble bien que tu montres ton jeu.

— Quoi ?

— Que tu montres ton jeu. C'est un terme de poker. Ça veut dire que tu fais, inconsciemment, quelque chose qui te trahit.

Elle ne suivait pas du tout.

— Mais de quoi parles-tu, bon sang ? dit-elle sèchement.

— Peu importe, dis-je. Écoute, Connor disait que, quand vous faites l'amour, c'est comme si tu n'étais pas là.

— Et ?

— Et, ce que j'essaie de dire, c'est qu'il faut penser à ce que tu fais quand tu fais l'amour ou du moins donner cette impression.

— J'hallucine ! Tu essaies de me dire qu'il faut que je fasse mieux l'amour avec mon mari ?

Je haussai les épaules.

— S'il le faut, tu n'as qu'à feindre l'orgasme.

Elle posa la main sur sa hanche.

— Qu'est-ce que tu crois que je fais ?

Je me figeai et la considérai une seconde. Elle comprit instantanément à quoi je pensais.

— Oui, c'est ça. Comme si j'avais envie de jouer la comédie dans une deuxième pièce.

Mon ego rassuré, je repris :

— Je sais que ça paraît bizarre et je sais que ça peut ne pas être facile pour toi. La bonne nouvelle, c'est que j'ai réussi à calmer Connor hier soir. Je crois qu'il n'y aura plus de problème, vraiment.

Mon jury me dévisagea. Elle semblait s'être ralliée à mon point de vue.

Et puis, elle dit :

— On devrait peut-être rester tranquille un moment.

A la manière dont elle avait lancé ça, comme ça, comme si c'était une pensée longtemps étouffée, il était clair qu'elle se souciait à peine de moi. Ça me mit en rogne.

— Peut-être, répondis-je. En attendant, maintenant que tous les pervers équipés d'un télescope ont pu te mater, est-ce que tu pourrais fermer les rideaux ?

A présent nous étions en rogne tous les deux.

— Ça ne te tracasse donc *jamais* ? demanda Jessica en élevant la voix.

— Quoi ?

— Ça ! Nous ! Ce que nous faisons ici. Ça ne te tracasse donc jamais ?

— Je crois deviner que je dois répondre oui. C'est ce que tu veux ?

Un ricanement.

— Ce que je veux, du moins ce que j'espérais, c'était que pour une fois tu exprimes un peu de culpabilité pour ce que nous faisons. Peut-être, oserais-je dire, un peu de remords.

— Qu'est-ce que cela prouverait ?

— Pour commencer, que tu as des sentiments humains.

Mon tour de ricaner.

— A t'entendre, on dirait qu'on t'a forcée à faire quelque chose contre ton gré.

— Il faut être deux pour danser le tango ! Épargne-moi ça, tu veux ?

— Tu pourrais aussi te rappeler que ce n'est pas moi qui nous ai entraînés sous l'immeuble la première fois.

— Oh, je vois, alors tu es la victime innocente ?

— Ce n'est pas ce que j'ai dit.

— Inutile. Il faut croire que mon pouvoir de séduction était trop irrésistible pour toi ce soir-là, hein ? Pauvre chéri.

Elle commençait à se mettre en colère.

— Tu ne comprends pas, ce que j'essaie de te dire, la seule chose qui me tourmente plus que ma conscience est que tu sembles ne pas t'en faire du tout. En fait, ça ne me tourmente pas... ça me fait peur.

Je secouai la tête.

— Accorde-moi le bénéfice du doute, dis-je. Si je ne t'ai pas parlé de mes moments de culpabilité, cela ne signifie pas qu'ils n'ont pas existé. Oui, j'ai des sentiments humains. Oui, j'ai eu des moments d'incertitude à propos de tout ça. Je ne cherche pas à te retourner l'accusation, mais tu n'as pas vraiment été très bavarde toi-même. Peut-être était-ce comme de jouer au premier qui se dégonfle. Si je n'ai rien dit, c'est en partie parce que tu ne l'as pas fait non plus.

— Si ça nous affecte tous les deux, alors, pourquoi on continue ?

— La force de l'habitude ? plaisantai-je.

J'aurais mieux fait de me taire.

— Tu vois, c'est exactement ce que je veux dire. On dirait que tu es bien trop aveugle ou trop arrogant pour voir clair ! Ce n'est pas un jeu, Philip, c'est la réalité, avec des conséquences réelles. Et toi ? Tu agis comme si tu te contentais de suivre le putain de courant.

— Oh, bon Dieu, Jessica, lâche-moi.

— Tu veux que je te lâche ? Je vais te lâcher, dit-elle.

Jessica commença aussitôt à se rhabiller. Elle ne prononça pas un mot de plus. Je l'observai, assis sur le lit. Quand elle eut fermé avec rage le dernier bouton de sa blouse, elle attrapa son sac et quitta la pièce au pas de charge.

— Va te faire foutre aussi ! hurlai-je quand la porte claqua derrière elle.

HUIT

Déjeuner avec une autre femme, pour changer.

Sally Devine entra au Hatsuhana ce jeudi-là à treize heures quinze, comme prévu. La réservation était en réalité pour treize heures, mais Jack m'avait prévenu qu'elle n'avait jamais eu moins de quinze minutes de retard quelle que fût l'occasion. C'est pourquoi je n'attendais à notre table que depuis quelques minutes lorsqu'elle arriva.

Nous nous étions déjà rencontrés, lors d'un cocktail de Noël organisé pour le cabinet par Jack et elle dans le pied-à-terre qu'ils possédaient en ville, mais je n'étais pas sûr qu'elle me reconnaîtrait. Tout ce que je lui avais dit ce soir-là, c'était « Vous avez un bel appartement ». Si les autres avaient eu moins d'empressement à faire de la lèche à la femme du patron, je suis convaincu que j'aurais pu laisser une meilleure impression.

A présent, elle se tenait devant moi.

— Vous devez être Philip, dit-elle en faisant passer son sac Chanel du bras droit au bras gauche.

Une main lourdement parée de bijoux fut aussitôt tendue vers moi.

— Et vous devez être madame Devine, répondis-je, en me levant pour lui serrer la main.

— Je vous en prie, appelez-moi Sally.

— Alors, Sally.

L'homme râblé et de petite taille aux airs de propriétaire qui l'avait accompagnée jusqu'à notre table lui recula sa chaise. Au premier regard, il ressemblait un peu à un Buddy Hackett japonais.

— *A-ri-ga-to*, dit-elle comme si elle répétait une leçon du cours Berlitz.

Il hocha la tête et posa deux menus sur le coin de la table. Après une petite courbette, il tourna les talons et s'éloigna.

Une fois assise, Sally se pencha vers moi comme si elle avait un secret à me confier. D'une voix étouffée, elle me dit :

— Laissez-moi vous dire tout de suite que j'aurais préféré déjeuner avec vous en de meilleures circonstances.

J'acquiesçai, bien qu'il me vînt aussitôt à l'esprit que, si les circonstances avaient été vraiment meilleures, nous ne nous serions probablement pas donné rendez-vous pour commencer.

Tandis que Sally tendait le cou à gauche et à droite pour examiner les clients aux tables voisines, je l'observai un moment. Au premier regard, elle n'était plus de la première fraîcheur, mais pour une femme de près de cinquante ans, elle faisait le maximum pour lutter contre l'âge et en avait pour son argent. Elle avait des cheveux auburn longs jusqu'aux épaules, des yeux très vifs, et pour autant que je pouvais en juger, un corps bien proportionné. Un lifting n'était pas à exclure, mais la seule opération de chirurgie esthétique évidente était un nez refait. Il était beaucoup trop parfait pour être l'œuvre de la nature.

Son attention se fixa à nouveau sur notre table.

— C'est mon restaurant de sushis favori, déclara-t-elle. Saviez-vous qu'il a eu quatre étoiles au *New York Times* ?

— Je ne savais pas.

— J'aimerais pouvoir venir plus souvent ; je passe le plus clair de mon temps à la campagne en ce moment.

— Je crois comprendre que Jack et vous n'utilisez plus beaucoup votre appartement à New York ?

— Les seules fois, c'est quand nous allons au théâtre ou à des dîners, expliqua-t-elle. Bien sûr, Jack s'en sert quand il travaille tard... ou quand il saute une de ses maîtresses.

Elle l'avait dit avec une telle nonchalance que je crus avoir mal compris.

— Pardon ? dis-je.

— Vous m'avez entendue, fut sa réponse.

Je fus sauvé par une jeune serveuse en kimono. Elle nous demanda si nous voulions boire quelque chose.

— Du saké, commanda Sally.

— Une vodka tonic, dis-je en m'éclaircissant la gorge.

Deux minutes auparavant, j'aurais commandé de l'eau gazeuse. En règle générale, je ne bois pas d'alcool au cours d'un déjeuner de travail. Brusquement, la règle ne me semblait plus aussi importante.

— Bon, avant que je vous raconte les détails de mon malheureux accident du week-end dernier, je vais insister pour que vous me parliez un peu de vous, dit Sally. Après tout, je ne peux rien imaginer de plus ridicule que d'être défendue par un total inconnu. Et vous ?

— Moi non plus, lui dis-je.

Les questions se succédèrent, demeurant néanmoins inoffensives pour la plupart. Puis, sans la moindre hésitation, elle me demanda si je venais d'une famille riche, m'assurant dans le même souffle qu'elle se moquait certainement que ma famille fût salement pauvre ou dégueulassement riche.

— Et vous savez pourquoi je m'en moque, Philip ? Parce que, d'une façon ou d'une autre — salement pauvre ou dégueulassement riche — on n'est jamais propre.

Elle se renfonça dans son siège et attendit ma réaction à son astucieux jeu de mots.

— Je n'avais jamais vu les choses ainsi, dis-je, feignant l'édification.

A partir de là, je n'avais guère d'autre choix que de confier à Sally quelques détails de mon éducation.

Il n'y avait pas, dans mon passé, de camps de caravanes, lui fis-je savoir. Mais pas de nurses non plus. Les Randall étaient strictement une famille de la classe moyenne des banlieues de Chicago, mon père, Jay Randall, étant prioritairement en charge de l'aspect strict. Il avait exercé le métier d'ingénieur électrotechnique dans la même société durant presque toute sa vie et les qualités de précision nécessaires dans ce métier avaient déteint sur l'ensemble de la vie de famille. Mais d'une façon générale je le respectais.

Il m'avait fait suer de temps en temps quand j'étais gosse, mais il avait lui-même sué sang et eau pour me payer quatre années d'université et l'année de préparation avant ça (Dartmouth South : Deerfield).

Ma mère, Ellen Randall, avait été institutrice ainsi qu'épouse dévouée, toujours un peu incertaine quant au remue-ménage autour du féminisme. Elle était originaire de Kennebunk, dans le Maine, et quand j'étais gosse, elle adorait me raconter que mon arrière-grand-père, *Dieu ait son âme,* nageait dans l'Atlantique tous les matins à six heures jusque bien après Thanksgiving. A présent, elle était bénévole à la bibliothèque locale. Hormis replacer les livres sur leurs étagères, je pariais que ma mère était celle qui disait à tout le monde « chuut ! ».

Et enfin, j'avais un frère plus jeune, nommé Brad, qui habitait à Portland, dans l'Oregon, et qui était peintre (de toiles, pas de maisons). Ayant vendu une œuvre ici ou là, il n'entrait pas dans la catégorie des artistes crève-la-faim. Sous-alimentés, plutôt.

Pendant toute mon histoire, Sally resta pendue à mes lèvres. Soit c'était une excellente comédienne, soit elle s'intéressait vraiment à ma famille. Quand elle me demanda si je les voyais souvent, j'eus envie de mentir. J'eus envie de lui dire que nous nous retrouvions à toutes les vacances y compris le jour du Drapeau, que nous étions très proches, que Ken Burns projetait de réaliser un documentaire sur nous qui s'appellerait *La Famille modèle.* Car en ce qui me concernait, le fait qu'en comparaison les Reagan ressemblaient aux Walton ne la regardait pas.

Pour finir, je fus incapable de mentir. J'avais deviné à sa façon de me regarder qu'elle le sentirait. Je suppose que quand on est marié avec un type qui est le plus grand détecteur d'embrouille, ça doit déteindre un peu.

— Montrez-moi votre main, dit-elle en saisissant mon bras.

Mme Devine commença à suivre du doigt les lignes qui striaient ma paume.

— Vous voyez ces deux lignes qui se croisent ?

— Oui.

— Ce sont vos lignes de famille. Voyez-vous comme elles s'éloignent de plus en plus ?

— Ça doit sûrement vouloir dire quelque chose.

— Cela confirme tout ce que vous m'avez raconté. Vous êtes en proie à de profonds sentiments d'aliénation, Philip, est-ce que je me trompe ?

A cet instant précis, je me représentai Sally en train d'apprendre la chiromancie dans quelque cours d'éveil spirituel pour adultes. Je m'imaginai tout le groupe composé de veuves d'hommes riches, de femmes qui avaient déjà appris la boule de cristal, certaines ayant participé à un week-end-séminaire sur la transmission de pensée.

— Est-ce que je me trompe ? répéta Sally.

— Je crois que nous devrions maintenant parler de votre accident, dis-je.

— Je comprends, répondit Sally, en me tapotant la main d'un air entendu.

Je pris ma mallette et en sortis un bloc de feuilles jaunes et un stylo. J'espérais sincèrement qu'une réincarnation d'Allen Funt profiterait de l'occasion pour tourner au coin avec son rire de *Caméra cachée* qui était son image de marque. Rien du tout. Tout cela se produisait réellement.

— Parlons des procédures qui nous attendent au cours des quinze prochains jours, à commencer par l'audience, dis-je. D'abord, vous serez convoquée devant le juge, qui entendra l'accusation portée contre vous. Vous n'avez jamais auparavant été arrêtée pour conduite en état d'ivresse ?

— Oh, Seigneur Dieu ! Jamais ! s'écria-t-elle.

— Bien. Je vous pose la question car votre comté vient de copier sur le Connecticut et de lancer une initiative permettant à des contrevenants primaires de demander de participer à ce qu'on appelle un programme de prévention de l'alcoolisme.

— C'est comme les Alcooliques Anonymes ?

— Non, ce serait plutôt le Buveur Responsable pour Débutants. Je crois que vous venez une fois par semaine pendant dix semaines ou quelque chose d'approchant. Le programme terminé, au bout d'un an, si vous n'avez pas commis d'autres infractions, le procès verbal pour conduite en état d'ivresse disparaît de votre casier.

— Définitivement ?

— Définitivement.

Sally sourit :

— Ça ressemble à la carte sortie-de-prison, on dirait ?

— Un peu. Bien que, dans votre cas, la prison ne soit pas une éventualité. A condition, bien sûr, que vous ne soyez pas arrêtée une deuxième fois pour conduite en état d'ivresse. Là vous allez en prison, il n'y a pas à tortiller.

Le sourire de Sally s'effaça.

— Alors ce programme dont vous parlez, c'est ce que vous pensez que je devrais faire ?

— Très probablement, mais avant de décider, je veux prendre connaissance du rapport de police et voir la vidéo.

— Quelle vidéo ?

— La plupart des commissariats installent des caméras dans leurs locaux. Cela les protège des gens qui portent contre eux des plaintes bidon pour violences. Naturellement, c'est à double tranchant. Cela peut vous disculper. S'il est déclaré dans le rapport de police que vous étiez ivre morte et que sur la vidéo vous apparaissez sobre, nous avons toutes les chances de gagner, sinon d'obtenir un non-lieu.

— Nous sommes autorisés à voir cette vidéo ?

— Moi, oui. Pas vous. Elle se trouve au bureau du procureur.

— Et mon permis de conduire ? Jack me disait que c'est une tout autre affaire.

— C'est vrai. Il s'agit là d'une autre audience devant la Commission de retrait de permis. Jack vous l'a sûrement expliqué, s'il vous a demandé de choisir l'examen de sang plutôt que l'Alcootest, c'est pour donner à votre corps le temps de métaboliser l'alcool. Malheureusement, malgré ce délai supplémentaire, vous étiez quand même à 1,6.

Sally ricana :

— Je crois que c'était encore loin du compte.

— Peut-être, mais en ce qui concerne le procureur, vous étiez en infraction. Et dans ce cas il est obligatoire que votre permis vous soit retiré pendant trois mois.

— Merde !

— Je sais, dis-je.

— Il n'y a rien que vous puissiez faire ? demanda-t-elle avec une expression qui lui avait sans doute valu d'échapper à une ou deux amendes.

— La seule chose que je puisse faire, encore une fois,

c'est étudier le rapport de police et voir s'il n'y a aucune erreur de procédure. S'ils ont merdé d'une manière ou d'une autre, nous pouvons nous en tirer pour vice de forme. Seulement je ne compterais pas trop là-dessus.

Pour être franc, un vice de forme était exactement ce sur quoi je comptais. S'il y avait une chose en ce bas monde qu'un avocat pouvait toujours invoquer, c'était un travail de police bâclé. Non que les flics fussent à blâmer. Apprendre l'ensemble des procédures légales, toutes les règles auxquelles ils devaient obéir, signifiait prendre conscience que tous ces pauvres types ne pouvaient pas se moucher le nez sans violer un règlement ou un autre. Sérieusement, c'était miracle s'ils parvenaient à enfermer quelqu'un derrière les barreaux.

— Maintenant voilà ce que vous allez faire, si vous n'y voyez aucune objection, dis-je en ôtant le capuchon de mon stylo. Vous allez me raconter tous les événements de ce dimanche du début à la fin. Il n'y a pas de détail insignifiant, et pour vous le prouver, je vous demande pardon d'avance pour toutes les fois où je vais vous interrompre avec mes questions tatillonnes. N'oubliez pas, je suis le gentil, celui qui est de votre côté, il est donc important que vous me disiez la vérité autant que vous pouvez vous en souvenir.

Sally hocha la tête. Elle inspira profondément et se lança :

— Bon, vous voyez, je me trouvais au club...

— Avant, interrompis-je aussitôt. A quelle heure vous êtes-vous réveillée ce matin-là ?

Elle me décocha un bref regard signifiant « Je ne vois pas le rapport ». Je ne relevai pas.

Elle haussa les épaules :

— Je pense que c'était vers neuf heures et demie.

— Avez-vous pris un petit déjeuner ?

— Je ne prends jamais de petit déjeuner.

— D'accord, vous n'avez rien mangé. Mais avez-vous bu quelque chose ?

Elle parut décontenancée.

— Vous voulez dire de l'alcool ?

— Pas nécessairement. Vous n'avez pas pris un café ou un jus de fruits ?

— Non, répondit-elle.

J'attendis. Elle savait pourquoi.

— Non, rien d'alcoolisé non plus, ajouta-t-elle.

— Bon, vous vous rendez au club pour ce brunch. A quelle heure êtes-vous arrivée ?

— Je ne sais pas exactement.

— A quelle heure commençait le brunch ?

— A midi, mais j'étais en retard.

Première nouvelle.

— Je suppose qu'il devait être vers les midi et demi, décida-t-elle.

— Était-ce un repas placé ?

— Oui, mais il y a eu un cocktail pour commencer.

— Avez-vous bu un verre à ce moment-là ?

— Oui. Un seul.

— Qu'est-ce que c'était ?

— Un kir royal.

— L'avez-vous commandé, ou bien vous l'a-t-on présenté ?

Haussement de sourcils.

— Vous voulez dire que ça change quelque chose ? demanda-t-elle, incrédule.

Pardon, Sally. Vous lisez les lignes de la main, je pose toutes les questions que je veux.

— Je me suis excusé à l'avance pour les questions tatillonnes, je crois bien.

— C'est vrai, soupira-t-elle, et on nous présentait les verres.

— A présent, vous voilà assise pour déjeuner. Qu'a-t-on servi ?

— C'était un buffet. J'ai pris du saumon poché et une salade.

— A boire ?

— Un autre kir royal.

— Un seul ?

— Un seul.

Je prenais sans cesse des notes et Sally faisait discrètement de son mieux pour les lire. Que mon écriture fût à peine lisible à l'endroit, encore moins à l'envers, devait être extrêmement frustrant pour elle. Les choses étant ce qu'elles étaient, je faillis céder à la tentation d'écrire *cette femme est complètement marteau !*

— Bien. A quelle heure avez-vous quitté le club ?

— Officiellement, le brunch s'est terminé à trois heures. Je suis partie pratiquement tout de suite après.

— Vous sentiez-vous en état de conduire ?

— Absolument.

— Qu'est-il arrivé ensuite ?

— J'ai pris le chemin du retour.

— Et ?

— Et en route j'ai voulu changer de station de radio. J'ai dû quitter la route des yeux, parce que, quand j'ai regardé à nouveau, je roulais droit sur un poteau télégraphique. J'ai tenté de braquer, mais c'était trop tard.

— A quelle vitesse croyez-vous que vous rouliez ?

— Je n'en ai aucune idée.

— Votre air bag s'est-il déployé ?

— Oui.

— La voiture a-t-elle subi de graves dégâts ?

— Quatorze mille six cent soixante-dix-huit dollars, répondit-elle, en détachant chaque syllabe. L'expert de la compagnie d'assurance l'a vue hier.

— Il n'y a pas d'autre véhicule impliqué, c'est bien ça ?

— C'est bien ça.

— Et quelqu'un a-t-il été témoin de l'accident ?

— Non. Mais il y eu cette femme qui est sortie de chez elle après, en disant qu'elle avait entendu le bruit et tout.

— Est-ce la personne qui a appelé la police ?

— Oui. Elle a appelé avant de sortir.

— A-t-elle attendu avec vous ?

— En partie. Elle a dit qu'elle avait un bébé à l'intérieur et qu'elle devait rentrer le surveiller.

— Lui avez-vous dit que vous aviez pris un verre ou deux ?

— Ai-je l'air bête à ce point ?

— Vous seriez étonnée de voir combien d'innocents disent des choses qui les incriminent, Sally.

C'était l'une des explications toutes prêtes que j'offrais à mes clients auxquels je posais des questions délicates, voire carrément insultantes. Néanmoins, je pense qu'elle eut l'effet escompté.

Je repris.

— Donc la police arrive. Une voiture, deux ?

— Une seule.

— Un seul policier, donc ?

— Oui.

— Maintenant c'est là que les détails ont toute leur importance, dis-je. Qu'est-il arrivé ensuite ?

— Le flic sort de son véhicule, il s'approche et me demande si ça va. Je lui dis que oui, que je suis juste un peu secouée.

— Avez-vous parlé en ces termes exacts ?

— Je crois.

— Bien. Ensuite ?

— Il m'a demandé ce qui s'était passé — non, attendez —, il m'a demandé mon permis de conduire et ma carte grise, que je lui ai remis. Puis il m'a demandé ce qui s'était passé, et je lui ai raconté que j'avais manipulé la radio, vous comprenez, que j'avais perdu le contrôle et tout ça.

— Est-ce que vous vous rappelez avoir vraiment dit « *contrôle* » ?

— Je ne suis pas tout à fait sûre.

Brusquement, elle eut conscience qu'il pouvait s'agir d'un choix de vocabulaire peu judicieux.

— Oh, ce n'était pas très malin, si j'ai dit ça, hein ?

— Ça dépend. Quand vous a-t-il demandé si vous aviez bu ?

Son hésitation ne laissa aucun doute.

— Tout de suite après, confirma-t-elle, poursuivant aussitôt par « Merde ! ».

Elle avait parlé assez fort pour faire tourner quelques têtes.

— Ne vous inquiétez pas ; c'est sans importance, lui dis-je. Le policier vous demande si vous avez bu, quelle réponse lui avez-vous donnée exactement ?

— Je lui ai dit que j'avais pris un verre, deux grand maximum. Après cela, il a eu le culot de me demander de marcher droit devant moi.

— Dites-moi, quel genre de talons portiez-vous ? Hauts, moyens... plats ?

— Moyens.

— Trois, quatre centimètres au moins ?

— Oui.

— Vous marchez, comment ça se passe ?

— J'étais un peu chancelante, je vous avoue, j'étais tellement nerveuse.

— Comment vous le reprocher ? dis-je. Vous a-t-il demandé ensuite de vous pencher en avant et de poser le doigt sur votre nez ?

— Exactement. Je me suis même dit que je m'en étais bien sortie, mais voilà que de but en blanc il m'annonce qu'il m'arrête pour soupçon de conduite en état d'ivresse.

— Vous a-t-il lu vos droits ?

— Oui. Puis le fils de pute m'a mis les menottes ! Jack m'a dit que c'était la procédure normale, mais, je veux dire, c'est vrai, n'est-ce pas un peu trop ?

— Ouais, j'ai toujours pensé que c'était un peu excessif, dis-je. Bon, il vous conduit au commissariat. Qu'est-il arrivé à partir de ce moment-là ?

— D'autres flics et d'autres papiers, plein. Pendant ce temps, je ne cesse de demander de pouvoir téléphoner et ils ne cessent de me répondre, dans une minute, dans une minute. Ça m'a vraiment mise en rogne. Pour finir, je leur dis que je refuse de coopérer jusqu'à ce que j'aie pu passer mon coup de fil. Qu'est-ce que vous dites de ça !

— Pas mal. Est-ce que ça a marché ?

— Et comment ! Moins d'une minute après, j'étais en ligne avec Jack. C'est là qu'il m'a dit de ne pas souffler dans l'Alcootest, mais de demander une analyse de sang. Vous auriez dû voir la tête qu'ils ont fait. C'était à qui mettait l'autre en rogne, maintenant. Génial !

Je souris.

— A quel hôpital vous ont-ils conduite ?

— Celui du comté de Weschester.

— Aux urgences ?

— Oui.

— Et Jack est venu vous retrouver là-bas ?

— Oui. Il a insisté pour que les flics lui racontent tout. C'était bien sa façon de gagner du temps. Mais arrivée là, j'étais tellement épuisée que je ne voulais qu'une seule chose, qu'ils me fassent le prélèvement pour que je puisse rentrer.

— Justement, qui a prélevé votre échantillon de sang ?

— Eh bien, dit Sally, une infirmière s'apprêtait à le faire lorsque tout à coup il y a eu un incident dehors. Apparemment, un gosse était tombé d'un arbre dans son jardin et venait d'arriver. Blessure à la tête, hémorragie interne, c'est ce que nous avons entendu dire. Nous avons donc attendu encore. J'ai demandé à Jack s'il n'avait pas poussé le gosse lui-même en venant à l'hôpital pour gagner encore plus de temps. Bref, une autre infirmière, une vieille routière celle-là, est venue faire la prise de sang.

Je posai d'autres questions mais je n'avais plus grand-chose à apprendre. Entre-temps nous avions commandé et mangé, et comme de juste le repas de Sally ne se composa que de trois rouleaux au concombre. (Je peux affirmer que les calories dépensées à mâcher dépassaient celles conte-nues dans la nourriture.) Nous déjeunions dans le « restau-rant de sushi favori » de Sally Devine, et je pouvais parier sans risque qu'en réalité elle n'avait jamais commandé de sushi.

NEUF

Clic ! Tel était le bruit que j'entendais chaque fois que je tentais d'appeler Jessica au cours des jours qui suivirent sa sortie fracassante de la chambre d'hôtel.

De nature, j'étais un type orgueilleux et têtu, très peu enclin à se laisser fléchir. Néanmoins, j'étais prêt à faire amende honorable dès le déjeuner du lendemain de notre dispute, déjeuner qui me trouva dégustant un sandwich à la dinde plutôt que Jessica. Raison suffisante pour abandonner tout principe et implorer sa clémence. Si Jessica avait été une amie, une collègue, ou même Tracy, vous pouvez être sûr que je n'aurais jamais fait le premier pas. Mon frère pourrait le confirmer sans conteste.

Étant gosses, Brad et moi avions l'habitude de nous mesurer dans ces impressionnants concours de regard fixe pendant le dîner. Tandis que ma mère débarrassait la table et que mon père filait allumer la télévision, lui et moi nous lancions dans un combat sans merci. Les règles étaient simples : le premier qui battait des cils avait perdu. Et les résultats étaient immuables : je gagnais toujours. Non que cela décourageât Brad. Mon petit frère était une tête de mule et il continuait à me défier un soir sur deux. Ce qu'il n'a jamais compris, c'est que j'étais encore plus têtu que lui. Beaucoup plus. Au début, nos parents ne prêtèrent pas attention à nos concours. De toutes les formes malsaines que pouvait revêtir la rivalité entre frères, celle-ci devait leur paraître bien inoffensive. Jusqu'au jour où ils remarquèrent que Brad avait acquis un tic nerveux à l'œil droit. Après cela, tout concours de regard fixe fut strictement interdit.

Fin d'après-midi. De retour de mon réjouissant déjeuner en compagnie de Sally Devine, je passai en revue mes messages avec Gwen. Rien d'urgent. J'entrai dans mon bureau et refermai aussitôt la porte derrière moi. Je composai à nouveau son numéro. Deux sonneries.

— Jessica à l'appareil, dit-elle.

— Jessica, s'il te plaît, ne raccroche...

Clic !

Je reposai violemment le combiné en jurant. Il me vint à l'esprit que je m'y prenais peut-être très mal. Il fallait trouver une autre tactique.

*

— Rouge ou blanc ? demanda Tracy, en m'accueillant à la porte ce soir-là, une bouteille dans chaque main.

— Les deux, répondis-je.

— C'est si grave ?

— Non, ça va, j'ai juste beaucoup de travail.

— Tu travailles trop, me dit-elle. Enlève ton costume, le dîner est prêt dans cinq minutes. Tu vas encore une fois être mon cobaye ; j'ai découvert une nouvelle recette aujourd'hui.

Tracy découvrait toujours de nouvelles recettes. Il devait y avoir un rapport avec le fait qu'elle possédait tous les livres de cuisine et était abonnée à tous les magazines de gastronomie de la planète. Elle ne se contentait pas de posséder un exemplaire des *Nouvelles Joies de la cuisine,* elle en possédait deux. La raison, m'expliqua-t-elle, c'était qu'il en fallait un pour y inscrire des notes et des commentaires, et un autre pour le montrer. Je ne savais pas à qui elle montrait l'exemplaire intact, mais tout cela semblait faire partie de l'étrange logique propre à Tracy.

Je me retirai dans notre chambre pour me changer, optant pour un pantalon de jogging et un vieux tee-shirt Dartmouth « Big Green ». Nettement mieux. Mes quatre années à Hanover avaient été marquées par la grande question de savoir si l'université devait ou non cesser d'utiliser le symbole indien. Généralement indifférent au débat, je devais reconnaître que Big Green (Grands Verts) n'était pas exactement à la hauteur de Crimson Tide (Marée Rouge) ou Blue Devils (Diables Bleus) pour ce qui était de la palette des couleurs dont s'inspiraient les surnoms donnés aux universités. Pourtant, cela ne m'avait pas empêché de voler le tee-shirt de mon coturne de deuxième année. Ce qui ne devait pas le gêner beaucoup aujourd'hui. Après son diplôme, il avait lancé une société de logiciels qu'il avait introduite en Bourse. Il pouvait maintenant acheter vingt fois le même tee-shirt, avec moi dedans.

Quand je retrouvai Tracy dans la cuisine, elle avait choisi le rouge. Un castelgiocondo brunello 93. (Le 90 et le 95 étaient réservés aux invités.) Je bus une gorgée et pris un tabouret de bar.

— Et toi, comment s'est passée ta journée ? demandai-je.

— Bien, répondit-elle, en découpant un concombre pour la salade. Des courses, la gym, comme d'habitude. Oh, ma mère a appelé. Elle voulait savoir si nous étions d'accord pour venir prendre un brunch avec elle et papa dimanche prochain, chez eux.

Je ne dis rien. La perspective d'aller jusqu'à Greenwich en voiture et de passer l'après-midi avec mes beaux-parents me contraignait d'ordinaire à inventer une excuse — le plus souvent liée au travail — pour expliquer pourquoi cela m'était impossible. Les choses étant ce qu'elles étaient, l'occasion qui m'était fournie de passer à la suite mine de rien était trop bonne pour la laisser échapper.

— Oui, bonne idée, lançai-je, négligemment. Dis donc, à propos, il y a longtemps que nous n'avons pas vu Connor et Jessica, il me semble ?

— Je ne sais pas, peut-être, dit Tracy. Tu veux bien me prendre le gorgonzola dans le réfrigérateur ?

Je quittai le tabouret et allai jusqu'au Sub-Zero. Je pris le gorgonzola.

— Tu sais quoi, pourquoi ne les appellerais-tu pas pour voir s'ils sont libres demain soir ?

— C'est un peu court, répondit Tracy. Et puis, j'ai pensé

qu'on pourrait faire quelque chose ensemble, rien que toi et moi.

— Et samedi soir ?

— Nous avons cette soirée chez les Wagman.

— Le week-end prochain ?

— Bon, d'accord, dit Tracy en s'accompagnant d'un haussement d'épaules. Je vais voir avec Jessica.

Et voilà, j'avais employé ma nouvelle tactique. C'était remarquablement simple. Si je ne pouvais reprendre seul ma liaison, rien ne m'interdisait de chercher de l'aide auprès de ma femme, non ?

On peut dire que je jouais avec le feu.

Le dîner de Tracy se révéla être un filet de porc en croûte d'amande accompagné de confiture de canneberges, avec l'aimable autorisation de *Cuisine légère*. A la suite de chaque recette, le magazine indiquait le nombre de calories et d'autres informations pertinentes destinées aux personnes soucieuses de leur santé telles que pourcentage de lipides, protéines, et glucides. Tout en mangeant, Tracy se faisait un plaisir de me tenir informé des grammes et des milligrammes correspondants. Le plus ridicule, naturellement, c'est qu'ensuite nous nous mîmes à engloutir un demi-litre d'Häagen-Dazs aux amandes chocolatées. En nous passant la boîte et la très grosse cuillère devant la télévision, nous n'engageâmes à aucun moment la conversation sur les informations nutritionnelles.

*

Le lendemain soir nous trouva Tracy et moi au Barocco, sur Church Street. J'aimais cet endroit à cause de la nourriture (italienne). Tracy aimait cet endroit parce qu'il attirait une clientèle bohème. Vêtements noirs, lunettes sans montures, accents étrangers. Tout en observant les dîneurs, elle me raconta sa journée, qui en gros s'était passée à regarder des photos de maisons à louer dans les Hamptons. Tout ce qui m'intéressait vraiment c'était de savoir si elle avait ou non parlé à Jessica à propos de notre dîner. Je ne voulais pas poser la question et paraître trop impatient, j'attendis donc, calmement qu'elle aborde le sujet... j'attendis... j'attendis. Finalement, elle y vint tandis qu'on retirait nos assiettes.

— Est-ce que je t'ai dit que j'ai parlé à Jessica aujourd'hui ? demanda-t-elle.

— Je ne crois pas.

Tracy se mit à glousser de rire. Elle faisait toujours ça quand elle tenait une bonne histoire, ou une « rumeur » comme elle disait souvent.

— Qu'y a-t-il de si drôle ?

— Promets-moi d'abord de ne rien dire parce que Jessica me tuerait.

— Je ne dirai rien, déclarai-je, en m'efforçant d'adopter un ton de loyauté bien tempérée.

— C'est très bizarre, commença-t-elle, complètement rassurée. J'appelle Jessica pour voir si nous pouvons nous retrouver pour dîner le week-end prochain comme nous en avions parlé toi et moi, et elle a ce long silence ; j'ai cru que nous avions été coupées ou quelque chose. Elle finit par me dire qu'ils sont déjà pris. Pas de problème, je lui dis. Ce sera pour une autre fois.

« Alors nous commençons à parler de tout et de rien, de son travail, et je finis par lui demander comment va Connor. C'est là qu'elle a ce deuxième long silence. A ce moment-là, je me dis qu'il y a peut-être un problème et je lui pose la question.

— Qu'a-t-elle répondu ?

Tracy gloussa encore.

— Pour être exacte, je ne crois pas qu'il y ait le moindre *problème*.

— Pourquoi ? Que veux-tu dire ?

Tracy allait répondre quand nous fûmes interrompus par notre serveur armé d'un ramasse-miettes. Le genre d'instrument qui ressemble à un rasoir, comparaison tout à fait exacte étant donné qu'avec ses mouvements aussi lents que précis, notre serveur semblait raser la nappe. Tandis qu'il ôtait les miettes, Tracy et moi restâmes silencieux. Rares étaient les couples à Manhattan capables de poursuivre une conversation dans ces circonstances. Ne rien dire paraissait la conduite adaptée.

Dès que nous eûmes une table propre devant nous, Tracy reprit où elle en était restée.

— Bref, donc quand j'ai demandé à Jessica ce qui se passait, il se trouvait que tout allait pour le mieux. En fait, je crois que l'expression qu'elle a employée était « du sexe génial, explosif, accompagné d'orgasmes multiples ».

Tracy s'interrompit tandis que je penchais la tête comme pour dire : Je te demande pardon ?

— Non que Jessica ait eu à se plaindre avant, expliqua-t-elle. Ils ont toujours eu une sexualité satisfaisante, seulement maintenant, Dieu sait pourquoi, c'est devenu autre chose. Connor et elle sont apparemment parvenus à « un degré nouveau de conscience sexuelle ». Encore ses propres mots, pas les miens. Est-ce que tu prendras un dessert ?

Je répondis que non. Le peu d'appétit qui me restait avait très vite disparu.

— Franchement, dit Tracy, je n'en croyais pas mes oreilles. Bien sûr, nous avons déjà parlé sexualité, mais jamais comme ça. Elle m'a même mentionné des positions — comme ci et comme ça — et, ah oui, comment s'appelle déjà celle qu'elle m'a décrite ?

Tracy réfléchit une seconde.

— Si, écoute-moi ça... le papillon.

— Le papillon ?

— Je n'en ai jamais entendu parler non plus. A l'entendre l'expliquer, avec force détails je dois dire, elle se couche sur le dos au bord du lit et Connor, debout sur le sol devant elle, lui soulève les hanches. Elle pose les chevilles sur ses épaules et je suppose que là, ils s'y mettent. Je ne pouvais pas croire qu'elle me racontait ça. Je veux dire, je suis heureuse que Jessica ait eu envie de partager ça avec moi. Mais tout de même, j'ai trouvé ça bizarre. Une chose est sûre — c'est un de ses côtés que je ne connaissais pas encore.

Je restai là, m'appliquant à contrôler ma réaction. Amusement, curiosité, excitation peut-être. L'irritation était hors de question. Ce n'était guère facile.

Touché, Jessica Levine.

Avec Tracy, elle savait qu'elle disposait de la messagère idéale, une femme incapable de garder pour elle une anecdote un peu salace. Leur conversation n'avait eu d'autre but que de me revenir. Une petite vengeance pour avoir conseillé à Jessica de mettre un peu plus d'ardeur dans le sexe conjugal. Il n'y avait aucun doute là-dessus. Si elle ne m'avait pas exaspéré autant, je l'aurais félicitée pour son ingéniosité. Sans trangresser son vœu de silence, Jessica s'était arrangée pour me repousser quand même. C'était un coup dont j'eusse été fier.

Voilà qui m'apprendrait à jouer avec le feu. Et l'idée que les conséquences eussent pu être pires ne me consolait pas. Mon plan avait échoué. J'étais revenu à la case départ. Du moins, c'est ce que je pensais. Jusqu'au moment où Tracy ajouta un post-scriptum.

— En tout cas, pour ce qui est de sortir ensemble, je me suis rappelé pendant que Jessica parlait que nous avions bientôt cette soirée au Lincoln Center. Tu sais, celle pour laquelle sa mère nous a eu des billets ? Nous les verrons à ce moment-là.

Notre serveur était revenu. Changeant d'avis, je commandai un dessert.

DIX

— Alors, Philip, dis-je, jouant mon plus beau Lawrence Metcalf, comment va le cabinet ?

— Ce n'est pas du tout lui, dit Tracy, en me décochant un de ses regards. Et puis, est-ce que tu préfères que mon père se fiche totalement de ton travail ?

Dieu merci, c'était une question rhétorique, car je doute qu'elle eût apprécié la réponse.

La circulation était enfin plus fluide à l'entrée du pont George-Washington sur le West Side Highway. C'était un dimanche de mai, le ciel était bleu et le soleil qui se reflétait sur l'Hudson lui donnait l'air d'une carte postale, si vous pouvez croire ça. Tracy mit le CD de Freedy Johnson, *This Perfect World*, et je me mis à chanter, battant le rythme sur le volant. Et l'espace d'un moment bref et lumineux, j'oubliai presque notre destination.

*

Et maintenant, voici les Metcalf...

Le père de Tracy, Lawrence Metcalf, était un riche de longue date, ce qu'il y a de mieux comme chacun sait, car cette situation s'accompagne d'un niveau de prestige qui ne s'achète pas avec de l'argent craquant neuf. Il en était parfaitement conscient, naturellement, et il vous le rappelait chaque fois qu'il avait un regard de côté ou caressait son menton princetonien. L'an dernier, il avait quitté ses fonctions de P-DG de Mid-Atlantic Oil et pris sa retraite quelques mois après avoir signé une licence de forage avec le gouvernement du Kazakhstan sur une superficie de plus de vingt mille hectares. C'était sa façon à lui de se retirer avec panache.

Le père de Lawrence Metcalf avait été un genre de roi de l'immobilier de Manhattan, gagnant le surnom de « M. East Side » à cause de tous les pâtés de maisons qu'il possédait avant la guerre. Il était, quant à lui, le fils d'un riche banquier, à l'époque où le métier de banquier était plus une vocation qu'une profession. Plus important, surtout pour les Metcalf à venir, il avait été un investisseur hors pair et très avare. De loin, la meilleure recette pour confectionner un héritage.

Amanda Metcalf, la mère de Tracy, était une belle du Sud transplantée. Ses amis l'appelaient Mandy, ce qui n'aurait pas été trop grave dans un monde sans Barry Manilow. Avant de connaître Amanda, je m'étais toujours demandé quelle était la cible du magazine *Town & Country*. C'est elle qui me fournit la réponse. Elle était grande, toujours artificiellement blonde, et si elle avait perdu quelques batailles contre la force de gravité, elle n'avait pas encore perdu la guerre. (Peut-on parler de « chambre à l'année au Canyon Ranch [1] » ?) Mais n'allez pas croire que j'aie brossé un portrait peu flatteur de cette femme ; je dirais qu'en tant que personne, Amanda Metcalf était charmante, intelligente et cultivée. Et j'ajouterais qu'elle était capable de raconter une blague obscène *avant* d'avoir bu.

Tracy, ma femme, était l'enfant unique de Lawrence et Amanda. D'un côté, considérant la lignée masculine des Metcalf, je trouvais cela un peu surprenant. De l'autre, s'il existait un manuel du genre *Comment faire des enfants gâtés*, j'imagine que la règle numéro un serait la suivante : n'en faire qu'un seul.

Tracy fut envoyée dans des écoles privées, d'abord à Greenwich Country Day puis à Greenwich Academy. A Country Day, toutes les filles devaient porter des petites jupes écossaises qui s'arrêtaient juste au-dessus du genou.

---

1. Canyon Ranch : célèbre centre thermal américain pour riches. (*N.d.T.*)

Tracy m'a montré la sienne un jour en rangeant son placard, et c'est sans doute l'argument le plus percutant en faveur de la loi de Megan[1] qu'on m'ait jamais fourni.

Tracy alla ensuite à Brown, l'université qui justifiera éternellement le mot « humain » dans sciences humaines. Quel que fût le diplôme préparé, on y suivait toujours une UV en lutte politique. Au cours des quatre années qu'elle y a passées, sa lutte principale a été d'obliger la faculté à condamner l'Afrique du Sud. Comme d'anciennes amies le disent, Tracy était absolument intraitable là-dessus — manifestant, distribuant des tracts, prenant la parole à des réunions. Pour couronner le tout, en dernière année, elle et quelques autres ont construit un bidonville en plein milieu du campus et y ont vécu pendant plus de deux semaines. Toute la presse nationale en a parlé.

*

Les Metcalf possédaient une vaste propriété dans le quartier Belle Haven de Greenwich avec vue sur l'eau à 280 degrés. Il y avait un appontement, mais ils ne faisaient pas de bateau. Il y avait un court de tennis, mais ils ne jouaient pas. Je suis sûr qu'ils savaient nager, mais qu'on me pende si je les ai jamais vus le prouver dans leur piscine. Si être riche signifie tout avoir, être riche et habiter Greenwich signifie tout avoir sans y toucher.

— J'espère que vous avez faim, parce que Minnie a préparé un festin ! annonça Amanda Metcalf en nous accueillant dans le hall.

Elle ôta ses lunettes de soleil et nous gratifia chacun d'un baiser aérien.

— Je suis si contente que vous ayez pu venir. Quel temps merveilleux, non ?

Tout le monde acquiesça et se dirigea dehors vers le patio.

— Où est mon Petit Trésor ! rugit Lawrence Metcalf qui nous avait entendus approcher.

1. Loi en vigueur dans certains États des États-Unis obligeant les pédophiles à signaler leur déménagement dans une ville lors de leur sortie de prison. (N.d.T.)

— Papa !

Tracy prit ses jambes à son cou et tourna le coin du patio. Le temps pour moi d'en faire autant, sans prendre mes jambes à mon cou, elle avait pratiquement sauté dans ses bras. A cette étape, je pense que toute donnée supplémentaire sur leur relation ne peut qu'être considérée comme redondante.

Après les nécessaires banalités qui accompagnent les retrouvailles, nous nous mîmes à table. Minnie, la gouvernante, s'était vraiment surpassée. Il y avait des omelettes de blancs d'œufs aux poivrons verts, jaunes et rouges. Du melon d'Espagne. Du saumon gravlax. Des pancakes aux myrtilles, et d'autres aux pépites de chocolat parce que c'étaient celles que Tracy préférait depuis qu'elle était petite. A boire, des bloody mary, chacun avec une tige de céleri si énorme que lorsqu'on l'ôtait du verre, il fallait pratiquement le remplir à nouveau.

— Dites-moi, Philip, savez-vous où a été inventé le bloody mary ? demanda Lawrence.

Ce genre de devinettes était devenu un rituel entre nous. Je n'ai jamais su si c'était parce qu'il testait mon goût pour les connaissances inutiles ou s'il était seulement très fier des siennes. Cela dit, je n'avais pas la moindre idée de l'endroit où ce breuvage avait été inventé.

— J'ai dû rater cet épisode de *Jeopardy* ! répondis-je.

C'était à la limite d'une réponse insolente, mais Lawrence était trop heureux d'éclairer ma lanterne pour relever.

— Au Harry's New York Bar, dit-il.

— Oh, je crois que j'en ai entendu parler, intervint Tracy. Ça se trouve Upper West Side, non ?

Lawrence éclata de rire.

— Non, Trésor, c'est à Paris.

— A Paris ?

— Ouais, dit Lawrence en hochant la tête.

— Tu es sûr ?

— Oui. Ta mère et moi y sommes même allés ; tu te rappelles, chérie ?

Amanda hocha la tête.

— Si je me souviens bien, les bloody mary étaient au mieux médiocres.

— Ta mère n'a jamais aimé Paris, dit Lawrence en se penchant vers Tracy.

— Au contraire, Paris était merveilleux. C'était les Parisiens que je ne supportais pas, déclara Amanda. C'est bien simple, si on pouvait faire en sorte qu'ils soient tous en vacances en même temps, je pourrais envisager d'y retourner.

— Chéri, nous devrions aller à Paris, déclara Tracy en se tournant vers moi.

— Oui, surtout après le vibrant éloge que ta mère vient d'en faire, répondis-je.

— Non, je parle sérieusement. Ce serait amusant, tu ne crois pas ? dit Tracy.

— Eh bien, euh...

Tracy n'en démordait pas.

— Mais oui, je t'assure. Et au lieu de faire toutes ces visites touristiques, on resterait nus, scandaleusement enfermés dans un petit hôtel quelque part.

La remarque provoqua un sursaut général, bien que la motivation du mien n'eût aucun point commun avec celui de Lawrence et d'Amanda. Tracy adorait évoquer notre vie sexuelle devant ses parents, et elle avait beau le faire très souvent, cela réussissait toujours à entraîner une réaction. Généralement rien de dramatique, bien entendu, plutôt des regards incrédules.

Quant à moi, il y avait longtemps que j'avais surmonté la gêne qu'entraînait ce genre de situations. Non, mon sursaut ne s'expliquait que par de la pure paranoïa. Car c'était dans des occasions comme celle-là — Tracy faisant allusion au *sexe dans un petit hôtel quelque part* — que je me demandais si elle n'était pas déjà au courant à propos de moi et de Jessica. Dans ce cas, j'en venais à conclure sur-le-champ qu'elle nous avait démasqués, le plus pervers étant qu'au lieu de péter les plombs instantanément, Tracy avait d'abord décidé de s'amuser un peu. A ces bons vieux jeux psychologiques. Une petite allusion subtile par-là, une coïncidence tombée du ciel par-ci. Je crois que le jargon correct disait « batifoler », ce qui, étant donné les circonstances, ressemblait à la loi du talion.

La première PDT (Paranoïa déclenchée par Tracy) s'était manifestée quelques mois auparavant, un jour où, de but en blanc, elle m'avait demandé si je trouvais Jessica jolie. J'ignore si elle m'a vu tressaillir, mais je suppose que si tel avait été le cas et qu'elle m'avait interrogé là-dessus, je l'aurais attribué au fait qu'il n'est jamais très facile de juger de la beauté d'une femme, de n'importe quelle femme, devant la sienne. Je ne me rappelle pas les termes exacts de ma réponse, mais je suis pratiquement sûr d'avoir dit quelque chose du genre... Oui, sûrement. J'avais estimé que c'était le moins que je puisse faire, surtout si c'était avec un maximum d'apathie.

Naturellement, puisque j'étais un type censé n'avoir rien à cacher, la question évidente que j'aurais dû poser à Tracy en retour eût été : Pourquoi ? Mais en fin de compte, l'avocat en moi m'intima de garder le silence : ne pose jamais une question dont tu ne connais pas la réponse.

MOI :   Pourquoi, chérie ?
TRACY :   Pourquoi ? Je vais te dire pourquoi... Je voulais savoir si c'est pour ça que tu la baises dans mon dos depuis tout ce temps, espèce de salaud qui-ne-va-pas-tarder-à-recevoir-une-demande-de-divorce !

Aïe !

Pendant ce temps, dans le patio, je ne laissai rien paraître tandis que la remarque de Tracy sur notre promiscuité dans une chambre d'hôtel parisienne flottait au-dessus de la table. Amanda Metcalf sauta sur l'occasion.

— Justement, si vous voulez mon avis, j'ai toujours pensé que la tour Eiffel n'est rien d'autre qu'un gigantesque symbole phallique.

Un peu plus tard, les dames quittèrent la table pour aller voir s'il y avait des guides sur la France dans la bibliothèque du premier étage (à ne pas confondre avec la bibliothèque du rez-de-chaussée, ni, bien entendu, avec celle du bureau du deuxième étage). Ce qui nous laissa Lawrence et moi dans un silence embarrassé.

— Eh bien, Philip, comment va le cabinet ? finit par demander Lawrence.

Brusquement, je regrettai le silence.

— Les choses vont plutôt bien, répondis-je.

D'ordinaire, j'aurais été réticent à divulguer autre chose à une personne m'interrogeant sur mon travail. Au-delà des bêtises sur le secret professionnel qui lie un avocat à son client, je n'avais nul besoin que quelqu'un s'intéresse à une de mes affaires et se mette à la suivre au quotidien. Cela dit, je savais également qu'en rester à « Les choses vont plutôt bien » n'allait pas satisfaire mon beau-père. Pour une raison bien simple. En plus du loft immense que je considérais comme mon foyer, Lawrence Metcalf m'avait offert un autre cadeau lorsque j'avais épousé sa fille. Grâce à lui, je faisais la pluie et le beau temps chez Campbell & Devine. Hormis sa propre société, Lawrence et son réseau avaient fait en sorte que pas moins de trois grosses entreprises prennent le cabinet sous contrat. Ce dont je vous parle, c'est de fric de chez plein-de-fric. Même si cela n'excluait pas les taxes. Si cela augmentait mon prestige auprès de Jack Devine, il ne m'a jamais échappé que Lawrence en tirait un pouvoir considérable. Non seulement, cela lui garantissait toutes les informations sur Campbell & Devine qu'il pouvait espérer de moi, mais c'était aussi un très, très bon moyen de s'assurer que je resterais marié et heureux avec son Trésor. Appelons-ça une police d'assurance beau-père.

Alors, comment va le cabinet ?

Je repris :

— Voyons, j'ai récemment réglé cette affaire d'erreur médicale dont je vous ai parlé la dernière fois. A l'amiable, comme on dit.

Lawrence hocha la tête.

— Et maintenant ?

J'hésitai. Devais-je y réfléchir à deux fois avant de lui dire que la femme de Jack s'était fait épingler pour conduite en état d'ivresse ? Probablement. Deux mots vinrent alors s'afficher dans ma tête : main courante. Si son arrestation devait être livrée en pâture aux journaux, ce ne devait pas être un bien grand crime d'en parler ici. Et puis quelque chose me disait que Lawrence aimerait que je lui en fasse la confidence.

— J'ai quelque chose d'intéressant, dis-je, mais vous comprendrez pourquoi cela ne doit pas s'ébruiter. Cela me vaudra peut-être la médaille du lèche-cul, pourtant je vais défendre la femme de mon patron qui est poursuivie pour conduite en état d'ivresse.

Lawrence se redressa dans son fauteuil. Il était évident que cette histoire l'intriguait.

— La femme de Jack Devine ?

Je hochai la tête.

— Avez-vous demandé à vous occuper de cette affaire ?

— Non, c'est lui qui me l'a demandé.

— Alors, il ne s'agit pas tout à fait de flagornerie ? dit-il en se frottant le menton.

— Non, répondis-je avec une pointe de modestie.

— En fait, je dirais même que c'est une forme de compliment, une véritable mesure de votre position au sein du cabinet.

— Tant que je ne rate pas mon coup.

— Oui. Mais quelque chose me dit que vous vous en sortirez très bien.

Cette dernière remarque dans la bouche de Lawrence se rapprochait dangereusement d'un authentique compliment. Ce qui eût constitué une somme globale de un depuis que Tracy m'avait présenté à lui. Serait-ce que j'assistais à un glissement tectonique de notre relation ? C'est ainsi que les choses m'apparurent, en tout cas le reste de l'après-midi. Comme notre conversation se prolongeait, Lawrence Metcalf me parla — non pas à la cantonade, ni pour me prendre à témoin ou lui renvoyer la balle mais en s'adressant à moi — et s'il me restait le moindre doute quant à ce développement, je fus tranquillisé dès l'instant où Tracy et sa mère regagnèrent le patio chargées de guides de voyage.

— Trésor, je ne savais pas que Philip occupait une position aussi importante dans son cabinet d'avocats, dit Lawrence.

Moi non plus, c'est sans aucun doute ce que Tracy avait dû penser. Mais sa réponse n'en laissa rien paraître.

— Papa, je n'épouse que le meilleur.

Le retour après une visite chez Lawrence et Amanda se définissait d'ordinaire par une seule émotion. Le soulagement. Cette visite-là, cependant, avait été différente. En fait, quand Tracy bâilla et annonça simultanément qu'il était temps pour nous de partir, je ressentis un pincement de regret.

— Que s'est-il passé avec mon père ? demanda Tracy dans la voiture.

Je jouai l'innocent.

— De quoi veux-tu parler ?

Elle éclata de rire :

— Ne fais pas l'idiot ; qu'as-tu bien pu lui raconter ?

— Pas grand-chose. Je lui ai dit ce qui se passait au travail et il a peut-être enfin compris que je ne suis pas qu'un larbin de cabinet d'avocats doté d'un beau-père au bras long.

— Tu sais parfaitement qu'il n'a jamais pensé ça.

— Peut-être.

Tracy tendit le bras et se mit à fourrager dans mes cheveux.

— Pour mémoire, je voudrais dire que je trouve merveilleux qu'il ait ce sentiment à ton égard... quelle qu'en soit la raison.

Je tournai la tête vers ma femme et vis le sourire le plus lumineux que je lui aie jamais vu, y compris le jour de son mariage. C'était un peu étrange, comme la découverte d'un territoire inconnu, mais je ne me plaignis pas. Surtout après qu'elle m'eut dit de m'arrêter.

— Quoi ?

— Arrête-toi, répéta-t-elle.

— Qu'est-ce qu'il y a, tu as besoin d'aller aux toilettes ?

Elle se mit à rire.

— Écoute ce que je te dis, arrête-toi.

Je m'arrêtai sur le bas-côté. Le bruit, c'est ce que j'entendis en premier. Le bourdonnement électrique de son siège automatique qui s'inclinait. Je me tournai et la regardai lentement descendre, descendre, descendre. Sans défaire sa ceinture de sécurité, elle ôta ses sandales d'un coup de pied, planta ses pieds sur le tableau de bord de notre Range Rover, glissa les mains sous sa robe et retira sa culotte.

— Eh bien ?

— Oh !

Et là, sur l'accotement de l'autoroute, j'éteignis le moteur, allumai les warnings et entrepris d'embuer les vitres avec Tracy pendant dix bonnes minutes (plus ou moins huit). Lorsque nous eûmes fini, Tracy n'avait qu'une chose à dire :

— Que veux-tu faire pour dîner ?

Vous savez, j'ai lu un jour un papier dans un journal racontant que la plupart des hommes qui ont une liaison considèrent le sexe avec leur femme presque comme une corvée.

J'avais pitié de ces hommes.

ONZE

Quand j'approchai du bureau, Gwen me regarda d'un air soupçonneux :

— Vous semblez heureux pour un lundi matin.

— Je suis heureux pour un lundi matin, répondis-je. Et votre week-end ?

— Nul.

Je devais bien lui accorder ça : elle était persévérante.

C'est vrai, j'étais heureux, et alors que d'ordinaire je m'appliquais à ne montrer aucune émotion au bureau, cela m'était égal si on le remarquait. Pouvez-vous me le reprocher ? L'occasion de me réconcilier avec Jessica approchait à toute vitesse et l'épouse aimante, toute paranoïa mise à part, ne se doutait de rien. La cerise sur le gâteau ? Mon beau-père, le seul et unique Lawrence Metcalf, trouvait que j'étais un champion. C'était un sentiment agréable.

Dommage. Ça ne devait pas durer.

Un peu plus tard dans la matinée, Gwen m'appela :

— Philip, j'ai un Tyler Mills au téléphone, il dit qu'il est un de vos amis.

Voilà qui devrait être intéressant, pensai-je.

— Passez-le-moi.

Je me levai et fermai la porte de mon bureau. Je le faisais toujours quand je prenais des appels personnels, sans me soucier de savoir ou non s'ils allaient vraiment être personnels. En regagnant mon bureau, j'appuyai sur la touche du haut-parleur.

— Tu parles d'un revenant ! dis-je.

Pas de réponse.

— Tyler, tu es là ?

Finalement une voix à l'autre bout du fil. Mais si Gwen ne me l'avait pas annoncé, je ne suis pas sûr que je l'aurais reconnue comme étant celle de Tyler. Elle avait quelque chose de changé, je ne savais pas quoi exactement, mais quelque chose de changé.

— Je déteste ces putains de haut-parleurs, Philip, tu ne pourrais pas décrocher ?

Je pris le combiné.

— Moi aussi, je suis content de t'entendre, remarquai-je.

— Désolé, dit-il et aussitôt sa voix retrouva les inflexions que je lui connaissais.

— Pas de problème, dis-je. Mon vieux, ça fait un bail, non ?

— Quatre ans.

— Ça doit bien faire ça. Tracy m'a dit qu'elle était tombée sur toi devant Saks.

— Ouais, c'était bizarre.

— Sûr. Alors comment ça va ?

Tyler lâcha un rire sarcastique.

— J'ai connu pire, je crois. J'ai même les cicatrices pour le prouver.

Ça n'avait pas tardé. Je me demandais s'il allait aborder le sujet de sa tentative de suicide, maintenant j'avais ma réponse. Certes, je n'allais pas en parler le premier. Ma méthode ? S'il n'existe pas de carte Hallmark pour ça, vous n'êtes jamais obligé d'évoquer la chose. Quant à ses cicatrices, la rumeur disait qu'elles étaient de l'espèce horizontale. Du boulot d'amateur. Même moi, je savais que s'ouvrir les veines à la verticale était plus efficace.

— J'en déduis que tu es courant ?

— Oui, je suis au courant.

— Qu'as-tu ressenti ? demanda Tyler.

Je répétai : « *Qu'ai-je ressenti ?* »

— Oui, est-ce que cela t'a rendu triste, déprimé, ambivalent, heureux ?

— Ah, ouais, j'ai été absolument enchanté d'apprendre que tu avais tenté de te suicider, Tyler. Qu'est-ce que tu crois que j'ai ressenti ?

— Je ne sais pas. C'est pourquoi je t'ai posé la question, dit-il. Ce n'était qu'une question.

Une question étrange tout de même.

— Alors voilà, dit-il. Je pensais que, nous deux, on pourrait déjeuner ensemble aujourd'hui.

— Aujourd'hui ? Waouh, le délai est un peu court pour moi. J'ai des affaires à régler ici au bureau, répondis-je.

— Je suis sûr que tu dois avoir du travail. Mais toi et moi, il faut qu'on se parle.

— Eh bien, oui, j'aimerais beaucoup savoir ce que tu deviens maintenant, c'est juste...

Tyler m'interrompit :

— Tu ne comprends pas. Toi et moi, il *faut* qu'on se parle.

Sa voix avait à nouveau changé. Je commençais à l'étiqueter comme se situant entre le profond sérieux et le menaçant. De toute façon, elle ne me plaisait pas. Et pourtant, il se pouvait qu'il fût simplement un type préoccupé qui cherchait une oreille à qui se confier. Ainsi que quelqu'un un jour a eu la finesse de préciser, on ne veut jamais trop décevoir un type prédisposé au suicide.

— Dans ce cas, dis-moi quand et où, j'y serai, dis-je.

— Oyster Bar, treize heures, répondit-il aussitôt. A tout à l'heure.

Sans me laisser le temps de répondre oui, non, ou, tu sais, les huîtres de Long Island et les Wellfleets ne sont pas au meilleur de leur forme en cette saison, il raccrocha.

Je me renfonçai dans mon fauteuil et tentai d'y voir un peu plus clair chez ce type. Tyler Mills et le principe de réalité avaient toujours eu ce qu'on pourrait appeler une relation aléatoire. A en juger par son comportement incohérent au téléphone, il semblait que ces deux-là n'étaient guère en bons termes en ce moment.

Nous nous étions connus en seconde année à Deerfield. C'était un garçon plutôt sympathique, mais incapable de vraiment trouver sa place. Il fallait toujours qu'il fasse un commentaire ou qu'il raconte une histoire à côté de la plaque — je dirais même, très loin de la plaque. Bref, Tyler était un frimeur. Il n'a pas fallu longtemps avant que sa seule apparition sur le campus provoquât chez tout le monde un roulement d'yeux collectif. Mais il avait dû flairer quelque chose, car en troisième année, il avait trouvé un moyen de se faire tolérer, sinon totalement accepter. Proposer de l'herbe à l'œil. Disons que, si j'avais gardé cinq cents pour chacun des cinq dollars de drogue dont il nous gratifiait, je n'aurais pas besoin de l'argent des Metcalf.

Naturellement, être le pourvoyeur de trips de la faculté ne menait pas exactement à une brillante carrière académique. Cela prenait un temps fou, surtout si l'on considère qu'il y avait toutes ces cassettes piratées des Grateful Dead à ingurgiter dans une chambre d'étudiant. Que Tyler finît par rater les partiels n'était que le risque du métier. Si bien que quand tout le monde fut accepté dans les universités prestigieuses, Tyler se retrouva à Boulder, à l'université du Colorado. A partir de là, je n'entendis plus parler de lui.

Jusqu'à un samedi soir, il y a environ quatre ans. Tracy et moi étions à une soirée quelque part Uptown. Cela ne faisait pas plus de deux mois que nous sortions ensemble. Le temps de boire quelques verres et j'entends cette voix chuchoter derrière moi.

— Quelqu'un veut un joint ?

Je me retourne et je vois Tyler me fixer du regard avec un vrai sourire à la Famille Manson. Il portait une doudoune et un bonnet de laine. Qu'on fût alors au mois d'août ne semblait guère changer grand-chose pour lui.

Il avait toujours cet air de pourvoyeur de trips, mais professionnel cette fois, si vous voyez ce que je veux dire. Il m'avait rattrapé en hauteur (un mètre quatre-vingt-cinq) et distancé en poids ; non qu'il fût gros, il avait juste un peu d'embonpoint. Il portait une barbe en pointe clairsemée et le peu de cheveux, naturellement noirs, que je voyais dépasser de son bonnet semblaient teints en blond. Je me souviens avoir pensé sur le moment qu'il ne lui manquait qu'une chemise à carreaux pour être le parfait modèle du gars de Seattle.

Peu importe. Dire que j'ai été surpris de le voir était une litote. Comme j'étais encore dans la phase de notre relation où je devais impressionner Tracy, j'étais terrifié à l'idée d'être obligé de le lui présenter comme un de mes amis.

Mais bien entendu, il s'en chargea lui-même. « Salut, je suis Tyler Mills ; Philip et moi on était comme ça à Deerfield. » C'eût déjà été assez embarrassant s'il avait joint ses deux doigts en disant *comme ça*. Mais il dépassa les bornes en les enroulant, ce qui laissait entendre une connotation homosexuelle pseudo-latente. Néanmoins, quelles que fussent les pensées profondes de Tracy à cet égard, elle ne laissa paraître aucune gêne. En fait, elle sembla même très séduite par Tyler. En moins de temps qu'il n'en faut pour le dire, ces deux-là bavardaient comme de vieux potes.

A un certain moment il parla d'un roman qu'il était en train d'écrire. Il se montra réticent à nous donner des détails, sinon qu'on pouvait le voir comme un croisement entre *Madame Bovary* et *Las Vegas Parano*. Bien évidemment. Il prétendit qu'il était parvenu à mi-chemin de son premier jet et que déjà deux agents voulaient le prendre sous contrat.

Et moi, je suis le pape, c'est ce que je me rappelle avoir pensé.

Plus tard, quand Tracy elle-même commença à consulter discrètement sa montre, j'annonçai à Tyler que nous devions tous les deux nous lever tôt le lendemain. Nous échangeâmes nos numéros de téléphone en promettant de dîner ensemble un de ces soirs et nous prîmes congé sur des poignées de main. A partir de là, une fois encore, je n'entendis plus parler de lui.

Et puis, deux ans après, Tracy et moi étions mariés depuis peu, nous nous trouvions à une autre soirée, bourrée celle-ci d'anciens de Deerfield, et la nouvelle se répandit que Tyler avait tenté de se suicider. Un chœur de *Omondieu* s'ensuivit, accompagné d'affirmations de divers prétendus voyants disant qu'ils avaient toujours su que pareille chose finirait par arriver. Quant à moi, je ressentis une petite pointe de culpabilité. Si j'avais fait un peu plus d'efforts pour être son ami au cours des années passées, il aurait peut-être moins merdé. Où étais-je allé chercher que mon amitié aurait rendu son existence meilleure, je l'ignorais.

Ce que je n'ignorais pas, en revanche, c'est qu'en descendant au sous-sol de la gare de Grand Central cet après-midi-là pour déjeuner avec Tyler, j'avais le sentiment de bien faire. Ma BA du jour, si vous voulez. Ce qui n'est pas rien pour un avocat.

L'Oyster Bar.

J'ai toujours considéré l'Oyster Bar comme un microcosme de New York : agité, bruyant et cher. A votre arrivée, vous avez deux choix. A droite, vous pouvez manger au comptoir, à gauche vous avez une salle caverneuse avec au moins une centaine de tables. [1]

Me dirigeant vers la gauche au jugé, j'aperçus Tyler assis au fond à une table pour deux. Il avait pris la chaise du mafieux (le dos au mur) et quand je fus parvenu jusqu'à lui, il se leva pour me donner une main molle. Nous nous assîmes et nous nous scrutâmes un moment.

— Tu es resté le même, me dit-il, rompant le silence.

— Tu as un peu maigri, répondis-je.

Trop, en réalité. Il avait les traits tirés et ses vêtements — une chemise à rayures bleues et un vieux pantalon en toile beige — donnaient un sens nouveau au mot « ample ». Il avait déjà commandé un café, et à voir ses doigts pianoter fiévreusement sur la table, je pouvais parier sans risque que ce n'était pas sa première tasse de la journée.

— Alors, comment ça va ? demanda Tyler.

— Très bien. Et toi ?

— Très mal, enfin jusqu'à maintenant. Tu sais probablement ce qui est arrivé, du moins les côtés croustillants. Mais je vais mieux, beaucoup mieux. Les choses redeviennent intéressantes pour moi.

— C'est formidable, dis-je. Hé, je voulais te demander : qu'est devenu ce roman sur lequel tu travaillais ?

Tyler battit des cils.

— Quoi ?

— Tu sais, le roman dont tu nous avais parlé, Tracy et moi, à cette soirée, il y a quelques années.

— Oh, ça ? fit-il en se frottant les tempes. Je l'ai brûlé.

— Tu veux dire brûlé *brûlé* ?

— Ouais — hop ! — en fumée, comme ça !

---

1. Il y a en fait un troisième choix : le « Saloon », qui se trouve derrière des portes battantes, tout au fond à droite. Mais avec ses boiseries et ses tables intimes, c'est comme si vous étiez dans un autre restaurant. *(N.d.A.)*

Je crus d'abord qu'il plaisantait ; jusqu'au moment où je plongeai mon regard dans le sien. Il ne plaisantait pas.

— Je peux te demander pourquoi ?

— Bien sûr. C'est simple, en fait ; voilà ce qui s'est passé : j'étais en train de bosser comme un malade, de mettre tout ce que j'avais dans ce que je croyais être une grande œuvre littéraire, d'accord ? lorsqu'un soir j'ai eu cette vision de cauchemar, complètement démoralisante, qu'après tout ce travail, toute cette sueur et tous ces sacrifices, mon livre se retrouverait seulement dans le *New Yorker* à la rubrique « Livraisons ». *Livraisons !* Est-ce que tu connais quelque chose de plus prosaïque ? Et encore, si j'avais de la chance. Je veux dire : pense à tous ces livres qui finissent sous la rubrique « A la poubelle ». Alors, comme je te l'ai dit, je l'ai brûlé, mon manuscrit, dans le bac à ordures. Mais c'est là que je voulais en venir.

Déjà mes oreilles commençaient à se fatiguer.

— C'est là que tu voulais en venir ? répétai-je.

— Ouais, pourquoi j'ai tellement merdé, dit Tyler. Cette histoire de livre, ça a été le pompon, c'est ce qui m'a fait péter les plombs. J'étais tellement convaincu d'être un raté que j'ai pensé qu'il ne me restait qu'une seule solution, en finir avec ma vie. Dingue, non ? Sauf que je peux te dire que ça ne m'a pas paru si dingue que ça sur le moment. Bien sûr, c'est là qu'est intervenue la vraie ironie du sort. Il s'est avéré que j'étais un tel raté que je n'ai même pas réussi à me tuer ! Va comprendre. Hé, où est cette putain de serveuse ?

Incrédule, je vis Tyler, qui avait parlé à une vitesse digne du *Livre des records*, sortir de sa poche un paquet de Marlboros écrasé.

— Cigarette ? offrit-il.

— Non, merci, lui dis-je.

Tandis qu'il allumait sa cigarette et aspirait une longue bouffée, je ne pus m'empêcher de faire de l'humour.

— Tu sais, ce truc-là finira par te tuer.

Il eut un sourire forcé et se mit à me souffler la fumée au visage. Notre serveuse vint placer deux menus sur la table.

— Il est interdit de fumer dans le restaurant, monsieur, annonça-t-elle.

— Suce-moi, dit Tyler sans perdre le tempo.

Incertaine quant à la manière de gérer cette réponse, la femme ramassa les menus et s'éloigna d'un pas furieux. Je me dis que nous avions deux, trois bonnes minutes devant nous avant de nous faire jeter. Au mieux, on pouvait être sûrs qu'elle cracherait dans nos huîtres.

— Où en étais-je ? demanda Tyler.

— A ton impossibilité de réussir ton suicide.

— C'est ça, eh bien, c'est à ce moment-là que la révélation m'a frappée — pan ! — claire comme de l'eau de roche. Je me suis rendu compte que, puisque j'allais, pour ainsi dire, être condamné à vivre, je ferais aussi bien d'essayer d'en tirer le meilleur parti. Tu sais, profiter de la vie et cetera.

Enfin, un signe encourageant ; une parole sensée.

Tyler poursuivit :

— Alors, devine ce que j'ai fait en premier ? Non, attends, ne devine pas ; enfin, tu peux deviner, mais tu ne devineras jamais, si tu vois ce que je veux dire.

— Je crois, répondis-je.

C'était sans importance.

— D'abord, j'ai commencé à faire des allers et retours dans des trains de banlieue au départ de Grand Central, ici. Chaque jour, j'en prenais un et j'attendais l'inévitable trouduc qui allait sortir son portable et se mettre à appeler. Il appelait le bureau, il appelait ses amis, et il était assis là comme si le train tout entier était une putain de cabine téléphonique. C'était comme s'il n'avait absolument aucun respect pour les gens qui essaient de lire, ou de dormir ; absolument aucun respect pour moi. Et ce qui se passait presque à tous les coups, c'est qu'à un moment donné, ce trouduc donnait son numéro de portable et quelqu'un le rappelait... et comme pour n'importe quelle partie de sa putain de conversation, j'entendais tout. Alors voilà ce que je faisais. Je notais le numéro ; ensuite, pour être sûr qu'il n'y aurait aucun rapprochement possible avec moi, je laissais passer une semaine. Ensuite ? Ensuite, je descendais en ville. J'appelais ce trouduc. Je l'appelais et je lui disais que je l'observais, qu'il ne pouvait pas m'échapper. Que j'allais lui tomber dessus, que c'était une question de temps et qu'il allait connaître sa dernière heure.

« Il arrivait, tu vois, qu'un gars me dise que c'étaient des conneries, et c'est là que je lui parlais d'un détail physique, ou peut-être de la cravate qu'il portait ce matin-là dans le train. Ça leur flanquait la pétoche, une sérieuse pétoche.

Tyler s'interrompit un moment pour évaluer ma réaction.

— Là tu te demandes peut-être pourquoi je faisais ça, et je serai le premier à reconnaître que c'est une bonne question. La réponse est la suivante : c'était ma façon de me venger de tous ces trouducs pontifiants, voilà ce que c'était.

Je finis par prendre la parole.

— Si je comprends bien, dis-je, c'est parce qu'ils parlaient à haute voix, parce que tu pouvais entendre leur conversation dans le train, que tu voulais te venger d'eux ?

Tyler secoua la tête :

— Philly, tu n'y es pas du tout. Mais bon, au bout d'un certain temps la nouveauté a commencé à s'estomper. C'est devenu vieux. Les types changeaient tous de numéros, tu vois. Enfin, tous sauf un. Je ne pouvais pas dire au début s'il était têtu ou simplement idiot. En fait, il était vraiment terrifié. Je veux dire, vraiment terrifié. A un moment, il a voulu savoir ce que je lui voulais. Est-ce que c'était de l'argent, parce que si c'était ça, il pouvait s'arranger. Tu peux croire ça ? Il pouvait *s'arranger*. Alors tout d'un coup je me suis dit : ce type doit avoir quelque chose à se reprocher, ou un truc dans ce goût-là, tu vois, pour vouloir payer si facilement. Merde, quelqu'un qu'il ne connaissait pas, qui avait simplement son numéro de téléphone. Un cinglé, je te dis. Mais ça m'a donné une idée.

« Tu vois, nous sommes tous coupables, dans une certaine mesure, Philly, coupables de quelque chose. J'ai commencé à me poser des questions, de quoi mes prétendus amis sont-ils coupables ? Et j'ai pris une décision.

Tyler écrasa sa cigarette sur la table, jeta le mégot sur le sol et me regarda d'un air impassible, en s'efforçant d'exploiter la situation jusqu'au bout. Quand ce fut fini, il se pencha et chuchota :

— C'est là que j'ai décidé de les suivre.

Notre serveuse revint, accompagnée cette fois d'un responsable en costume.

— Excusez-moi, monsieur, dit le costume à l'adresse de Tyler. Il est interdit de fumer dans le restaurant.

— J'espère bien, je suis asthmatique, répondit Tyler.

Le costume se tourna vers la serveuse.

— Mais il était en train de fu...

Tyler l'interrompit.

— Vous savez, vous avez tous les deux l'air très sympathiques et tout, mais, cependant, j'essaie de déjeuner avec mon avocat.

Le dernier mot flotta dans l'air un instant, le costume me regarda et vit mon costume... un costume de bien meilleure facture, oserais-je ajouter.

— Parfait, dit le gars, après quoi tous deux s'éloignèrent.

Quelques minutes plus tard, une autre serveuse vint, à son tour, placer deux menus sur la table.

— Je te demande pardon, Tyler, tu disais ?

— Je disais que j'avais décidé de suivre certaines personnes que je connaissais, parce qu'il se trouve qu'on ne connaît jamais vraiment quelqu'un. Si tu ne me crois pas, essaie toi-même de suivre quelqu'un. Je t'assure que cela t'ouvrirait les yeux.

Je commençais à avoir la chair de poule.

— Tu parles sérieusement ?

— Tout à fait. Merde, tout le monde n'a pas de secrets obscurs et impénétrables. Le pire que fasse Kevin Marshall, ce sont des séances d'UV. Tu te souviens de lui à Deerfield, non ? Cela dit, j'ai remarqué qu'il regarde un peu autour de lui avant d'entrer dans l'institut, comme s'il ne voulait pas être vu. C'est drôle quand on y pense. Alors peut-être est-il coupable de vanité. Pas d'un grand crime. Mais coupable tout de même.

« Tom Atkinson ? Tu sais ce qu'il fait deux fois par semaine ? Il se rend chez une prostituée dans l'East Village. Je n'étais pas sûr que c'était bien ce qu'elle était au début, jusqu'à ce que j'aie planqué devant chez elle. Si tu avais vu la circulation ! Une putain de porte-tambour, elle avait. Mais je me dis : Tom est célibataire, après tout, alors il ne fait pas beaucoup de mal. Oh, il aimerait pas que ça se sache, mais la honte, la honte potentielle, ne pouvait être qu'un facteur motivant. Pour finir, j'ai laissé tomber.

Tyler croisa les bras sur la table et se pencha en avant.

— Et puis il y a toi. Tu sais, je commençais à perdre tout espoir en ma petite entreprise. A tous égards, j'étais zéro à deux, loin du compte, comme on dit. Mais je suis ravi de te l'apprendre, Philly, tu ne m'as pas déçu. Non que ce fût immédiatement apparent. C'était très adroit, cette mise en scène de vos entrées et de vos sorties. Je veux dire, je savais ce que tu étais en train de faire. Ce que je ne parvenais pas à préciser, c'était *qui* tu te faisais. En fait, j'étais sur le point de jeter l'éponge, quand tout à coup te voilà qui sors en courant de cet hôtel la semaine dernière — hop ! hop ! — avec cette fille.

« Ce que je pense, c'est que tu es devenu un peu trop sûr de toi. Je veux dire, quel est le risque qu'un type comme moi soit en train de te suivre, hein ? Attends, comment tu m'as appelé ce matin ? *Un revenant* ? C'est drôle. Parce que là, en ce moment, pour toi il y a sacrément de quoi être surpris.

Tyler se renfonça dans son fauteuil, extrêmement content de lui. Mais je n'allais pas presser le bouton de panique.

— Voyons si je comprends tout, dis-je. Tu m'as demandé de déjeuner avec toi afin de m'apprendre que tu m'as vu sortir d'un hôtel avec une autre femme.

Je marquai une pause, pour faire mon effet.

— Cela signifie quoi exactement ?

— Je savais que tu dirais quelque chose dans ce genre. C'est pourquoi j'ai apporté ça.

Il se pencha et sortit une enveloppe en papier kraft d'un petit sac marin posé près de son fauteuil. Il plaça l'enveloppe devant moi.

— Vas-y, jette un coup d'œil.

A cet instant précis, j'eus un flash. Une photo de Tyler dans l'ours de l'annuaire de Deerfield, l'année de licence. Il portait un appareil-photo autour du cou et ce sourire stupide sur la figure. En dessous, la légende disait : « L'homme de la situation — Tyler Mills, photographe. » Je devinais ce qui allait venir.

Je ramassai l'enveloppe et les sortis. Un paquet de photos, huit sur dix, noir et blanc. Lentement, je commençai à les passer en revue. Les premières étaient des photos de moi — seul — entrant et sortant de l'hôtel Doral Court. Elles devaient s'échelonner sur quelques semaines, peut-être un mois. Quoi qu'il en soit, elles dataient de bien avant que Tyler ne *tombe* sur Tracy devant Saks. Il espérait, avait-il dit à Tracy, me parler bientôt. En effet, dès que je lui aurais fourni l'arme nécessaire.

Et elle était là. J'étais parvenu à la photo de moi et de Jessica quittant l'hôtel ensemble. Notre petit défaut de prudence de la semaine dernière. Nous deux, en pleine hâte, mais parfaitement au point. Clairs et nets.

Comme les derniers clichés de Tyler. Pour faire bonne mesure, il nous avait pris individuellement entrant et sortant du Doral Court le lendemain. Oui, Tyler Mills ne faisait pas les choses à moitié.

Je repassai rapidement en revue tout le paquet de photos, et les reposai sur la table.

— Je ne sais toujours pas ce que cela est censé prouver, dis-je, impassible.

Tyler se mit à rire.

— Sans doute rien devant un tribunal. Je veux dire, n'importe quel abruti d'avocat serait capable d'expliquer ces photos comme rien d'autre qu'une étrange coïncidence. Que faisais-tu dans cet hôtel ? Oh, je ne sais pas, je suis sûr que tu trouveras quelque chose à répondre. Quelque chose d'assez crédible pour produire ces deux mots magiques qui vous font vivre, vous autres ordures. Absence de *preuves tangibles*.

« Heureusement pour moi, il ne s'agit pas de ce qui se passerait ou pas devant un tribunal. Non, il s'agit d'autre chose. De ce qui se passe dans les relations les plus subtiles qui existent entre un homme et une femme, autrement dit, dans un mariage.

Il tapota les photos du bout de son index.

— Ce qui n'est pas du ressort d'un tribunal aurait plus de chances dans ton couple, tu ne crois pas ? Comment va Tracy, à propos ?

Je m'efforçai de rester calme, mais c'était trop tard. Je sentais que mon visage devenait rouge, que les veines se gonflaient sur mes tempes, que mes poings se serraient et que mes ongles s'enfonçaient dans mes paumes. Tyler prit l'une des photos avec Jessica.

— Elle est mignonne, dit-il. J'espère seulement qu'elle en valait la peine. Alors dis-moi, elle en valait la peine ?

— Je t'emmerde.

Tyler haussa les épaules.

— Pardon, c'était oui ou non, Philly ? Je n'ai pas bien compris.

— Je t'emmerde, répétai-je, les dents serrées. Et mon nom, espèce de fils de pute, c'est Philip.

— Mon point de vue, c'est que tant que je suis en possession de ces photos, tu t'appelles comme ça me chante.

A ce moment-là, je posai tranquillement les mains sur la table, au-dessus du paquet de photos. Je pouvais toujours essayer.

Tyler me considéra avec cet air que l'on réserve à un chien qui cherche à se mordre la queue. Il secoua la tête.

— Voyons, Philly, tu ne crois tout de même pas que ce sont les seuls tirages ?

Notre deuxième serveuse reparut.

— Voulez-vous commander ?

— Pas tout de suite, chérie, lui répondit Tyler.

J'attendis qu'elle s'éloigne.

— Imaginons une minute que tu représentes vraiment une menace pour moi, dis-je. Tu veux quoi ?

— Nous y voilà enfin, dit-il, le regard soudain plus vif. Ce que je veux, c'est ce que tout le monde veut. De l'argent, mon chou.

— De l'argent ?

— Exact. Du liquide, du blé, du pognon ! Qu'est-ce que tu croyais ?

— Tu sais, si tu avais besoin d'argent, Tyler, tu pouvais simplement me demander.

— Cent mille dollars ?

Je m'étranglai.

— Tu plaisantes !

— Ouais, c'est bien ce que je pensais. D'où le chantage. Alors qu'est-ce que tu en dis, Philly ? J'ai déjà ouvert un compte et tout.

J'éclatai de rire. Je ne pus m'en empêcher. Je lui éclatai de rire en pleine figure, sans pouvoir me contrôler. Je venais de passer cinq minutes comme un boxeur sonné par un coup de poing. Je commençais enfin à me réveiller, mon cerveau recommençait à fonctionner. Je suis sûr que c'était à cause de la somme absurde que Tyler croyait pouvoir me soutirer. C'est ce qui rendait toute cette mise en scène instantanément moins crédible.

C'était mon tour à présent.

— Ce que j'en dis ? Voilà ce que j'en dis, espèce de merdaillon. Un, si tu m'appelles Philly une fois de plus, je vais te foutre mon pied dans les couilles jusqu'à ce que tu pisses par ton trou de balle, photos ou pas. Deux, si tu penses seulement venir m'embêter avec ça, je t'en donne ma parole, tu regretteras que cette lame n'ait pas fait son travail.

Je me levai, pivotai sur mes talons et me dirigeai vers la sortie du restaurant, laissant Tyler seul à la table. J'avais envie de me retourner, de voir sa réaction. Mais je m'en gardai bien. En une fraction de seconde, j'avais décidé de le mettre au pied du mur. Facteur de risque 7. C'était risqué, certes, d'autant plus que Tyler paraissait tout à fait du genre qui n'a rien à perdre. Est-ce que j'allais en être débarrassé ?

Sur le moment, je ne pouvais que l'espérer.

DEUXIÈME PARTIE

DOUZE

Sally Devine se présenta ivre à l'audience.

Au début je n'en étais pas tout à fait sûr. Et puis elle me mit la main entre les jambes dans le hall du tribunal en demandant si j'avais assez de couilles pour ce boulot. Preuve irréfutable. Dieu merci, il y avait tant de brouhaha et une foule si dense que nul ne parut le remarquer.

— Pour l'amour du Ciel, Sally, vous êtes bourrée ! chuchotai-je tout en m'imaginant à côté d'elle devant un juge.

— Pas du tout. J'ai juste bu un verre ou deux pour arrondir les angles, dit-elle d'une voix pâteuse.

Brusquement, je considérai sous un jour entièrement nouveau le fait qu'elle m'avait avoué avoir bu un verre ou deux le jour de son accident. Je devais agir vite. Sally était arrivée en retard, naturellement. Il était neuf heures cinquante-cinq, cinq minutes avant le début des audiences.

— Venez avec moi, lui dis-je en lui prenant la main et en slalomant entre les prévenus qui remplissaient la salle des pas perdus.

— Où allons-nous ?

— Au Maxwell.

Nous nous dirigeâmes vers le premier étage où nous trouvâmes une petite cafétéria sans doute destinée au personnel administratif. Je servis aussitôt une tasse à Sally.

— Je déteste le café, protesta-t-elle.

— Plus maintenant, dis-je.

Je lui présentai la tasse et elle finit par la prendre. Elle avala une gorgée et fit la grimace.

— Euh... c'est dégoûtant !

Je n'éprouvais aucune indulgence pour elle. C'était déjà un mauvais jour et il n'était même pas... Je consultai ma montre — merde ! — dix heures deux. Les audiences avaient commencé. J'ôtai la tasse des mains de Sally et la posai.

— Venez !

Nous redescendîmes en toute hâte, marquant un moment d'arrêt devant les portes du tribunal afin de reprendre contenance. Deux profondes inspirations et j'étais prêt. Nous entrâmes.

Le tribunal du comté de Westchester était loin de ressembler à celui d'un feuilleton télévisé. Pour commencer, les avocates n'étaient pas toutes séduisantes. Certaines étaient à la limite de la laideur, presque autant que la salle elle-même, un hommage à la banalité. De la théâtralité ? Il y en avait davantage dans un sandwich au jambon. Ici, la grande majorité des cas examinés étaient des délits mineurs et de petites infractions, lesquels, l'un après l'autre, devenaient douloureusement monotones. La seule véritable distraction était peut-être offerte par le vieil homme en toge, fatigué, qui siégeait, jetant des regards grimaçants vraisemblablement provoqués par une crise d'hémorroïdes et parlant d'une voix acide afin que tout le monde sache bien qu'avant tout ceci était *son* tribunal. Une vraie performance d'acteur.

Sally et moi nous hâtâmes de nous asseoir sur l'un des bancs du fond. Comme nous prenions place, je l'inspectai. Son regard d'ordinaire vif était vitreux et lointain. Ses vêtements étaient en désordre. Je me penchai pour renifler discrètement. Eau de Tanqueray. Ça ne se présentait pas bien du tout.

J'avais laissé ma serviette au bureau, optant plutôt pour mon dossier de plaidoirie. Bien que les audiences du matin ne réclamassent rien d'aussi surdimensionné, j'étais le genre de type qui se sentait nu s'il ne l'avait pas avec lui au tribunal. N'importe quel tribunal. Je soulevai l'énorme objet, le posai sur mes genoux, l'ouvris et en sortis le dossier de Sally. Divers formulaires, mes notes, le rapport de police... Ah, le rapport de police. Comme on pouvait s'y attendre, il contenait sa part de contradictions et d'erreurs. Si j'avais eu l'intention de faire juger cette affaire, nous aurions eu toutes les chances. Mais telle n'était pas mon intention. Ou plutôt, selon les termes de Jack Devine, j'étais là pour rendre les choses aussi faciles et indolores que possible. Et un procès, même si vous réunissez toutes les chances, est tout sauf cela. L'autorisation de participer au programme de prévention de l'alcoolisme. Voilà ce nous étions venus obtenir.

Je tapotai l'épaule de Sally.

— Ecoutez, quand nous serons appelés devant le juge, voilà ce vous allez faire. Vous ne dites rien. C'est moi qui parle. Si par hasard, et ce serait vraiment étonnant, le juge vous pose une question directement, restez calme. Répondez simplement de la manière la plus concise et la plus directe possible, et quoi que vous disiez n'oubliez pas de l'appeler Votre Honneur. Entendu ?

— Oui, Votre Honneur, répondit-elle.

Elle se moquait de moi. Mais cela m'était égal. Sa diction était parfaite.

Que faire maintenant ? « Défense d'un client ivre lors d'une audition pour conduite en état d'ivresse » ne figurait pas exactement au cœur de mon cursus à l'école de droit. J'éprouvais cependant le besoin de faire quelque chose. Je mis donc la main dans ma poche et en sortis une boîte de Tic Tac. Techniquement, c'était quelque chose. En disant à Sally de tendre une de ses mains lourdement parées de bijoux, j'en secouai quelques-uns dans sa paume.

— Est-ce que ce sont des cachets ? demanda-t-elle, un peu trop fort.

Je pinçai les lèvres et fis une grimace signifiant « chuut » tout en portant un index à ma bouche. A la bibliothèque, Maman aurait été fière.

— Non, ce sont des pastilles de menthe, chuchotai-je.

— Parce que si ce sont des cachets, chuchota Sally à son tour, je vous dis tout de suite que je n'en veux pas.

— Sally, ce sont des pastilles de menthe, faites-moi confiance.

Elle plaça son autre main en coupe devant sa bouche et exhala un petit souffle. L'universelle manœuvre pour vérifier l'état de son haleine. Avec une grimace coupable, elle se retourna vers moi.

— Donnez m'en deux, dit-elle.

Secousse, secousse. Je secouai la boîte de Tic Tac encore une fois et il en tomba d'autres. Sally engloutit ce qui représentait maintenant une poignée dans sa bouche. Secousse, secousse. Pour faire bonne mesure, je secouai deux fois encore la boîte et en pris moi aussi.

Tandis que nous sucions nos Tic Tac, je repassai le dossier de Sally en revue. Non, aucun papier n'avait décidé de prendre la poudre d'escampette au cours des deux dernières minutes. Bien que, considérant tout ce qui se passait dans ma vie en ce moment, cela ne m'eût pas étonné. Trois jours. C'est le temps qui s'était écoulé depuis mon déjeuner avec Tyler. Jusque-là, tout allait bien. Cependant, il était bien trop tôt pour crier victoire. D'après ce que j'en savais, les menaces de chantage ne connaissaient vraiment aucune prescription.

Où étais-tu, Tyler Mills ? Je dois avouer que ne pas connaître la réponse me rendait un peu anxieux. Il y avait des moments où je marchais dans la rue et où je jetais un rapide regard par-dessus mon épaule, sûr de le voir — et chaque fois qu'il n'était pas là j'avais d'autant plus de raisons de regarder la fois d'après. Cela me faisait penser à ce vieux fou dans sa chemise d'hôpital la nuit où Jessica et moi avions fait l'amour pour la première fois. A l'époque, le monde du vieillard et le mien ne pouvaient pas être plus éloignés. Il y avait donc quelque étrangeté à ressentir soudain quelque chose de sa peur, qu'elle fût réelle ou imaginée. Peut-être n'était-il pas si fou, après tout.

Presque aussitôt après avoir planté là Tyler à l'Oyster Bar, je m'étais repassé notre conversation dans la tête. Je m'efforçais principalement de voir si j'aurais pu dire autre chose ou décider d'agir... autrement que je ne l'avais fait. J'eus la révélation troublante que je n'avais pas vraiment tenté de dissuader Tyler. Pour gagner ma vie, je négociais et je proposais des compromis, mais dans le feu de l'action j'avais précipité l'issue. Et j'étais peut-être parti trop tôt. Peut-être, avec les mots exacts, aurais-je pu convaincre Tyler qu'il faisait une grosse erreur. Ou peut-être qu'au fond de lui il n'avait pas l'intention d'aller jusqu'au bout. C'est là que se cristallisaient mes craintes. Car peut-être, peut-être seulement, en le plantant là comme je l'avais fait, n'avais-je réussi qu'à lui ôter le choix. A présent, il était obligé de mettre sa menace à exécution.

— Sally Devine ! appela le greffier de l'autre bout de la salle.

Je me tournai vers ma cliente.

— A nous, dis-je.

Nous nous levâmes tous les deux et gagnâmes l'allée. Que ce faisant Sally trébuchât et faillît tomber n'était pas ce qu'on pouvait appeler un bon signe.

— Saleté de talon ! marmonna-t-elle en reprenant l'équilibre.

Je baissai la tête, comme pour entrer dans son jeu. C'est là que je les vis. Un noir, l'autre bleu. Sally Devine portait deux souliers différents.

*

Tôt ce matin-là, je m'étais rendu au bureau du substitut du procureur. J'avais trois objectifs à l'esprit. Le premier était de pure forme — visionner l'enregistrement vidéo de Sally réalisé au poste de police après son arrestation. Je savais à quoi m'attendre. Bien que la qualité des images ne fût pas ce qu'on pourrait appeler de haute définition, il était clair qu'elle avait bu. Elle n'était pas ivre morte ou quelque chose de ce genre, plutôt éméchée. Avec le défilement des minutes, la grisaille de l'écran et le mauvais cadrage, elle présentait ce qu'on pourrait décrire comme un léger manque de coordination. Une *happy hour* une minute avant la fin.

Le deuxième objectif était l'agneau du sacrifice — demander que l'accusation portée contre Sally ne fût pas lue en public afin de protéger son statut au sein de la communauté. J'aurais pu aussi bien venir demander une Ferrari. Mais c'était précisément le but recherché. Dans la vraie bonne tradition du donné pour un rendu, après m'avoir refusé une première requête le substitut du procureur serait légèrement plus enclin à m'accorder ce que je désirais vraiment, mon troisième objectif — que notre cas fût examiné aussi tôt que possible afin de ne pas être obligé de perdre toute une journée ici. Naturellement, il me faudrait lui fournir la raison pour laquelle il devait me rendre, à moi, un type à qui il ne devait rien, un tel service. Le fait que je n'en disposais pas n'allait pas me barrer le chemin.

MOI : Puis-je demander, par respect pour la vie privée de Mme Devine et eu égard au statut qu'elle occupe dans la communauté que les charges ne soient pas lues en public ?

SDP : Il eût mieux valu que votre cliente ait réfléchi à ce problème avant de boire et de prendre le volant d'une automobile.

MOI : Je vous l'accorde. Oh, autre chose. Avant d'aller donner mon sang en fin d'après-midi, il me faut passer au foyer de sans-abris où je suis bénévole afin de rencontrer l'homme à qui je fais don d'un rein, alors je me demandais s'il vous serait possible de juger notre affaire le plus tôt possible.

SDP : *(amusé)* Je verrai ce que je peux faire.

C'est une expression bien connue. « Attention à ce que vous demandez... » Assurément, Sally passa en troisième position. Service rendu. Mais ce n'était plus un service. En fait, étant donné son état, j'aurais dû supplier pour passer en dernier.

*

Le juge Harold Bainwright ne daignait pas lever les yeux. Tandis que Sally et moi gagnions les premiers rangs pour prendre place devant lui, il restait concentré sur ce qu'il était en train d'écrire. De l'endroit où je me trouvais, je ne voyais que le bout de son stylo et je le regardais courir de gauche à droite, danser et osciller à la hâte et de façon saccadée. Même quand le substitut du procureur se mit à lui donner lecture de l'acte d'accusation de Sally, le juge Bainwright garda les yeux baissés. Je me dis que, tant que son stylo remuait, nous n'avions rien à craindre. Danse, stylo, danse.

Et il arriva ce qui arriva. Sally se mit à rire.

Ce n'était pas un petit rire discret, ou un amusement passager, mais un vrai gros rire tonitruant. Il pétrifia la salle entière, y compris un certain stylo. Le juge Bainwright leva les yeux, eut sa grimace provoquée par une crise d'hémorroïdes et jeta un regard las sur Sally Devine.

— Je vous demande pardon, dit-elle, effrayée de se trouver soudain sous les feux de la rampe.

Mais une part d'elle-même continua à trouver qu'il y avait quelque chose d'amusant. Dieu sait ce que c'était, mais elle avait toutes les peines du monde à s'en empêcher.

Moins porté à rire, le juge Bainwright lança son bras en l'air. Le substitut du procureur obéit et lui tendit le dossier de Sally. Il se pencha sur son contenu pendant peut-être une demi-minute, qui sembla une éternité. Il s'en détacha lentement et posa à nouveau ce regard las sur Sally. J'étais sur le point de parler lorsqu'il me prit de vitesse.

— Bonjour, madame Devine, comment allez-vous aujourd'hui ? demanda-t-il, un peu trop aimable pour être honnête.

Je tentai aussitôt d'intervenir.

— Votre Honneur, je...

Il m'interrompit.

— Je ne m'adresse pas à vous, monsieur...

Il consulta le dossier pour connaître mon nom.

— ... Monsieur Randall.

Je regardai Sally. Sally me regarda. Je hochai la tête pour lui signifier qu'elle pouvait lui répondre.

— Je vais bien, dit-elle.

Aussitôt, elle se rappela les instructions que je lui avais données.

— Je veux dire, je vais bien, *Votre Honneur*.

— Vous comprenez pleinement la raison de votre présence ici aujourd'hui, n'est-ce pas ? demanda-t-il.

— Oui, Votre Honneur.

— Et vous comprenez pleinement que l'accusation portée contre vous est grave, n'est-ce pas ?

— Oh, oui, absolument, Votre Honneur.

Tandis qu'elle répondait à ses questions, je posai mes dossiers de plaidoirie sur le sol et demeurai là totalement inutile. Ce que disait Sally était parfait. La manière dont elle le disait était cependant suspecte. Quelque chose n'allait pas.

Le juge Bainwright se pencha en avant et inspecta Sally de la tête aux pieds. Je l'observais, attendant l'inévitable. Lorsque je le vis sursauter, je compris qu'il avait remarqué les deux souliers différents. Quelles chances avions-nous qu'il pense qu'il s'agissait d'une nouvelle mode ? Probablement aucune.

— Madame Devine, je vois votre adresse à Bedford dans votre dossier, mais pas votre numéro de téléphone. Pourriez-vous me l'indiquer ?

Sally parut brièvement stupéfaite par la question. Je la vis commencer à se passer la main sur le front. *Nom de Dieu, Sally, il vous a demandé votre numéro de téléphone, pas la racine carrée de pi !*

Elle parla enfin :

— Un... zéro... cinq... (longue pause)... zéro... six.

Comme un candidat hésitant à un jeu télévisé, elle consulta Bainwright du regard.

— En fait, madame Devine, c'est votre code postal, dit-il.

Une fois de plus, je tentai d'intervenir.

— Votre Honneur, je...

Une fois de plus, on me fit taire.

— Je ne m'adresse toujours pas à vous, monsieur Randall.

Bainwright croisa les bras devant lui.

— Madame Devine, je suis moi-même surpris de m'apprêter à vous poser la question que je m'apprête à vous poser. Néanmoins, avez-vous bu ce matin ?

Je me tournai et il s'en fallut de peu que je gifle Sally en lui posant la main devant la bouche pour l'empêcher de parler.

— Ne répondez pas ! criai-je.

Je pivotai sur mes talons pour faire face au juge.

— Votre Honneur, je sais que vous ne vous adressez pas à moi, cependant, comme j'ai demandé à ma cliente, ainsi qu'elle en a le droit, de ne pas répondre à vos questions, je vous demande respectueusement l'autorisation d'approcher.

Bainwright réfléchit une seconde et me fit signe d'avancer. Pourquoi pas ? Il devait se demander quelle piètre excuse j'étais en train de concocter à la place de

Mme Devine. En effet, c'était ce à quoi mon esprit s'appliquait.

Je commençai à m'avancer vers la cour. J'avais l'impression de marcher sur la planche. Dès mon premier pas, je sentis des gouttes de transpiration se former sur mon front. Au troisième, je sentis les yeux — tous les yeux de la salle du tribunal— braqués sur moi. Autant pour la discrétion. Plus que deux pas et une grande première pour Philip Randall : j'avais les mains qui tremblaient. Je les enfonçai aussitôt dans mes poches. Une fois arrivé, la dure réalité s'imposa. J'attendais désespérément un miracle.

Secousse, secousse.

Je le tenais. Là, dans ma main. La boîte de Tic Tac au fond de ma poche gauche. Les pastilles de menthe d'une calorie et demie que Sally avait prise pour des cachets. Voilà... *des cachets !* C'était évident. Alléluia ! Sally Devine, vous êtes géniale.

— Monsieur Randall, allez-vous dire quelque chose ou bien avez-vous simplement l'intention de rester là et de me faire perdre mon temps ?

Je posai les yeux sur le juge Bainwright qui, avec cette dernière remarque, élevait à lui seul la répulsion au rang de grand art. Ce type était vieux. Vraiment vieux. Imaginez un costume en lin passé de nombreuses fois à la machine. Voilà à quel point il était ridé. Et tandis qu'il parlait, je regardais sa bouche, une bouche qui représentait sûrement l'image de l'« avant » dans toutes les publicités pour le blanchiment des dents que j'avais pu voir.

— La parole est à monsieur Randall, dit Bainwright.

— Je vous ai compris, Votre Honneur, dis-je.

Je commençai sur le ton de la confidence.

— Monsieur, il m'apparaît parfaitement que Mme Devine semble avoir bu de l'alcool, mais il y a une explication simple, bien que malheureuse. Qui plus est, je crains d'être quelque peu responsable.

J'obtins de Bainwright un regard vide. Le substitut du procureur s'était joint à nous et il attendit simplement que je poursuive. Ce que je fis.

— Lorsque Mme Devine m'a retrouvé ici, au tribunal ce matin, elle était, pour ne pas dire plus, nerveusement mal en point. Comme vous pouvez l'imaginer, elle n'est pas ce qu'on pourrait appeler une habituée de ces audiences. Elle ne savait pas du tout ce qui l'attendait et malgré mes efforts pour la réconforter, elle se laissait déborder par son imagination. Telle était la situation. Pour finir elle m'a demandé si elle pouvait prendre un Valium pour se calmer. Naturellement, je lui ai demandé si les médicaments lui avaient été prescrits par un médecin, et elle m'a aussitôt montré le flacon pour prouver que c'était le cas.

« Malgré tout, je n'étais pas entièrement d'accord. En fait, j'étais sur le point de lui conseiller de ne pas en prendre lorsque j'ai remarqué qu'elle était au bord des larmes. Elle avait les yeux gonflés et elle tremblait de manière visible. Ne sachant trop quoi faire à ce moment-là, j'ai pris la décision qui me paraissait la meilleure. Je lui ai demandé de prendre un demi-comprimé de Valium. Je l'ai même vue le couper en deux. Ainsi, me suis-je dit, elle pourra se détendre un peu tout en demeurant lucide pour l'audience.

« Sauf que, messieurs, j'ai été un peu abusé. Après avoir cassé le comprimé, Mme Devine m'a dit qu'elle allait chercher un peu d'eau pour l'avaler. C'est là, comme on dit, que je l'ai perdue de vue. Si je devais parier, elle a certainement pris le Valium entier, sinon davantage, Dieu l'en garde.

Je marquai un nouveau temps d'arrêt et me retournai pour regarder Sally. Le juge Bainwright et le substitut en firent autant. Comme répondant à un signal, elle semblait tanguer un peu. Son regard de biche-saisie-par-les-phares soulignait joliment l'effet. Il fallait conclure.

— Oui, il y a fort à parier que c'est ce qui est arrivé, dis-je en hochant la tête. Je vous présente mes excuses, Votre Honneur. Le compromis d'un demi-Valium m'avait semblé une bonne idée, étant donné qu'elle était au bord de la crise de nerfs. Qui sait, si elle s'était contentée de ça, elle irait bien. Mais ce que je peux vous affirmer, c'est que son comportement n'a rien à voir avec l'alcool.

Ainsi conclut la Défense Valium. Regarder le substitut du procureur, c'était voir un homme convaincu. Sur toute la ligne. Regarder le juge Bainwright, cependant, c'était voir un homme très sceptique. Il n'était pas prêt à rendre son verdict sur la foi de mon explication, et son expression ne révélait pas de quel côté penchait la balance. Une minute s'écoula.

J'avais envie de dire : « La parole est au juge Bainwright » mais je m'en gardai bien. Au lieu de cela, je tirai profit du temps pour préparer intérieurement ma réfutation si besoin était. Bonne chose. Parce que brusquement, le silence fut brisé par un nouvel éclat de rire. Sauf que cette fois ce n'était pas Sally. C'était Bainwright. Il riait tout seul, de façon hystérique. Le rire de Sally était peut-être plus sonore, mais en termes de pure menace, le juge l'emportait haut la main. Et puis, aussi soudain qu'il avait commencé, le rire s'arrêta.

— De toutes les années où j'ai siégé ici, c'est la plus grosse connerie que j'aie jamais entendue de la bouche d'un avocat. Vous êtes bien avocat, monsieur Randall, ou est-ce un mensonge également ? Laissez-moi vous dire une chose. Pour ce qui est de la rapidité d'esprit et d'imagination sous contrainte, vous vous êtes montré des plus impressionnants. A tel point que je n'ai nullement l'intention de gâcher votre performance en demandant à Mme Devine de produire le flacon de Valium prétendument en sa possession. Ni d'ailleurs de descendre de cette estrade et de respirer son haleine. Peu importe le nombre de Tic Tac que vous lui avez donnés, jeune homme, tandis que vous attendiez de paraître devant moi. Si elle a bu, je pourrai le sentir.

Bouche bée, je le fixai du regard. *Comment a-t-il pu deviner que je lui ai donné des Tic Tac ?*

La réponse ne se fit pas attendre.

— Ceci est ma salle d'audience, monsieur Randall, et je peux vous assurer que je sais tout ce qui s'y passe.

Le substitut ne put s'empêcher de ricaner. Innocent spectateur, il assistait, au premier rang, à ce qui frisait mon humiliation complète. Le parquet se changeait en sables mouvants. Si je ne pouvais me sauver moi-même, il fallait au moins que je sauve Sally.

— Je regrette que vous voyiez les choses ainsi, Votre Honneur. Par respect pour votre opinion, je n'insisterai pas. Ce que je souhaite, par conséquent, est de poursuivre et de demander que ma cliente, en tant que délinquante primaire, soit admise au programme de prévention de l'alcoolisme proposé par l'Etat.

Le juge Bainwright commença à lentement secouer la tête.

— Comme je l'ai dit, monsieur Randall, je ne vais pas gâcher vos efforts d'imagination. Mais je ne vais pas non plus les récompenser. Je penche pour refuser votre requête et pour renvoyer l'affaire devant le tribunal.

— *Quoi ?* s'exclama Sally, qui était à présent en mesure d'entendre les débats.

Comme il n'était guère facile de parler à voix basse très longtemps, ce qui avait commencé comme une conversation de bar était devenu de plus en plus public. Je me tournai vers elle, les deux mains levées et lui fis signe de rester calme. Tout n'était pas perdu. J'avais beau être humilié, mes synapses n'avaient pas cessé toute activité.

— Ceci est votre entière prérogative, Votre Honneur. Mais, alors que je n'ai jamais eu l'intention de nier les faits devant vous aujourd'hui, étant donné les circonstances, je crois qu'une erreur de procédure doit à ce stade être portée à votre connaissance.

Je marquai une brève pause pour reprendre mon souffle. Si je l'avais prolongée, Bainwright m'aurait interrompu et empêché de poursuivre. Je passai à la vitesse supérieure.

— En premier lieu, l'officier qui a arrêté ma cliente a omis de noter l'heure de l'accident, et a indiqué plutôt l'heure à laquelle celle-ci est arrivée au poste de police. Par conséquent, le temps écoulé entre l'accident et la prise de sang a de loin excédé le maximum de deux heures autorisé par la loi de l'Etat. Cela seul peut entraîner une annulation pour vice de forme, mais je voudrais également faire valoir que, lors de la prise de sang, l'infirmière a frotté le bras de ma cliente avec un tampon d'alcool. La prise de sang étant destinée à mesurer le taux d'alcool dans le corps, j'affirme que l'action de l'infirmière a compromis la validité des résultats.

Le coup du tampon d'alcool était vraiment le dernier recours que je conservais dans ma manche, et il était clair, à en juger par l'expression du juge Bainwright que c'était certainement pour lui du « jamais-vu ».

— Je pourrais continuer, Votre Honneur, ma voix gagnant en assurance avec chaque mot. Le reste, quoique certainement sujet à débat, est la chanson habituelle. Je crois que j'ai clairement exprimé mon point de vue. Envoyer cette affaire au tribunal ne serait pas seulement entièrement désavantageux pour l'Etat, ce serait également une perte de temps pour toutes les parties. Naturellement, il ne s'agit là que de mon humble opinion.

« Comme je l'ai dit, mon intention n'était pas de nier les faits devant vous aujourd'hui. J'ai clairement demandé l'admission au programme de prévention de l'alcoolisme et ma requête demeure inchangée. Peut-être, à la lumière de ce qui vient d'être dit, pourriez-vous décider de reconsidérer votre position.

Je soufflai. Il y avait probablement eu deux ou trois occasions où Bainwright avait voulu m'interrompre, et chaque fois que je l'avais vu s'apprêter à le faire, je m'étais mis à parler plus vite. A la fin de ma dernière phrase, le seul spectacle de la vitesse à laquelle je parlais était plus intéressant que ce que j'étais effectivement en train de dire.

L'instant décisif.

Pendant que j'attendais, l'image de Jack Devine en train de me trouer un second anus me traversa l'esprit. Suivie par celle de Lawrence Metcalf secouant la tête et marmonnant à voix basse qu'il avait toujours su que je n'avais jamais été à la hauteur, encore moins à la hauteur de sa fille. Selon mon point de vue, le résultat final était que Bainwright aurait pu, sans ciller, me renvoyer chacun de mes mots à la figure. Je pouvais pratiquement l'entendre. *Puisque vous êtes si fier de votre erreur de procédure, grosse légume, voyons plutôt quelle valeur lui accordera le tribunal !*

Mais ce fut la surprise. Bainwright, contre toute attente, parut en référer au substitut. Aucun mot ne fut prononcé. Ce fut plutôt un simple regard signifiant « Qu'en pensez-vous ? » Et bien que je ne fusse pas entièrement spécialiste du langage corporel, le substitut sembla répondre par un imperceptible haussement d'épaules, comme suit : C'est votre affaire, juge, mais si cela ne tenait qu'à moi, j'accorderais ce qu'il veut à ce jeune homme et enverrais la riche salope au programme de prévention. Elle pourra en tirer une leçon et pendant ce temps, nous pourrons passer à l'affaire suivante et avoir peut-être terminé cette putain de session avant Noël, ce qui, quand j'y pense, se trouve être le moment où j'ai des nouvelles de tous mes anciens copains de fac de droit devenus avocats à la défense comme ce gommeux nommé Randall debout à côté de moi et qui reçoit de grosses primes de fin d'année, lesquelles, ajoutées à leur salaire mensuel, donnent à mon indemnité le caractère pathétique et dérisoire qui est le sien. *Comprende ?*

Mais, comme je le disais, je ne parle pas tout à fait couramment le langage corporel. Le haussement d'épaules du substitut pouvait aussi bien signifier : « Ça me dépasse ». Néanmoins, c'est immédiatement après ce haussement d'épaules que Bainwright déclara sans s'adresser à personne en particulier : « Requête accordée... Affaire suivante. » Ce fut rapide et décisif. Mais c'était aussi un coup de veine.

J'attrapai mon sac, saisis Sally et filai vers la sortie de la salle avant que Bainwright ne changeât d'avis. Une fois dehors, je me dirigeai aussitôt vers une poubelle. Secousse, secousse. Je jetai les Tic Tac. A partir de ce jour je m'en tiendrais strictement aux pastilles Certs.

— De quoi avez-vous parlé à voix basse avec le juge pendant si longtemps ? voulut savoir Sally.

— J'essayais simplement de lui montrer les choses sous le même angle que nous.

— Il n'avait pas l'air de vous apprécier beaucoup.

— On ne peut pas dire non plus qu'il soit un de vos grands admirateurs, lui rappelai-je. Et qu'est-ce qui était si drôle, à propos ?

A nouveau son regard stupéfait.

— Je ne sais plus, dit-elle en regardant vers le plafond. C'est bizarre, non ?

C'était bien le mot.

Avant de partir, nous devions nous charger des papiers. Nous nous rendîmes au bureau approprié pour y remplir un tas de formulaires. L'admission au programme de prévention coûtait quatre cent cinquante dollars. Pour Sally, c'était une chose entièrement nouvelle. L'idée d'être obligée de payer sa punition ne lui convenait pas.

— Ce n'est pas tant la somme, bien entendu, se hâta-t-elle de préciser. C'est le principe de la chose. Je veux dire, on ne paie pas pour aller en prison, non ?

Je secouai la tête. Quand elle eut rédigé le chèque et apposé sa signature, elle ne put s'empêcher de faire une autre remarque.

— Quatre cent cinquante dollars. Ça représente une journée entière à l'Institut Georgette-Klinger, vous savez.

Nous quittâmes le palais de justice en continuant à parler. Disons plutôt que Sally se chargeait presque entièrement de la conversation. J'écoutais. Ce faisant, j'en vins à constater que, si la sobriété prenait lentement le dessus, Sally était encore loin du compte. Nous entrâmes dans le parking. J'avais beau être impatient de commencer ma journée, je n'allais pas la laisser prendre le volant. Je lui proposai de la conduire dans sa voiture et d'appeler un taxi pour me ramener au tribunal afin de reprendre la mienne. A ma grande surprise, elle ne protesta pas. En fait, elle s'inquiétait seulement que je doive appeler un taxi.

— Ne soyez pas stupide, Hector vous reconduira, dit-elle.

Hector, hein ? A cet instant, jamais un nom ne m'a paru plus synonyme de travail manuel.

Le trajet jusqu'à Bedford prit vingt minutes. (Jaguar Van den Plats, au cas où vous vous seriez posé la question. Belle voiture quand elle n'est pas chez le concessionnaire.) Entre les moments où elle m'indiquait de prendre à gauche ou à droite, Sally me disait quelles maisons s'étaient vendues récemment et à quel prix.

— La nôtre, dit-elle enfin, se trouve en haut à droite.

Je m'engageai dans l'allée. Brique rouge. Pas une simple aire de stationnement suivie d'une chaussée. C'était tout le tremblement. Je ralentis et regardai autour de moi.

Le crime pouvait payer ou ne pas payer. A moins, bien entendu, d'être un avocat de la défense. Alors le crime paie pour tout. Dans le cas de Jack Devine, cela signifiait une splendide vieille maison de style victorien magnifiquement perchée sur un flanc de colline. Elle était immense, vaste et entourée de ce qui constituait sûrement un bon investissement pour un heureux architecte paysager. De grands arbres, des arbustes en topiaire, des cascades de fleurs, et partout, des étendues de green de golf. Pas étonnant que Jack joue si bien sur neuf trous.

J'arrêtai le moteur et coupai le contact. Sally défit sa ceinture de sécurité. Elle se tourna vers moi et me regarda avec un drôle de sourire. Je me sentis aussitôt mal à l'aise.

— Vous ne voudriez pas entrer et baiser la femme de votre patron par hasard ? demanda-t-elle.

Elle parlait sérieusement.

— Vous me flattez, Sally, répondis-je. Mais je suis également tout à fait certain que ce serait tout en haut de la liste des plus mauvais plans de carrière.

Elle rabaissa le pare-soleil et vérifia son rouge à lèvre dans le miroir.

— Alors vous me dites non ?

— Dans un sens... oui.

Elle continua à regarder dans le miroir.

— Ne craignez-vous pas que je devienne méchante, déraisonnable, oserais-je dire rancunière, et que je raconte à Jack que vous vous êtes conduit de façon abominable aujourd'hui ?

— Ce n'est pas le cas.

— Ça n'a rien à voir ! répliqua-t-elle. Ne craignez-vous pas que je compromette votre précieuse carrière ?

— Bien sûr que si.

Elle remonta le pare-soleil, me regarda et fronça les sourcils. Je suis sûr qu'elle attendait une réponse plus combative, ou du moins, une réponse articulée d'une voix plus tremblante. Elle n'avait obtenu ni l'une ni l'autre. Sally secoua la tête et ouvrit la portière, non sans me gratifier d'un mot d'adieu.

— Vous êtes un cœur.

Quelques minutes plus tard, je me trouvais encore assis seul à l'intérieur de la voiture, sans trop savoir quoi faire ensuite. J'étais sur le point de sortir lorsqu'un petit homme d'origine hispanique vêtu d'une salopette apparut au coin du garage. Il ouvrit la portière du côté passager et monta sans dire un mot. Il sentait l'huile et la sueur.

— Vous devez être Hector, dis-je.

— *Si,* me répondit-il.

TREIZE

Le lendemain, un vendredi, je me trouvais dans mon bureau avec Peter Sheppard et nous discutions de l'affaire Brevin. Nous défendions Brevin Industries contre un actionnaire qui accusait la société d'avoir intentionnellement trompé des investisseurs par des prospectus d'émission de titres nettement surestimés. C'était ce genre de trucs excitants qui occupaient le peu d'espace qui, dans mon cerveau, n'était pas déjà dévoré par Sally Devine ou Tyler Mills.

Sheppard, ou Shep, comme tout le monde l'appelait, était un avocat du cabinet, de deux ans mon aîné. Il était spécialisé en droit civil. Comme une enquête de la COB était en cours, je l'aidais à examiner les implications criminelles que l'affaire pouvait receler. Nous nous entendions à merveille. L'été précédant sa première année de lycée, il avait été paralysé de la taille jusqu'aux pieds à la suite d'un horrible accident de ski nautique. « Je me suis aventuré un peu trop près du rivage », telle était l'explication qu'il avait donnée. A l'époque, les médecins lui avaient dit qu'il ne remarcherait plus jamais, et leurs prédictions s'étaient révélées justes. Ce qui ne voulait pas dire qu'il cesserait un jour d'essayer, aimait-il à répéter.

Il est hors de doute que Jack Devine n'aurait pas recruté Shep à la sortie de Stanford s'il n'avait pas estimé qu'il serait un sacré bon avocat. C'est ce qu'il était. Qu'il se déplaçât en fauteuil roulant n'avait pas diminué ses chances. A en croire Shep, Jack n'avait évoqué son handicap qu'une seule fois lors de leur première entrevue. C'était lorsqu'il avait demandé de but en blanc si Shep verrait un inconvénient à ce que les jurés fussent ébranlés dans leur jugement par sympathie pour son état.

« Sûrement pas », avait répondu Shep. Je suis certain que c'était la réponse que Jack attendait. Non qu'il eût l'intention d'exploiter Shep, mais parce qu'il ne pouvait pas se permettre d'engager quelqu'un qui se révélerait incapable d'accepter une situation pour ce qu'elle était. Dans un monde parfait, nul ne songerait à modifier son opinion sur Shep parce qu'il ne pouvait pas marcher. Mais dans le monde réel — le seul monde dans lequel vivent les avocats —, la plupart des gens ne peuvent pas s'empêcher d'en tenir compte. Et souvent de se laisser influencer. Les choses sont ainsi. Vous n'êtes pas obligé de les aimer, juste de les accepter. Ou, dans le cas de Shep, de les prendre à bras-le-corps, ce qui était d'autant mieux. Parce que, au finale, vous aviez envie de croire que le monde lui devait un peu plus qu'une grande place de stationnement au centre commercial.

Nous fûmes interrompus par un coup frappé à la porte, un seul, très sonore.

— Bonjour, messieurs, dit une voix familière.

Je vis Jack sur le pas de la porte. Il ne souriait pas.

— Bonjour, Jack, répondit Shep.

Je marmonnai quelque chose du même ordre.

— Shep, tu veux bien nous excuser un moment ?

— Bien sûr.

Shep me regarda avec un bref haussement de sourcils et s'appliqua à manœuvrer son fauteuil roulant.

— Nous reprendrons l'affaire Brevin un peu plus tard, me dit-il avant de quitter mon bureau.

Jack s'effaça pour laisser passer Shep. Il referma la porte derrière lui.

— J'ai eu une longue conversation avec ma femme hier soir, dit Jack.

Je déglutis.

— Oh ! fut tout ce que je parvins à articuler.

118

Jack s'avança vers moi. Je me mis aussitôt à évaluer mes chances de survie à une chute de trente et un étages si j'avais besoin de m'échapper par la fenêtre. Ou pis, si quelqu'un me jetait par la fenêtre.

Jack prit place dans l'un des fauteuils en face de mon bureau.

— Je crois que tu me dois quelques explications.

Elle m'avait baisé. C'est tout ce qu'il y avait à dire. Parce que j'avais refusé ses avances, Sally Devine avait mis sa menace à exécution. J'étais fini. Les yeux fixés sur Jack, je me préparai à subir sa fureur.

— Ce que tu dois m'expliquer, dit-il, le visage froid, c'est combien tu as payé ma femme pour lui faire dire à quel point tu as été génial hier.

Là-dessus, son visage se fendit d'un sourire. Puis il éclata de son immense rire léonin.

— Tu as fait du bon boulot, me suis-je laissé dire. Rapide et sans douleur. Merci.

— De rien, répondis-je, en me souvenant de respirer.

J'avais failli pisser dans mon froc.

— Mais nous avons encore l'audience devant la Commission de retrait de permis, lui rappelai-je.

— Tu sais quand elle aura lieu ?

— Non, pas encore.

— Préviens-moi quand tu le sauras, d'accord ?

— Bien sûr, pas de problème.

Jack glissa la main dans la poche de sa veste et en sortit une enveloppe. Il la jeta sur mon bureau.

— Qu'est-ce que c'est ? demandai-je.

— Ouvre.

Je la pris et soulevai le rabat. Elle était pleine de billets de cent dollars.

— Je crois que je vais te poser la même question, dis-je, interloqué. Qu'est-ce que c'est ?

— Mon jeu de poker... Je crois que tu en as entendu parler. Il se trouve que nous avons une place libre la prochaine fois. Considère cette enveloppe comme ton invitation, avec une première mise. Nous jouons le dernier mercredi du mois, Keens Steakhouse, côte de bœuf à sept heures, choix du donneur à huit heures. Dis à quelqu'un ici que tu y vas et je t'enfonce un paquet de cartes dans la gorge. Si, naturellement, tu es intéressé. Mais on joue gros.

Je fis semblant de réfléchir une seconde.

— Tu ne seras pas furieux si je perds tout ton argent ?

— Rien ne pourrait me rendre plus furieux.

— Alors j'y serai.

Jack se leva et ouvrit la porte de mon bureau, se retournant juste avant de me quitter.

— Pigeon ! lança-t-il.

Je ris. Puis je comptai. Trente en tout, pour un total de trois mille. Comment était-il parvenu à cette somme en dollars, je l'ignorais. On aurait dit une rançon. Je ne me plaignais pas. Mais aussi bon que fût l'argent, ce n'était pas le meilleur. Car j'avais été invité à aller là où aucun homme — et certainement aucune femme — de chez Campbell & Devine n'était jamais allé. Le très secret, ultra sacré et mythique jeu de poker animé par Jack Devine. Quelle en était la valeur ? Disons simplement que cela suffisait à me rappeler le père de Tracy. Si vous pensiez que j'avais du génie, Lawrence Metcalf, regardez-moi bien à présent.

Avec un large sourire, je scellai l'enveloppe et ouvris ma mallette pour l'y glisser. Le sourire fut de courte durée. L'euphorie créée par mon invitation au jeu de poker allait être sérieusement tempérée. A l'intérieur de ma mallette se trouvait l'une des photos que Tyler m'avait montrées à l'Oyster Bar. Une chose était certaine, elle ne s'y était pas faufilée toute seule. Je la pris. En noir et blanc, comme de juste, Jessica et moi quittant l'hôtel ensemble.

— Philip ?

Je faillis tomber de ma chaise. Gwen avait franchi le seuil de mon bureau.

— Pardonnez-moi, je ne voulais pas vous faire peur.

— Il n'y a pas de mal, lui dis-je, m'efforçant de remettre discrètement la photo et de refermer ma mallette.

— Je voulais vous dire que je vais déjeuner maintenant.

— Euh... oui, bien sûr.

Elle restait debout sur le seuil.

— Tout va bien ?

— Tout va très bien, la rassurai-je.

Elle était sur le point de s'en aller.

— Est-ce que vous vous souvenez si quelqu'un est venu dans mon bureau en mon absence ?

Elle réfléchit une seconde.

— Non... attendez, il y a un type de l'entretien qui est passé quand vous étiez sorti, hier matin. Il a dit qu'il devait vérifier la climatisation.

— Est-ce qu'il était maigre, à peu près de la même taille que moi ?

— Je crois. Attendez, je n'aurais pas dû le laisser entrer ?

— Non, ça va. S'il repasse, ce serait une bonne idée de lui demander sa carte.

— Vous ne croyez pas qu'il était vraiment de l'entretien ?

— Peut-être pas.

Gwen mima une petite panique.

— Vous plaisantez ; il ne manque rien ? Il a emporté quelque chose ?

Ajouté, plutôt.

— Non, il ne manque rien, Gwen, tout va bien.

— Vous êtes sûr ?

— Oui, je suis sûr.

— S'il revient une deuxième fois, et qu'il n'a pas de carte, est-ce que je peux lui donner un coup de pied dans les couilles ?

— Ne vous gênez surtout pas.

Gwen sortit et j'ouvris à nouveau ma mallette pour prendre la photo. Je la gardai à la main, les yeux fixés dessus. Ainsi donc. Tyler n'avait pas l'intention de disparaître de ma vie aussi facilement. Pas de réaction excessive, me dis-je. Il ne fait que jouer avec toi, tout comme il a joué avec ces gens et leurs portables. Il t'a raconté comment cela s'était terminé. Exact. La nouveauté s'est fanée. Il a commencé à s'ennuyer et est passé à son petit coup suivant. A son plan suivant.

Je me trouvais à présent dans un concours de regard fixe d'un autre genre. Mais j'avais beau sentir la pression, je n'étais pas prêt à cligner des yeux.

QUATORZE

Que les jeux commencent.

Ce lundi-là, au bureau, il y eut un tir de barrage de courriers guère subtils *via* le courrier électronique et le fax. Josephine, assise à son poste à la réception, avait eu la gentillesse de fournir à Tyler toutes les informations dont il avait besoin. D'après ses dires, le type courtois qui prétendait mettre à jour ses dossiers à l'autre bout du fil était un représentant de ce qui pouvait passer pour une association officielle, la AAM. Autrement dit « l'Association des avocats de Manhattan ».

Bien, Tyler. Très bien.

Les fax arrivaient chaque heure à l'heure pile. Jamais du même endroit. Du Wall Street Burocenter, du Kinko d'Astor Place et plus tard de celui de la Quarante-quatrième Ouest. Du Copy Quest de la Première Avenue. Quand Gwen m'avait remis le premier avec un regard intrigué, je m'assurai que tous les autres me parviendraient directement. C'était comme un réflexe de Pavlov. J'entendais la sonnerie lointaine du fax principal du bureau et j'y allais aussitôt — en m'efforçant nonchalamment de parvenir à la machine le premier.

Il arrivait que les fax soient tout simples : une unique page avec un énorme symbole du dollar dessus. D'autres fois, ils étaient plus complexes, comme celui avec toutes les paroles de « Every Breath you Take » de Police écrites à la main, avec la phrase « *I'll be wtaching you* » (je te suivrai partout) écrite en majuscules. Et d'autres fois encore il y avait des photocopies des photos de moi et de Jessica, trop floues et déformées par la machine pour être comprises de quelqu'un d'autre que moi. Ce que cherchait précisément Tyler, j'en étais convaincu. Il s'agissait de me faire une grosse frayeur, vous voyez, pas de me faire céder.

Pas encore.

Quant aux e-mails, il les envoyait par paquets, l'un après l'autre. Les messages en eux-mêmes étaient vides. A la place, il utilisait le champ « objet » de chaque message pour composer de petites mises en garde dans ma boîte aux lettres. Par exemple :

Expéditeur	Objet
ombre-de-randall@yahoo.com	TU
ombre-de-randall@yahoo.com	PEUX COURIR
ombre-de-randall@yahoo.com	MAIS
ombre-de-randall@yahoo.com	TU NE PEUX PAS
ombre-de-randall@yahoo.com	TE CACHER
ombre-de-randall@yahoo.com	PHILLY...

Certes, en ce qui concernait les messages d'intimidation, ce que Tyler avait à dire manquait d'originalité. Il n'était sûrement pas le Hemingway du harcèlement. Pourtant, sa manière de les faire parvenir possédait assez de caractéristiques effrayantes d'un Big Brother au goût du jour pour me faire sentir plus que mal à l'aise. Surtout quand, ayant bloqué son adresse chez Yahoo, je reçus peu après de nouveaux e-mails par l'intermédiaire d'un autre moteur de recherche. Si ce n'était pas Excite, c'était Lycos. Si ce n'était pas Hotbot, c'était AltaVista. Et ainsi de suite.

Tout cela était absurde. Tout cela était surréaliste. Tout cela était aussi tout à fait autre chose..., contagieux. Tyler se révélait implacable.

Et puis, au milieu de la semaine, il diversifia sa méthode.

— On n'a pas cessé d'appeler et de raccrocher toute la

journée, m'annonça Tracy quand je franchis la porte de chez moi ce mercredi soir.

Magnifique.

— Il dit quelque chose ? demandai-je, en m'efforçant de contenir une soudaine vague de panique.

— Non, il raccroche dès que je dis allô.

— Tu aurais dû décrocher le téléphone.

— C'est ce que j'aurais fait si je n'attendais pas une réponse pour un travail aujourd'hui, dit-elle. Heureusement, les appels viennent de s'arrêter, mais c'était vraiment pénible.

— Je pense bien.

Elle s'approcha et me donna un rapide baiser.

— Comment a été ta journée ?

— Ordinaire, lui dis-je.

A moins, bien entendu, de considérer comme *extraordinaire* d'avoir été pris en otage par un fax tout en se précipitant pour effacer au plus vite du système des hordes et des hordes d'e-mails.

— Comment a été ta journée ?

— Excellente, dit Tracy. J'ai commandé le dîner.

— Ça me va.

Une part de saucisse et poivrons, une autre part de broccoli et de câpres. Comme d'habitude. Vous avez droit à une seule réponse : quelle part était pour moi et laquelle pour elle ? J'étais en train de décider si j'allais en reprendre lorsqu'on sonna à la porte.

— Je vais ouvrir, dit Tracy.

Je bondis.

— Non, j'y vais.

Il s'était glissé derrière un autre locataire, me dis-je. Probablement M. Hullen du troisième. Comme nous n'avions pas de portier, la plupart des habitants de l'immeuble étaient très soucieux de la sécurité. M. Hullen, pour sa part, était totalement inconscient. C'était un baba des sixties avec les tee-shirts psychédéliques pour le prouver. J'étais persuadé qu'il avait un jour fait un trip d'acide dans l'ascenseur alors que j'étais avec lui. Non seulement il aurait laissé entrer Tyler, mais il lui aurait sans doute tenu la porte.

Je regardai par le judas.

Le visage déformé n'était pas celui de Tyler. Il appartenait à notre voisine Sarah Prescott, la reine de l'affectation. Son loft occupait l'autre moitié de l'étage. L'année dernière, *Architectural Digest* avait publié un reportage sur son approche minimaliste de la décoration intérieure et sur son influence sur les personnalités de Hollywood basées à New York. Depuis lors, elle était devenue insupportable.

— Bonsoir, Sarah, dis-je en ouvrant la porte.

— Philip, Philip, Philip, commença-t-elle, je suis teeeeellement, tellement désolée de vous déranger comme ça ; j'espère que vous et votre adorable femme allez bien. Je vais très bien, merci.

— Voulez-vous entrer ?

— Oh, non, Noooooon, c'est inutile. Voyez-vous, je suis simplement venue vous déposer cela.

Je baissai les yeux pour voir que « cela » était. Sarah tenait un sac en plastique et je la vis en sortir un objet rectangulaire.

— J'espère que vous ne m'en voudrez pas d'avoir jeté un coup d'œil, mais quand le coursier a dit que vous étiez absent et a proposé de me le laisser, j'ai voulu savoir ce que ça pouvait bien être.

Ce que c'était : une cassette vidéo. Elle me la tendit.

— Je ne vous connais pas, jacassa encore Sarah, mais je trouve que Cary Grant est le summum de l'élégance. Avez-vous jamais vu cette merveilleuse maison où il habitait ?

Je ne l'entendais pas. J'étais trop occupé à retourner ce qui était une cassette de location. Le film ? *An Affair to Remember* (une liaison inoubliable, *Elle et lui*, de Leo McCarey).

Bien, Tyler. Très bien.

— Qu'est-ce que c'est, chéri ? me parvint une voix depuis la cuisine.

— Une erreur, je crains, dis-je.

— Oh, bonsoir, Sarah, dit Tracy en tournant le coin.

— Mais vous êtes superbe, ma chère, comme toujours, dit Sarah.

— Vous aussi, mentit Tracy.

Tracy me prit la cassette des mains.

— Oh, j'adore ce film !

— Je sais. N'est-ce pas son meilleur ? dit Sarah.

— On va le regarder ce soir, Philip, dit Tracy.

— Mais on n'est même pas censé l'avoir.

Je regardai la boîte pour voir d'où elle venait.

— A-1 Vidéo, lus-je, a dû se tromper.

— En notre faveur, dit Tracy. Voulez-vous rester et le regarder avec nous, Sarah ?

— Oh, c'est teeeeeellement gentil de votre part, mais c'est impossible, je ne peux pas.

Elle baissa la voix et jeta des regards fureteurs à gauche et à droite.

— Je dois rencontrer Bobby de Niro demain matin pour parler de son nouvel appartement, et il reste beaucoup de travail de préparation.

Le pire, c'est qu'elle disait probablement la vérité.

Ainsi donc. Il me fallait passer les deux prochaines heures de mon existence, une existence dont je perdais lentement le contrôle, à regarder *An Affair to Remember* avec Tracy. Parlez-moi d'une soirée à oublier.

Après le générique, Tracy se prépara à aller se coucher pendant que je lisais *Robb Report* dans le salon. Le téléphone sonna. En disant à Tracy que j'allais répondre, je pris le sans-fil qui se trouvait sur une table basse.

— Allô ?

— As-tu aimé le film ? dit sa voix.

Je raccrochai en pressant le bouton si fort que je faillis me casser le pouce.

— Encore un de ces appels anonymes ? lança Tracy depuis la salle de bains.

— Oui, répondis-je.

J'allais rallumer le téléphone pour le laisser sur la tonalité lorsqu'il sonna à nouveau.

— Écoute-moi bien, *espèce d'enfoiré*, dis-je dans le récepteur.

J'en avais encore à son service et je m'apprêtais à le lui dire lorsqu'une voix m'interrompit. C'était la voix d'un homme et elle m'était familière. Le seul problème, c'est qu'elle n'appartenait pas à Tyler.

— Putain de bonsoir, Philip ! dit Menzi.

Flûte !

Je m'excusai auprès de Menzi en lui expliquant que nous avions eu une série d'appels anonymes. Il me conseilla d'appeler le service d'identification des appels et je lui dis que c'était une bonne idée. Ce qui était vrai.

— J'espère que je n'appelle pas trop tard, dit Menzi.

— Pas du tout.

— Bien. Écoute, demain soir, tu es libre ?

— Pourquoi, que se passe-t-il ?

— Les festivités habituelles. Conduite obscène et lubrique, ivresse publique, nos infractions basiques. J'ai déjà prévenu Connor et Dwight. Tu en es ?

Je n'avais nul besoin de réfléchir.

— Absolument.

Absolument n'importe quoi pour me libérer l'esprit de Tyler.

QUINZE

Dwight apparut en arborant un brushing soufflé. Menzi
ne le rata pas.

— Hé, Dwight ?

— Quoi, Dwight ?

— Wayne Newton[1] a appelé ; il demande qu'on lui rende
ses cheveux.

Hurlements de rire de Connor et de moi. Dwight, de son
côté, ne voyait pas ce qu'il y avait de si drôle. D'autant plus
qu'il était trop occupé à préparer sa vengeance. Il
commença par examiner la chevelure clairsemée de Menzi.

— Au moins, dit Dwight, il m'en restera encore dans un
an ou deux, pauvres glands.

De vraies fripouilles. Survivre aux railleries et mises en
boîte de vos potes ou mener une campagne politique,
c'était du pareil au même. Si vous ne répondiez pas du tac
au tac et sans hésiter à toute attaque négative, vous étiez
noyé.

Une nouvelle soirée entre mecs commençait et je m'appliquais à m'amuser sans arrière-pensées. La scène se déroulait au Temple Bar, sur Lafayette Street. Et par scène, je
veux dire scène.

1. Wayne Newton : célèbre artiste de Las Vegas dont la coiffure
évoque la banane. (*N.d.T.*)

— Nom d'une pipe ! Vous avez vu le vénitien qu'elle a ? dit Dwight.

Et les autres de regarder la blonde qui passait devant notre position au bar. Le « vénitien », naturellement, désignait les plis horizontaux évoquant les stores que dessinait un tee-shirt trop moulant entre les amples seins de la dame. Que Dwight fût non seulement capable de remarquer ce genre de phénomène mais d'avoir un mot pour le décrire faisait de lui un spécimen de mâle vraiment unique. S'il avait eu le sentiment du devoir national, il aurait fait don de son cerveau à la science.

Le groupe que nous formions, spécialement en présence d'alcool et de jolies femmes, n'était pas très enclin à discuter de sujets graves. Encore que, après quelques verres, nous n'en fussions pas loin. Très sérieusement, du moins le prétendait-il, Menzi voulait savoir ce que Connor avait ressenti quand Jessica avait gardé son nom de jeune fille après leur mariage. La question prit Connor au dépourvu.

— Comment ça, si ça m'a fait de la peine ?

Menzi hocha la tête :

— Oui, ça ne te tracasse pas ?

Connor se mit à tripoter une serviette en papier. Ou bien il réfléchissait, ou bien il cherchait à temporiser.

— Tu peux toujours plaider le Cinquième Amendement, Connor, dis-je pour combler le vide.

— Ce que je peux détester les avocats, marmonna Dwight.

— Non, je cherchais seulement la meilleure façon de répondre, me dit Connor.

Il se tourna vers Menzi :

— J'ai une question à te poser. Tu as déjà rencontré Jessica, n'est-ce pas ?

— Oui, un certain nombre de fois.

— Tu lui as parlé, tu t'es intéressé un peu à elle ?

— Tout à fait.

— Dans ce cas, tu dirais que tu as une idée à peu près juste du genre de personne qu'elle est ?

— Je crois, oui.

— D'accord, alors je vais te poser une question. Est-ce que tu trouves étonnant que Jessica n'ait pas pris mon nom ?

Menzi fronça les sourcils.

— De la manière dont tu présentes les choses, non.

— Moi non plus, dit Connor et il but une gorgée d'alcool.

— Attends, tu n'as pas répondu à *ma* question, dit Menzi.

— Tu veux dire, si ça me tracassait que Jessica n'ait pas pris mon nom ? La réponse est non. Et pour la raison suivante : si une chose ne m'étonne pas, il est rare qu'elle réussisse à me tracasser.

Le silence retomba un moment.

— Merde, c'était profond, ça, fit Dwight.

— Très profond, acquiesçai-je.

— Putain, le Grand Canyon, dit Menzi. Voilà qui règle la question. Les deux prochaines tournées sont pour moi.

Comme nous continuions à écluser, je me surpris à penser à Connor... à la manière dont fonctionnait son esprit, et à son passé. Si je savais peu de chose de son enfance à Providence, je savais que, comme moi, il avait grandi dans une famille de la classe moyenne. Mais, contrairement à moi, il n'avait jamais eu le sentiment de mériter plus. Du moins, c'était l'impression que j'avais. Connor était heureux de son sort. Il disait qu'il était devenu programmeur informatique par hasard et qu'il n'avait jamais imaginé gagner autant d'argent un jour. Quand je lui avais demandé s'il rêvait de fonder sa propre société, il m'avait regardé comme si j'avais trois têtes. « Ce que j'aime, avait-il répondu, c'est écrire des codes. »

Il avait une présence passive. La personnalité de Connor n'était, en apparence, ni agressive ni conflictuelle. Ce qui ne veut pas dire qu'il ne pouvait pas affirmer une opinion contraire à la vôtre ou trouver une porte de derrière par laquelle vous provoquer, seulement il arrivait rarement, sinon jamais, qu'il laissât deviner ses émotions. Une exception, naturellement lorsqu'il s'était confié à moi à propos de Jessica et de la froideur qu'elle lui montrait. Ce soir-là, il n'exprimait pas une simple et calme logique. Non, c'était autre chose. Son amour pour elle.

Pourtant, tout en sachant quel poids pesait sur ma conscience, j'étais impatient de renouer avec Jessica. C'était plus fort que moi. Son odeur et sa chevelure, si fraîche au toucher, me manquaient. Sa manière de jouir, en cambrant lentement le dos comme un pont à bascule, me manquait. Et sa façon de me tenir au courant des progrès de son plan, étalé sur douze mois, destiné à se débarrasser de « cette salope de patronne » et à prendre la tête du département des ventes de *Glamour*. Ce qui me manquait surtout, c'était le sentiment qui m'habitait quand je quittais cette chambre d'hôtel que j'avais partagée avec elle. Celui d'être entièrement et pleinement saturé de vie.

Je me levai pour aller aux toilettes. Au premier pas, je réalisai que j'étais soûl.

Dans l'urinoir, appuyé contre le mur, je commençai à ressentir ce picotement des pieds à la tête. C'était ainsi que mon système circulatoire me prévenait que la fête était finie. Je passai au lavabo, regardai dans la glace et restai là. Je ressemblais tout à fait à ce que je ressentais.

Un peu d'eau froide.

Après m'être trois fois aspergé le visage, je fermai le robinet et me frottai les yeux. Je les ouvris et mes pupilles s'agrandirent.

Tyler était debout, derrière moi, contre le mur.

Je me retournai, il était parti ou bien il n'avait jamais été là, peu importait. Je savais ce qui était en train de se passer. Trop bien. Tyler Mills s'était insinué dans ma tête.

SEIZE

A l'époque où j'étais célibataire, avant Tracy, j'avais rencontré cette jolie nana appelée Melissa, un samedi soir, très tard, au Bubble Lounge. Dès les premières minutes de notre conversation, elle avait tenu à me faire savoir qu'elle avait une fois failli être Miss Novembre dans *Playboy,* et qu'elle avait fini par perdre, je cite, à cause de *cette salope du Texas.* Là-dessus, j'avais eu droit à une conférence sur la psychologie du nu.

— Les filles du Sud ont toujours la double page centrale, insista Melissa. Surtout si vous venez de cet Etat à l'étoile seule.

— Solitaire, corrigeai-je.

— Quoi ?

— Non, rien.

Au point où nous en étions, j'étais sûr qu'Alamo n'était pour elle qu'une marque de voitures de location.

— C'est pareil avec les concours de beauté, reprit Melissa. As-tu remarqué le nombre de fois où Miss Texas remporte le titre de Miss Amérique ?

Je lui dis que non.

— C'est comme une conspiration. On dirait que les hommes bandent pour les filles du Texas. Pourquoi ? demanda Melissa.

— Peut-être parce qu'ils n'ont jamais eu la chance de mieux te connaître, répondis-je.

Elle rougit. J'avais gagné.

Seulement, après avoir emmené Melissa passer la nuit chez moi, j'avais fait une erreur de jugement le lendemain matin. Couchée près de moi, il y avait cette superbe fille qui, probablement parce qu'elle était habituée à gagner le SMIC, manquait de toute espèce de raffinement. Comme si je menais une étude sociologique, je décidai sur-le-champ de voir quel impact aurait sur elle une injection massive de culture. C'était mon côté *My Fair Lady*, le risque en moins.

Dans les semaines qui suivirent, nous visitâmes le MoMa et le Guggenheim, dégustâmes truffes et foie gras, et collectionnâmes les billets de théâtre. J'appelai cette période « Apprentissage des belles choses de la vie ». Et tout à mes frais. Car, attention, je n'avais pas les poches bien pleines alors. Mais la science vaut bien qu'on se sacrifie pour elle, non ? Et puis ça me permettait de baiser tous les soirs.

Enfin bon, au bout d'environ un mois, j'emmenai Melissa au concert au Avery Fisher Hall. Beethoven et Wagner. Du sérieux. A ce stade, ma petite expérience avait eu des résultats mitigés. Par exemple : si elle avait appris que l'assiette à pain était toujours placée à gauche, elle continuait à prononcer le *g* de gnocchi. (*Gue-no-ki*, disait-elle.) Comme Rome, on ne pouvait pas construire Melissa en un jour.

Ce soir-là, je découvris qu'elle ne pouvait pas se construire du tout. Ce fut au cours de l'entracte. Au milieu d'une foule au coude-à-coude de dames et de messieurs de la bonne société, elle me demanda, après avoir consulté le programme, si Wagner était de la même famille que l'acteur Robert Wagner. (« Parce que je l'adorais dans la série *Hart to Hart* à la télévision », ajouta-t-elle.) Pour ma part, j'étais tout à fait disposé à me dispenser d'une dicussion sur la prononciation allemande et à répondre simplement qu'il n'existait aucun lien de parenté entre les deux hommes. Malheureusement, il y avait ces deux femmes à notre gauche qui avaient entendu Melissa et qui se sentirent obligées de rire et de se chuchoter mutuellement à l'oreille. C'est ce qui fit que Melissa vit rouge. Sans hésiter, elle se tourna vers elles et demanda : « Qu'est-ce qu'il y a de tellement drôle ? » Après quoi, elle se retourna vers moi et attendit que son petit ami intervienne pour la soutenir. Je n'en fis rien. Non que j'eusse éprouvé la moindre gêne. C'était plutôt que je vivais une sorte d'expérience extra-corporelle, que j'étais paralysé et seulement capable d'assister au spectacle sans pouvoir réagir. C'est alors que Melissa me mit le paquet. Injures, larmes, index pointé. Le tout me laissant plutôt froid sauf lorsqu'elle se mit à hurler à tue-tête : « ESPÈCE DE CONNARD, TU ME FAIS PASSER POUR UNE PUTE ! » Pour finir, avant de s'en aller et de ne plus jamais donner de ses nouvelles, elle me jeta le contenu de son verre au visage. Apparemment, on ne devait pas lui avoir dit que ce genre de gag n'était admis qu'au cinéma.

Lorsque vous êtes trempé, il est difficile de poursuivre une expérience extra-corporelle. La gêne s'installa. Après avoir embrassé la salle du regard pour constater que tout le public, y compris le barman et l'ouvreuse, avait les yeux fixés sur moi, j'acceptai le mouchoir qu'un homme barbu debout près de moi me tendit. « Gardez-le, me dit-il en posant la main sur mon épaule. J'ai l'impression que vous pourriez encore en avoir besoin. »

C'est la dernière fois que je suis allé au Lincoln Center.

*

Bis. Plus de quatre ans s'étaient écoulés, et Philip Randall pénétrait à nouveau au Lincoln Center. Avec l'espoir le plus fervent que le taux de rotation du personnel était tel que personne ne pourrait se souvenir de moi. Le pire scénario : *Hé, regarde, c'est le type qui a donné à cette pauvre fille l'impression qu'elle était une prostituée !*

La soirée consistait en un concert de bienfaisance suivi d'une réception à trois cents dollars le couvert dont les bénéfices devaient être reversés à la recherche contre le cancer du sein. Rien de plus politiquement correct. Lorsque Tracy m'avait annoncé que la mère de Jessica allait nous procurer des billets, j'en avais déduit que tout ce tralala serait gratuit. Ce n'est que lorsque j'enfilai mon smoking que Tracy précisa qu'il s'agissait seulement des billets pour le concert. La réception était à nos frais. A sa manière de le dire, je devinai qu'elle pensait que je serais furieux. Pas à cause de l'argent. Ou, plutôt, Tracy savait que rien ne me hérissait plus que l'idée d'un « cadeau » qui exigeait que vous ouvriez votre portefeuille. S'il n'y avait pas eu la perspective d'avoir enfin une chance de me réconcilier avec Jessica (malgré la présence de mon épouse), je me serais probablement conduit comme un idiot. Au lieu de cela, je souris et fis une blague stupide. Quelque chose du genre : ne voyons pas cela comme six cents dollars pour deux, mais plutôt comme trois cents dollars le sein. Même si je n'étais pas sûr d'être drôle, Tracy parvint à émettre un gloussement. Elle était de bonne humeur.

Je n'étais pas de si mauvaise humeur non plus.

Car aussi vite que cela avait commencé, cela s'était arrêté.

Plus de photos dans ma mallette. Plus d'e-mails, plus de fax, plus d'appels anonymes. Plus de locations gratuites de vidéos sur le pas de notre porte. En résumé, plus de Tyler.

J'essayais de ne pas me leurrer. Peut-être prenait-il simplement un peu de répit. Son genre de harcèlement, quand on y pensait, n'était pas facile. Cela exigeait beaucoup de travail. Quelques jours de repos et il s'y remettrait. Frais comme un gardon. C'était juste le calme avant la tempête qui allait suivre.

Mais une grande part de moi ne pouvait s'empêcher de penser qu'il n'y aurait pas d'autre tempête, que Tyler avait brûlé toutes ses cartouches et que je lui avais résisté. Il s'était laissé gagner par l'ennui, comme je l'avais pensé au départ, et peut-être s'était-il déjà attaqué à sa prochaine victime. Je l'espérais pour lui, quelqu'un doté de moins de fermeté de caractère que Philip Randall. Oui, c'est ce qu'une grande part de moi ne pouvait s'empêcher de penser.

La part de moi autrement appelée mon ego.

Le concert commençait à sept heures. Nous devions retrouver Connor et Jessica devant la fontaine à six heures quarante-cinq. Tracy et moi arrivâmes quelques minutes en avance. Comme nous attendions, je ne pus me débarrasser d'une certaine nervosité. Je pris une pièce de vingt-cinq cents de ma poche et la lançai dans l'eau. Un petit moment discret de solitude avec Jessica ce soir. Tel fut mon souhait.

— Est-ce que nous faisons bonne figure ? me parvint la voix de Connor à cinq mètres de là.

Je me tournai et le vis se diriger vers nous en compagnie de Jessica.

— Merde, tu n'es pas loin d'être beau, lançai-je en réponse.

Les filles s'embrassèrent, les types se serrèrent la main, puis nous fîmes un échange. Comme toujours dans ces circonstances, je déposai un petit baiser sur la joue de Jessica. Lorsque mes lèvres touchèrent sa chair, j'eus brièvement un aperçu du monde de la nécrophilie. Elle n'aurait pas pu être plus glaciale.

Tracy se joignit aussitôt à Jessica et elles se firent mutuellement des compliments sur leur beauté. Ni l'une ni l'autre ne se forçait. Pendant ce temps, Connor et moi eûmes une conversation de mecs. Le boulot, le marché, quand les Knicks seraient éliminés. L'instant d'après, il ne restait plus qu'une minute avant le début du concert. Nous nous précipitâmes à l'intérieur.

Pendant que nous traversions le hall et descendions l'allée à la hâte, j'essayai de négocier ma place. Un fauteuil près de Jessica. Comme au cours d'éducation physique quand il fallait se regrouper et se mettre par quatre pour former des équipes. Tout ce qu'on essayait de faire, c'était de truquer pour se retrouver avec son meilleur copain. Parfois, cela marchait. Parfois pas.

Ayant atteint notre rangée le premier, je m'effaçai devant Tracy comme pour lui dire courtoisement : après toi. Elle allait me prendre au mot lorsqu'elle s'arrêta. Attends, je veux être assise près de Jessica, me dit-elle. *Nous sommes deux, chérie.* Je hochai la tête, feignant l'indifférence, et m'assis avant elle. Merde. Ça n'avait pas marché.

A l'affiche du concert, il y avait toute une série de musiciens et de chanteurs célèbres, ainsi qu'une apparition de Kiri Te Kanawa à la fin. Bien qu'elle eût toujours reçu un accueil loyal et enthousiaste de la part des amateurs d'opéras, je trouvais intéressant que Mme Te Kanawa n'eût pas acquis une véritable notoriété populaire jusqu'à ce que son interprétation de « *O mio babbino caro* » de Puccini fût employée dans un film publicitaire pour un vin mousseux, quelques années auparavant. Étant donné que c'était pour Ernest & Julio, je ne pouvais que supposer, ainsi qu'espérer, qu'elle avait été payée une montagne.

Au bout d'environ une heure et demie, nous nous levâmes tous pour applaudir. Les lumières se rallumèrent, et nous convînmes que nous avions passé un bon moment. Nous gagnâmes la salle de réception, les filles partirent à la recherche des toilettes. Connor et moi à la recherche du bar.

Je commandai et on m'apporta ma vodka tonic, après quoi Connor commanda un newbury martini. Le temps pour lui d'expliquer au visage impassible du barman intérimaire que cela consistait en « beaucoup de gin, un peu de vermouth et un peu de triple sec », j'étais prêt à reprendre la même chose. Je charriai Connor. Il y a des lieux où faire simple et des lieux où faire compliqué, lui dis-je. Un tuyau : un bar à roulettes indique à coup sûr qu'il faut faire simple. Il rit et but une gorgée de ce qui était censé être un newbury martini. Loin du compte, déclara-t-il.

Je décidai que puisque les filles prenaient leur temps aux toilettes, je pouvais, mine de rien, reparler de lui et Jessica. La curiosité m'avait ôté toute prudence.

— Comment ça se passe ? demandai-je.

— Je crois que tu avais raison, dit-il visiblement un peu soulagé. Je ne sais pas ce qu'elle avait, mais je crois que c'est terminé. Elle va bien... nous allons bien.

— Heureux de l'entendre, dis-je.

Nous bûmes chacun une gorgée de nos cocktails, tout en embrassant la foule du regard. C'était stupéfiant de constater qu'il restait dans le monde quelques hommes adultes qui n'avaient pas conscience que seuls les clowns de cirque portaient des nœuds papillons rouges.

Au bout d'un moment, Connor voulut me remercier après coup :

— Je te suis reconnaissant de ton aide, à propos... pour tes conseils et tout, l'autre soir.

— Je t'en prie... ce n'était rien.

— Non, je parle sérieusement, il n'y a pas beaucoup d'amis avec qui j'aurais pu avoir cette conversation.

Hum. L'idée qu'en réalité il y en eût un de moins qu'il ne pensait me retourna l'estomac. Sentiment de culpabilité et nausée semblaient commencer à émaner désormais de la même région de mon cerveau.

Je fus dispensé de répondre grâce au retour de Jessica et

de Tracy. Elles étaient accompagnées de la mère et du frère de Jessica, qu'elles avaient croisés. Même si c'était parfaitement logique, je n'avais pas pensé qu'ils seraient là.

La mère de Jessica, Mme Emily Levine, souffrait d'un mal communément appelé Renoncement de la Veuve, ce qui signifiait qu'après la mort de son mari, elle avait perdu toute réelle envie de s'occuper de son aspect physique. Non qu'elle se laissât aller complètement. En fait, avec une séance chez le coiffeur, un mois de Slim Fast et une journée chez Escada, elle n'aurait eu aucun mal à rentrer dans la danse.

— Je crois que vous serez d'accord avec moi, messieurs, dit-elle aussitôt à Connor et à moi. J'ai le plus beau cavalier de la soirée.

Un autre symptôme du Renoncement de la Veuve : se rendre aux réceptions en compagnie de son fils.

Nous fûmes tous prompts à acquiescer tandis que le frère de Jessica, Zachary, levait les yeux au ciel. Il avait vingt-huit ans, il était célibataire et profondément dépourvu de toute motivation dès qu'il s'agissait de près ou de loin de travailler. Jessica appelait cela de la paresse. Sa mère craignait que ce ne fût un dommage collatéral provoqué par une éducation privée de modèle paternel. Une chose était sûre : elle considérait qu'elle n'avait rien à se reprocher, de même que, comme elle l'expliquait à Jessica quand elles abordaient ce sujet souvent controversé, elle ne voulait pas non plus en rejeter la responsabilité sur Zachary. En conséquence de quoi, sa mère laissait au garçon plus de mou qu'il n'en avait l'usage. Le fait qu'il habitait encore chez elle à son âge était assez éloquent.

— Comment avez-vous trouvé le concert ? interrogea Mme Levine à l'adresse de tout le groupe.

— Merveilleux, me hâtai-je de répondre, ce qui me permettait d'enchaîner en la remerciant pour les billets. (Son prétendu cadeau.) C'est vraiment très gentil à vous d'avoir pensé à nous. Il va nous falloir trouver un moyen de vous renvoyer l'ascenseur.

Seule Tracy pouvait percevoir la nuance de sarcasme qui colorait ma voix et ce faisant, elle me regarda fixement. Je me contentai de lui adresser un large sourire.

La conversation roula sur la politique. Puis sur le cinéma.

Puis sur les potins. En tant que membre du comité organisateur de la soirée, la mère de Jessica savait une foule de choses sur les nombreuses personnalités présentes. Comme elle baissait la voix de quelques décibels, elle ne cachait pas qu'elle répugnait peu à révéler certains de leurs secrets. Une version parlante, en chair et en os, de la page six du *Post*, voilà ce qu'elle était. J'appris qui « sautait » qui et quel directeur d'entreprise était sur le point d'être viré sans cérémonie tout en lorgnant Jessica du coin de l'œil. Elle semblait aussi amusée que gênée par la conduite de sa mère. *Je ne peux pas croire que cette femme m'a donné le jour*, telle était la pensée que j'attribuais à Jessica. Quant à moi, je ne pensais qu'au moment où j'allais enfin pouvoir lui parler en tête à tête.

Le moment se présenta finalement, mais pas avant que la soirée fût bien avancée. C'était juste après le dessert. Nous étions à une table pour huit, six convives ayant jugé bon de disparaître pour une raison ou une autre. Les deux absents de taille, Connor et Tracy, étaient allés, respectivement, faire la queue au bar et dire bonjour à une amie rencontrée lors d'une précédente mission. C'était le moment idéal, avec seulement l'espace d'une chaise vide entre nous. D'autant plus que Jessica avait laissé échapper toute possibilité de trouver une excuse pour se lever. C'était comme si elle savait que notre conversation était inévitable. Il eût été absurde pour elle de la retarder encore.

— Tu m'as manqué, lui dis-je.

Sa réponse me surprit :

— Toi aussi, tu m'as manqué.

— Alors pourquoi tu m'as raccroché au nez chaque fois que j'ai appelé ?

— Parce que, que tu me manques ou pas ne change pas les choses.

— Qu'est-ce qui pourrait changer les choses ?

— Je ne sais pas, pour être franche. Tout ce que je peux dire, c'est que, lorsque tu m'as parlé des soupçons de Connor, j'ai failli perdre la tête.

— Oui, je sais, j'étais là.

— Tu ne m'as pas vraiment aidée.

— Tu as raison ; je te demande pardon. Toute cette histoire m'a rendu très nerveux, moi aussi. Si cela peut te consoler, Connor semble dans de meilleures dispositions.

— Vous en avez reparlé tous les deux ?

— Brièvement. Tout à l'heure, justement. Je ne voulais pas m'étaler là-dessus, comme tu peux l'imaginer. En même temps, je ne voulais pas faire comme si nous n'avions pas déjà eu une première conversation.

— Qu'est-ce qu'il a dit ?

— Que le problème qui te tracassait semblait avoir disparu.

— C'est un soulagement. Ça n'a pas été facile.

— Si tu permets, je préfère ne pas entendre parler de tes efforts.

— Je n'ai fait que tenir compte de tes conseils.

— Certes. Ce qui me rappelle... le papillon ?

Elle rit :

— Je l'ai lu dans *Cosmo*. Ça t'a blessé ?

— Tu n'as pas idée.

Le silence retomba entre nous un moment. Un orchestre de six musiciens jouait et je l'écoutai achever « Take the A Train » de Billy Strayhorn et enchaîner aussitôt sur « Sing, Sing, Sing » de Louis Prima. C'était apparemment une soirée big band. Ou bien un hommage aux compositeurs morts.

Jessica se tourna vers moi :

— As-tu jamais éprouvé le sentiment de vivre un moment décisif ?

— Ça dépend. Que veux-tu dire ?

— Quelque chose qui transforme ton point de vue sur l'existence ?

Je réfléchis un instant.

— Est-ce que la naissance compte ?

— Je parle sérieusement.

— Dans ce cas, la réponse est non. Je ne crois pas. J'en déduis que toi, oui.

— Oui. C'était le lendemain de mon mariage.

— Que s'est-il passé ?

— Notre limousine n'est pas venue nous chercher pour nous emmener à l'aéroport.

— Cela a changé ta vie ?

— Non. Mais la course en taxi, oui.

— De quelle façon ?

— Quelque chose que le chauffeur a dit. C'était un type âgé, très gentil, et au milieu de la course il nous demande où nous allons. Connor lui répond Saint Barth' et explique que c'est notre lune de miel. Le chauffeur nous félicite et se met à nous raconter sa propre lune de miel et combien il aime sa femme. C'était vraiment adorable.

« Alors, nous continuons à bavarder, et à un certain moment le chauffeur demande si nous aimerions connaître sa définition de l'amour. Nous répondons : Bien sûr, pourquoi pas ? Il se redresse sur son siège et dit : *L'amour, c'est quand on aime quelqu'un plus que soi-même*. Et là-dessus, il regarde derrière pour voir notre réaction. Connor me regarde et dit au type : « Voilà qui est bien dit ; je crois que vous avez absolument raison. » De mon côté, je regarde Connor et tu sais ce que je me dis ? Je me dis : « Je crois que je viens de faire la plus grosse bêtise de ma vie. »

C'était probablement un moment où il aurait fallu se taire, mais je parlai quand même.

— D'accord, alors tu as compris que tu n'aimais pas Connor, dis-je calmement.

— Pire. C'était comme si Connor n'avait rien à voir avec ça. Ce que j'ai compris, c'est que d'après ce type, j'étais incapable d'aimer *quelqu'un*.

Je plongeai mon regard dans le sien.

— Pardonne-moi de dire ça, mais c'était un chauffeur de taxi. Au mieux, un homme qui exprimait son opinion.

— Oui, mais le problème c'est que je ne trouvais pas qu'il avait tort et je suis sûre qu'il en était de même pour Connor. Nous étions là, tous les trois, dans ce taxi, et il y avait des gens autour de nous dans des voitures, et pourtant, à ce moment-là, je ne me suis jamais sentie plus seule.

— Alors laisse-moi deviner... tu as pris un amant.

— Non, j'avais une envie terrible de ne plus me sentir seule, dit Jessica. Ce qui m'amène à toi, ou plutôt, m'a amenée. Parce que ce soir-là, quand tu es rentré avec moi, précisément dans un autre taxi, pour la première fois depuis longtemps, j'ai cessé de me sentir seule.

— Je serais flatté, mais je m'en garderai bien. Ce que tu veux dire, c'est que la solitude aime la compagnie. Ou bien que le narcissisme aime la compagnie ?

— Personnellement, je préfère l'expression « deux pois dans une cosse ». Elle est moins infamante.

— Qu'est-ce qui te rend si sûre que je suis incapable d'aimer quelqu'un ?

— Disons que c'est une intuition.

Elle haussa les épaules.

— Mais tu es l'avocat. Libre à toi de me prouver le contraire, si tu veux.

— Le problème, c'est que tu ne me dirais pas tout cela si tu pensais une seconde que j'en étais capable.

— C'est drôle, hein ?

— A mourir de rire. Autre chose dont tu souhaites t'ouvrir ?

— Non, c'est tout. Il faut savoir regarder les choses en face.

— Et maintenant ?

— Je n'ai pas encore réfléchi. J'ai besoin d'un peu de temps pour décider. Tu devrais en faire autant.

— C'est tout réfléchi, lui dis-je.

— Dans ce cas, j'essaierai de ne pas te faire attendre trop longtemps.

Peu après, Tracy regagna la table. Connor ne tarda pas à la suivre. Il avait depuis longtemps renoncé au martini newbury et opté à la place pour des gin tonics. Nous bavardâmes tous les quatre un moment. L'orchestre commença à jouer « April in Paris », et nous nous levâmes pour danser. Au milieu du morceau, Tracy me rappela son idée de voyage à deux.

— C'est le destin. Nous devrions y aller au mois d'avril. Nous pourrons envoyer à ma mère une carte postale pour lui parler de nos ARP.

Je ne compris pas tout de suite.

— Nos Amis Rencontrés à Paris, expliqua-t-elle.

— Bien sûr. Mais il faudra absolument qu'ils habitent à l'intérieur de Paris. Pas de ces poseurs de Versailles.

— Absolument, dit-elle, se prenant au jeu. Nous avons une réputation à soutenir.

Nous éclatâmes de rire, et, dans le feu de l'action, je m'écartai pour faire tournoyer Tracy. Ce faisant, je surpris Jessica en train de me regarder par-dessus l'épaule de Connor. Elle était trop intelligente, trop maîtresse d'elle-même pour éprouver de la jalousie, et s'il y avait eu le moindre doute avant le début de la soirée, notre conversation l'avait sans doute dissipé.

Néanmoins, cela ne pouvait pas jouer contre moi.

DIX-SEPT

Ce mercredi-là, dans mon bureau, quatre jours plus tard. Il était midi passé de deux minutes. Ma ligne directe sonna et je décrochai.

— Allô ?

— Chambre 311.

— Entendu, dis-je et j'allais ajouter quelque chose quand j'entendis le trop familier *clic* à l'autre bout du fil.

Mais celui-là ne me gênait pas. Le moratoire sur Philip était parvenu à son terme.

Je secouai la poussière sur mon sac de sport, demandai à Gwen de reporter un rendez-vous à problèmes, et quelques minutes plus tard j'étais sur le chemin du Doral Court Hotel, le pied extrêmement léger. Je pénétrai dans le hall et entrai dans un ascenseur ouvert. Troisième étage. Parvenu à la chambre, je trouvai la porte entrouverte. J'entrai sans dire un mot. Je jetai seulement un coup d'œil en direction du lit. Là, couchée sur les couvertures, se trouvait Jessica. Complètement nue.

Pas de bonjour. Pas de retour sur notre dernière conversation. Rien que du sexe. Du sexe géant. Ce fut une de ces sessions où, à la fin, il nous fallut nous inspecter mutuellement à la recherche de traces d'écorchures ou de morsures. Mais pas tout de suite. Une fois sur le lit. Une fois dans le fauteuil près du lit. Une fois sous la douche, une première jamais encore tentée par aucun de nous. « Si je dois payer la chambre, avait dit Jessica, me chuchotant à l'oreille à un moment donné, je veux être sûre de profiter de tous les équipements. »

Après, enveloppés dans des serviettes, nous nous installâmes à nouveau dans le lit en plaisantant sur les courbatures dont nous allions souffrir durant plusieurs jours. Jessica en faillit oublier qu'elle avait apporté le déjeuner. Des salades de chez Pasqua. Nous mangeâmes en parlant de tout et de rien, en cherchant qui nous aurions aimé être, en dehors de nous-mêmes.

Cléopâtre, dit Jessica.

Euripide, dis-je.

Le lendemain, nous rejouâmes la même pièce, à la seule exception que nous nous donnâmes la réplique une fois sous la douche, par deux fois sur le lit. Un millier de calories brûlées, nous étions couchés côte à côte, les yeux fixés au plafond sculpté. Pour une raison mystérieuse, Jessica avait envie de parler de mon frère. Elle était bien la seule.

— Tu as eu des nouvelles de Brad, récemment ? demanda-t-elle.

— Non, pas récemment.

— Comment crois-tu que va sa peinture ?

— Bien, j'imagine.

— Ça lui plaît, de vivre à Portland ?

Je haussai les épaules.

— Il me semble.

— Il a une petite amie ?

— Je ne sais pas.

Jessica fronça les sourcils :

— Tu n'aimes pas beaucoup parler de lui, non ?

Je n'allais sûrement pas le reconnaître.

— Je n'ai aucun problème à parler de mon frère.

— Et à parler *à* ton frère ?

Je tournai la tête et la regardai :

— C'est un lit, là, pas un divan, Jessica.

— Je ne cherche pas à jouer les psys, Philip. Je veux juste savoir ce qui se passe entre ton frère et toi. Tu disais que vous étiez très proches étant gosses.

— C'est vrai.

— Que s'est-il passé ?

— Il ne s'est rien passé. On grandit, on a moins de choses en commun. Il porte des jeans et il peint toute la journée. Je porte des costumes et je vais au palais de justice. Nous sommes différents, c'est tout.

— Ce n'est pas une raison pour ne pas être proches. Il est toujours ton frère — je dirais même plus, ton seul frère.

J'en avais ras la frange. Mais avec toutes les épreuves que nous venions de traverser au cours des dernières semaines, j'étais déterminé à ne pas me quereller avec elle.

— D'accord, tu as raison, lui dis-je. Je devrais peut-être faire un effort pour rester en contact avec Brad.

— Oui, c'est ça, dit Jessica.

Elle sourit et en resta là, mais elle devait probablement se douter que les choses n'étaient pas si simples.

Elle avait raison.

Il se trouvait que Brad n'aimait pas ce que son frère aîné était devenu. Il n'aimait pas mon métier, ni la femme que j'avais épousée et il n'avait pas hésité à me le cracher en pleine figure deux ans auparavant quand il était venu pour Noël. Un petit connard à la tête dure *et* ayant son franc-parler. Il prétendait que je ne valais pas mieux que ceux que je représentais et que je m'étais vendu au tout-puissant dollar.

En retour, j'avais dit à Brad qu'il était un escroc maquillé en idéaliste. Que s'il le pouvait, il vendrait ses peintures un million de dollars la pièce. A un mac, à un dealer, au putain d'Antéchrist, du moment qu'ils viendraient avec du liquide. Le désir de célébrité et de fortune n'avait pas moins d'emprise sur lui que sur moi. Il le savait, et je le savais. Je lui dis qu'en réalité ce qu'il n'aimait pas, c'était l'idée que son frère aîné pouvait lui acheter toutes les toiles qu'il avait vendues à ce jour avec le salaire d'un mois — et qu'il lui resterait encore assez d'argent pour se payer des cours de peinture.

Nous avions failli en venir aux mains. Brad avait pris le premier avion en partance pour Portland et nous ne nous étions plus parlé qu'à de rares occasions. Il nous était déjà arrivé de nous quereller, très souvent. Cette fois, c'était différent. Il y avait quelque chose de définitif. Des choses dites qui ne pouvaient être effacées, ni aisément oubliées après des excuses.

Et tout cela à cause d'une question.

J'avais demandé à Brad ce qu'il comptait faire s'il ne réussissait pas en tant que peintre.

DIX-HUIT

On ne vaut que ce que vaut sa réservation suivante...

C'était un autre samedi soir, un autre dîner au restaurant à quatre. Connor et Jessica, Tracy et moi. Cette fois au Balthazar. A table, la conversation roulait sur la religion, plus particulièrement sur la question vieille comme le monde de l'existence de Dieu. Nous n'étions même pas raides.

Jessica jugeait qu'il devait y avoir une forme d'être suprême. Autrement, nous n'aurions aucune explication à donner sur ce qui avait précédé l'univers. Avant qu'il y ait quelque chose, fit-elle remarquer, il fallait bien qu'il y eût *quelque chose* aussi. Impossible qu'il n'y eût *rien*. C'était ce paradoxe qui l'avait convaincue qu'il existait quelque part une sorte de déité.

Connor n'était pas de cet avis.

— D'accord, admettons qu'il y a bien un dieu quelque part. J'ai une question. Qui ou quoi l'a créé, lui ?

— Ou *elle* ? intervint aussitôt Tracy.

Jessica parut sur le point de répondre lorsque nous fûmes interrompus — même si, à cet instant précis, j'étais plutôt enclin à dire sauvés — par un serveur armé d'une bouteille de Perrier-Jouët et de quatre flûtes à champagne. Comme il plaçait un verre devant chacun de nous, nous échangeâmes des regards interrogateurs.

— Pardonnez-moi, dis-je au serveur, je crois qu'il y a une erreur. Nous n'avons pas commandé ce champagne.

— Pas d'erreur, monsieur, répondit-il. Ceci vous est offert par le monsieur qui est au bar.

Nos têtes se tournèrent à l'unisson. Je le vis le premier. Probablement parce qu'il me regardait directement. Là, assis au bar, se trouvait Tyler, et cette fois il était vraiment là.

Facteur de risque 8, bonjour.

— Incroyable ; c'est Tyler, annonça Tracy.

— Qui ? demanda Jessica.

— Tyler Mills. C'est un de nos amis, enfin plutôt un ami de Philip. Ils étaient ensemble à Deerfield, expliqua-t-elle.

Assommé, je regardais fixement Tyler, tandis que Tracy le saluait de la main de l'autre bout de la salle du restaurant. Il salua en retour, ce qui incita Tracy à lui faire signe de nous rejoindre. Il parut fort heureux de lui accorder ce plaisir.

Je me préparai à la prochaine tempête.

Pop ! fit le champagne tandis que je regardais Tyler quitter son tabouret de bar et se frayer un chemin vers nous au milieu des tables.

— Un vieux pote à toi ? demanda Connor pendant que le serveur commençait à remplir les verres.

— Une connaissance, plutôt, dis-je en me penchant un peu. Pour être franc, une sorte de loser.

— Mais un loser qui sait choisir le champagne, dit Connor.

Je prétendis trouver la remarque amusante. Tyler arriva.

— Comme c'est drôle ! dit Tracy en se levant pour l'embrasser. Nous ne pouvons pas continuer à nous rencontrer comme ça.

— C'est vrai... d'abord Saks, maintenant ici, dit-il. Quelle coïncidence.

Tracy indiqua son verre.

— C'est très gentil, mais vraiment superflu.

— Comme toutes les bonnes choses de la vie, fut la réponse de Tyler.

Tracy sourit.

Tyler se tourna vers moi :

— Philip, comment vas-tu ?

Je me levai et lui tendis la main.

— Je vais bien. Quelle surprise de te voir.

— J'imagine tout à fait. As-tu reçu mon e-mail ?

— Oui, et ton fax également.

— Content de l'entendre.

Tyler portait une veste sport et une cravate, les cheveux coiffés en arrière. Le parfait costume de l'« homme du monde ». Il l'aidait à ne pas donner cette impression maladive qu'il avait quand nous nous étions vus la dernière fois. Je ne le quittai pas des yeux. Je me demandais s'il avait prévu de ne gâcher que ma soirée.

— Je vous présente des amis, dit Tracy à l'adresse de Tyler... Connor...

Connor se souleva à demi de son fauteuil et serra la main de Tyler.

— Tracy a tort, à propos : ceci n'est pas du tout superflu, plaisanta-t-il en levant son verre. Merci.

— Tout le plaisir est pour moi.

— Et Jessica..., reprit Tracy.

J'observai Tyler tandis qu'il lui tendait la main et que leurs regards se croisaient. Il eut aussitôt une expression perplexe.

— Mais, votre visage m'est très familier. Nous nous sommes déjà rencontrés ?

— Mon Dieu, non, je ne crois pas.

Tyler secoua la tête et me lança un bref regard avant de revenir à Jessica.

— Je ne sais pas, c'est bizarre, j'ai l'impression de vous avoir déjà vue quelque part.

Mes genoux commençaient à trembler.

— Et qu'est-ce qui vous amène ici ? demanda Tracy à Tyler.

— D'ordinaire, la cuisine. Elle est si délicieuse que je suis prêt à oublier que c'est un endroit atrocement branché. Mais ce soir je n'étais venu que pour reprendre une carte de crédit que j'avais oubliée il y a quelques jours. Ils me l'avaient gardée au bar. C'est alors que j'ai vu que vous étiez là. Le monde est petit, non ?

— Eh bien, le moins que vous puissiez faire c'est de boire avec nous un verre de votre champagne, dit Tracy.

— Oui, dit Jessica, appuyant la proposition.

Tyler consulta sa montre.

— Je dois retrouver un ami en ville, dit-il, prudent, mais je peux peut-être juste boire un verre.

— Ah, très bien, dit Tracy, hélant aussitôt un serveur pour demander une autre flûte.

Nous occupions une des tables périphériques du restaurant, ce qui signifiait que les places de Connor et Jessica faisaient partie d'une longue rangée continue. Connor, toujours courtois, se poussa un peu pour faire de la place à Tyler. S'il avait su. C'est là que m'est venue l'idée que dans une autre vie Connor avait dû être le gardien des portes de Troie.

Nous étions donc assis, tous ensemble, bien au chaud. Moi, ma femme, la femme avec qui j'avais une liaison, le mari de la femme avec qui j'avais une liaison et le type qui était au courant de la liaison et qui cherchait à m'extorquer cent mille dollars pour ne rien dire. Quelqu'un veut encore du champagne ?

— Dites-moi, de quoi parliez-vous quand je vous ai interrompus en venant ici ? demanda Tyler.

— Nous étions en train de discuter de l'existence de Dieu, dit Jessica.

— Oh, facile, répondit Tyler. Dieu existe, cela ne fait aucun doute.

— Ah, il existe ? fit Connor, sceptique.

— Oui. Mais ce n'est pas un « il ».

Tracy réagit avec enthousiasme.

— N'est-ce pas ? N'est-ce pas incroyable que tout le monde suppose que Dieu a un pénis ?

— Vous voulez dire que Dieu est une femme ? demanda Connor.

— Je n'ai pas dit ça, répondit Tyler. Ce que j'ai dit c'est qu'il existe une explication simple de Dieu.

— Laquelle ? demanda Connor.

— La crainte, dit Tyler.

— Vous voulez dire, comme dans la *crainte de Dieu* ?

— Non, comme dans la crainte *est* Dieu.

Et là, il tenait son public.

— Vous voyez, Dieu n'est rien d'autre que la peur qu'éprouvent les hommes. Réfléchissez. Si la peur n'existait pas en ce monde, qui croirait encore en Dieu ? S'il n'y avait

pas d'accidents d'avion, pas de maladies, pas de meurtres ;
si nous étions tous certains qu'il n'y a pas de vie après la
mort, pas d'enfer à craindre, ni de paradis à craindre de ne
pas gagner, qui croirait encore en Dieu ? Personne.

Il regarda Connor.

— C'est pourquoi on l'appelle la crainte de Dieu, seulement on ne sait pas pourquoi. Cette entité omniprésente
que nous prions n'existe pas quelque part dans l'éther, elle
existe en nous. Dieu n'est que la crainte que chacun de
nous éprouve.

Le moment était venu de laisser place aux commentaires
de son auditoire. Mais j'étais pratiquement certain qu'il
nous avait semés peu après *Réfléchissez*. Néanmoins, l'objur-
gation avait toutes les apparences de la profondeur, ce qui
était tout ce qu'on vous demandait dans cette ville. Tracy,
par exemple, n'en faisait qu'une bouchée.

— Si je comprends bien nous n'avons rien à craindre
sinon Dieu lui-même, dit-elle, subtile.

— C'est à peu près ça, sourit Tyler.

Notre hôte faisait impression. Le bavardage nerveux et
les exclamations maniaques de notre conversation à l'Oyster Bar avaient disparu. Le Tyler de ce soir, au Balthazar,
s'exprimait avec aisance et finesse. Oserais-je dire qu'il avait
du charme ? Une chose était sûre, il se délectait.

— Philip, tu es bien silencieux. Qu'en penses-tu ? me
demanda Tracy.

J'étais dans le brouillard.

— Hein ?

— De cette idée que Dieu est la crainte que nous abri-
tons ? dit-elle.

Mais je n'eus pas le temps de répondre. L'expression de
son visage s'altéra brusquement.

— Mon Dieu, chéri, regarde, tu transpires. Ça va ?

Tracy posa la main sur mon front.

— Tu es brûlant. Je me demande si tu ne couves pas
quelque chose.

Je m'essuyai le front avec ma serviette.

— Non, ça va. Il fait juste un peu chaud ici.

Mais plus j'essuyais, plus je transpirais. L'armure était en
train de se fissurer. Tyler était probablement le seul à le
savoir, mais c'en était trop. Qu'il pût d'une seconde à

l'autre réduire mon monde en poussière commençait à me déstabiliser. J'étais sur le point de faire quelque chose pour moi impensable auparavant.

J'étais sur le point de cligner des yeux.

Je m'éclaircis la gorge.

— Je crois que nous devrions lever nos verres, dis-je en regardant Tyler. A nous, qui avons bien moins à craindre dans les jours à venir.

Nous fîmes s'entrechoquer nos verres et nous bûmes. Tyler reposa son verre et consulta sa montre à nouveau.

— Il faut vraiment que j'y aille, annonça-t-il.

Tracy protesta en vain. Tyler expliqua qu'il ne pouvait pas faire attendre son ami plus longtemps. Il se leva et dit à Connor et à Jessica qu'il avait été ravi de les rencontrer.

— Depuis combien de temps êtes-vous mariés ? leur demanda-t-il ?

— Près d'un an, répondit Jessica.

— Jeunes mariés, fit Tyler. N'est-ce pas merveilleux ? Je vous souhaite beaucoup de bonheur.

— Merci, dit Connor.

— J'ai été très contente de vous voir, Tyler, dit Tracy. Peut-être la prochaine fois pourrons-nous nous organiser.

— C'est drôle que vous disiez cela, parce que j'ai pensé à quelque chose quand nous nous sommes rencontrés devant chez Saks. Je me suis souvenu que vous étiez graphiste ? C'est toujours le cas ?

— Ça devient de plus en plus du passé, ces derniers temps, mais oui.

— Je vous pose la question parce que je viens de reprendre la photo. Philip vous dira que c'était une de mes activités à Deerfield. Mais bon, je me demandais si vous accepteriez d'accorder un regard artistique à mes dernières prises de vue. Si vous avez le temps, bien sûr.

— Je suis flattée, dit Tracy. Je les verrai avec plaisir.

— Formidable. Vous savez quoi, je vais vous donner mon numéro — c'est mon bipeur en fait. C'est la meilleure façon de me joindre.

Tyler glissa la main dans sa veste et sortit un stylo, puis après avoir fouillé un peu dans une poche intérieure, produisit un carnet. Comme c'était commode. Il écrivit le numéro et le donna à Tracy, non sans me lancer un dernier regard.

— Quand vous voudrez organiser quelque chose, laissez un message et je vous rappellerai tout de suite.

Et dire que tout le monde croyait qu'il parlait à Tracy.

— Dieu vous bénisse ! dit le SDF au coin de la rue quand Tracy lui donna les restes de nos repas au Balthazar.

Je n'eus pas le cœur d'expliquer à ce pauvre homme que son dieu n'était sans doute rien de plus que ses peurs intimes. Il semblait avoir assez de problèmes comme ça.

Pas question de continuer la soirée après le dîner. Une mesure de précaution, d'après Tracy, consécutive à mon abondante transpiration. Nous souhaitâmes bonne nuit à Connor et à Jessica et marchâmes un peu avant d'attraper un taxi.

— L'air frais te fera du bien, dit Tracy.

— Oui, docteur.

Nous longeâmes deux pâtés de maisons.

— Tu n'aimes pas beaucoup Tyler, il me semble, dit Tracy de but en blanc.

Je la regardai bizarrement comme je pensais qu'elle s'y attendait.

— Pourquoi dis-tu cela ?

— Je le sens. Tu te conduis avec lui comme avec mon cousin Richard et je sais que tu ne l'aimes pas.

— Ah, oui ? Et comment je me conduis ?

— Tu es distant.

— Vraiment ?

— Et un peu froid.

— Mince alors, autre chose ? demandai-je d'un ton facétieux.

— Non, c'est tout. Distant et un peu froid.

— Tout ce que je peux dire c'est que je ne le fais pas exprès.

— Je ne dis pas nécessairement que c'est délibéré.

— Mais tu le sens.

Elle hocha la tête.

— Absolument.

— Tu as raison pour ce qui est de Richard. Je trouve que c'est un idiot.

— Moi aussi, dit-elle. Mais je trouve que Tyler est assez fascinant.

— Fascinant ?

— Je t'assure que tu n'as pas de quoi être jaloux. Je suis certaine qu'il cache quelque chose.

Tu ne crois pas si bien dire.

De retour dans notre loft...

A ce stade je ne pensais plus qu'à une chose — recopier le numéro de bipeur de Tyler sans que Tracy s'en aperçoive, surtout quand j'eus réussi à me glisser dans la buanderie pendant qu'elle se déshabillait afin d'appeler les renseignements. Comme je m'en doutais, Tyler Mills n'était pas dans le bottin.

J'attendis donc que Tracy aille dans la salle de bains avant de me coucher. C'est alors que je fouillai dans son Kate Spade et que je trouvai le numéro. Elle l'avait rangé dans son portefeuille à côté de notre photo de mariage. Ah, l'ironie du sort.

DIX-NEUF

Le lendemain matin, j'annonçai à Tracy que je sortais acheter des bagels. Dans les minutes qui suivirent mon appel sur son bipeur, Tyler me rappela.

— Joli coup, dis-je.

— J'étais sûr que ça te plairait, telle fut sa réponse. Ça m'a semblé approprié. Tu savais qu'un *balthazar* désigne une très grosse bouteille de champagne ?

— Une bouteille de douze litres, pour être exact, dis-je, arrogant.

C'était stupéfiant de voir la quantité d'informations inutiles que je rassemblais chez les Metcalf. Je changeai de sujet, ou plutôt, j'y revins.

— Alors, Tyler, tu veux vraiment me faire chanter, hein ?

— Philip ?

— Oui ?

— Ote ton doigt de la touche enregistreur, dit-il calmement.

Indignation mesurée.

— Je ne suis pas en train de t'enregistrer, Tyler.

— Mais si, dit-il Et puis, ne sais-tu pas que c'est illégal à New York ?

Il avait raison... dans les deux sens. Néanmoins, je laissai mon Olympus Pearlcorder L200 contre le récepteur. Non qu'il fût enclin à commettre la moindre imprudence au téléphone.

— Si tu es prêt à discuter, nous le faisons face à face et nous le faisons dans un lieu public, me dit Tyler.

— D'accord, où ?

— Bryant Park. Seize heures demain. Assieds-toi sur un des bancs le long de la Quarante-deuxième Rue. Je te rejoindrai tout de suite après.

Il raccrocha.

Le lendemain, un lundi, quelques minutes avant seize heures, j'entrai dans Bryant Park et trouvai un banc inoccupé dans la zone indiquée par Tyler. Je m'assis et attendis. La chaleur du jour avait commencé à décroître, tout comme la foule qui d'ordinaire grouillait sur la pelouse. Ceux qui restaient n'avaient vraiment rien d'autre à faire. Il y avait une femme âgée assise sur un banc juste en face de moi, à environ quatre mètres. Elle avait les yeux fixés dans le vide. Une autre femme était assise à côté d'elle, de toute évidence une infirmière, même si elle portait des vêtements de ville. Elle lisait un livre. Je tentai de voir le titre, mais je ne parvins pas à le lire.

— Content de te revoir, Philly.

Je levai les yeux et trouvai Tyler debout devant moi avec le même sac marin qu'il avait à l'Oyster Bar. Il était tout sourires. En prenant place sur le banc, il me demanda comment j'allais.

— Je suis là, voilà comment je vais, lui répliquai-je sèchement.

— C'est un fait.

Tyler se baissa et sortit du sac un petit objet en forme de boîte. Il le tint en l'air en le contemplant.

— Tu sais, j'ai toujours pensé qu'un gadget de ce genre ne servait strictement qu'aux agents secrets. Mais voilà qu'à présent le premier venu peut s'en procurer un. Des boutiques pour espions, extraordinaire, tu peux me croire. De véritables cavernes d'Ali Baba pour les aspirants James Bond.

Il enfonça un bouton et fit passer l'objet au-dessus de mes jambes.

— Mais, putain, qu'est-ce que tu fais ? fis-je avec un mouvement de recul.

— Dis donc, c'est toi qui te promènes avec le fétiche enregistreur, répliqua-t-il, me faisant passer l'appareil sur les bras et le torse.

Je le rassurai :

— Je n'ai pas de magnétophone sur moi.

— Tu me pardonneras si je ne te crois pas sur parole. Pour plus de sécurité, ce petit bébé vibre au cas où. Vachement classe. Et ça détecte aussi les micros. Tu devrais songer à t'en prendre un.

— C'est noté.

Ayant fini de me passer son petit jouet sur le corps, il l'éteignit et le remit dans le sac.

— Tu es certain d'en avoir terminé ? demandai-je d'un ton sarcastique.

— Essaie de voir les choses du bon côté, dit-il. Les options étaient de te faire déshabiller, de te fouiller ou ça. Tu devrais être content.

Quel zèbre.

Tandis que j'étais assis, là, à l'écouter, mon regard se posa sur l'infirmière et la vieille femme. L'infirmière nous avait observés. Prise sur le fait, elle baissa aussitôt les yeux sur son livre et reprit sa lecture.

— On parle affaires ? demanda Tyler, passant aux choses sérieuses.

Le moment que j'attendais. Je me dis que c'était ma dernière chance de le raisonner.

— Sérieusement, Tyler, tu crois vraiment que je vais te payer cent mille dollars ?

— Non, répondit-il. Je crois que tu vas me payer cent *vingt-cinq* mille.

— Mais qu'est-ce que tu racontes ? ! Tu avais dit...

— Je sais ce que j'ai dit. Mais c'était avant que tu te mettes à faire le balaise et que tu quittes la table. Oui, le prix de départ était cent mille dollars. Le problème, c'est que si tu étais resté, tu aurais appris que c'était une offre limitée. Mais tu n'es pas resté, hein ? Alors maintenant, le nouveau prix — ding ! — est cent vingt-cinq mille. La vie est dure.

Cet air de dément dans les yeux de Tyler qui jusqu'à cet instant était resté en sommeil se manifestait à nouveau, ainsi que sa passion pour l'interjection. *Ding !*

— Tyler, commençai-je, en m'efforçant de m'exprimer avec la plus profonde sincérité. Pourquoi tu me fais ça au juste ?

— Je te fais quoi ?

— *Ça !* Tout ce chantage. Pourquoi tu me fais ça ?

— Il me semble que tu te fais ça tout seul.

— La liaison ? Bon, d'accord, j'ai merdé. Mais en quoi ça peut bien te regarder, je n'en ai pas la moindre idée. Si c'est juste une question d'argent, alors parfait, je te donnerai ce putain de pognon. Mais plus j'y pense, plus je crois qu'il y autre chose là-dessous... une autre raison pour laquelle tu fais ça.

— Tu veux qu'on aille jusqu'à cent cinquante ? fut tout ce que Tyler me fournit comme réponse.

Sagement, je m'avouai vaincu un moment. Le silence retomba. Une fois encore, je surpris le regard de l'infirmière. Je ne parvenais toujours pas à voir quel livre elle lisait, mais quel qu'il fût, il était visiblement loin d'être aussi passionnant que les deux types qui se parlaient sur le banc en face d'elle. Quel devait être pour elle l'usage de la petite boîte que le maigre avec le sac avait agitée, je n'en savais rien.

J'insistai à nouveau auprès de Tyler, cette fois sur un autre front.

— Allez, Tyler, c'est vraiment ce qui t'intéresse, c'est ta raison de vivre ?

Il ne gobait pas une seconde.

— Tu sais quel est ton putain de problème ? rétorqua-t-il sèchement. Tu ne me dis pas toutes ces conneries par souci pour moi. Tu me dis tout ça pour agir sur ma conscience et pour en appeler à mes qualités de cœur — deux choses que j'ai perdues il y a longtemps. C'est pour toi et seulement pour toi que tu te fais du souci, Philly, et ne crois pas que je ne sache pas ça. Les types comme toi sont une insulte à l'égoïsme. Moi ? Tout ce que je veux c'est de l'argent. Mais toi ? Tu veux tout. Je te fais ça parce que je peux le faire, Philly, et n'essaie pas de me raconter que tu ne comprends pas ce genre de philosophie. Merde, tu *es* cette philosophie.

Le moment était venu de minimiser mes pertes. Je savais reconnaître un cas désespéré. Y compris quand il s'agissait de moi.

— Entendu, je te donne l'argent. Pour ce qui est des vingt-cinq mille, on partage la poire en deux, dis-je calmement. Cent quinze.

Tyler émit un rire bref.

— On n'est pas dans un souk, espèce de connard. Le montant n'est pas négociable. Cent vingt-cinq mille exactement, et je les veux demain. En chèque de banque.

Ça m'apprendrait à vouloir économiser dix mille. Quant au chèque de banque, je m'y attendais. Mais pour ce qui était de livrer le lendemain, pas question.

— Je ne peux pas te payer demain.

— Pourquoi pas ?

— Il ne suffit pas de sortir l'argent, expliquai-je, il faut sortir l'argent sans que cela se voie. Grosse différence. Je dois jouer avec les comptes. Il ne s'agit pas exactement d'un retrait au distributeur, tu vois ?

— Alors, quand ?

— Fin de semaine. Je t'appellerai.

Il hocha la tête.

— Le plus beau, c'est que je sais que tu le feras. Sinon, je passe à l'action avec Tracy et les photos.

— Justement, je veux toutes les photos ainsi que les négatifs, naturellement.

— Ah bon ? Tu ne me fais pas confiance ?

— Je me demande bien pourquoi.

— Très bien. Les photos et les négatifs, dit-il. Hé, je t'ai déjà rendu un des clichés.

— Oui, j'ai vu. C'est gentil d'être passé au bureau comme ça.

— C'est gentil de ne pas avoir été là. Tu sais, pendant que tu y es, tu devrais aussi t'acheter une mallette avec une serrure à code.

Faire comme si de rien n'était.

— Pour les photos... comment est-ce que je peux être sûr que tu n'en as pas fait tirer d'autres pour toi ?

— Tu ne peux pas, justement — je ne peux rien te prouver. Retourne-toi contre Kodak, pas contre moi. Mais à la place je voudrais te montrer une chose.

Tyler se baissa à nouveau et sortit du sac noir une enveloppe en papier kraft.

— Voilà.

— Qu'est-ce que c'est ?

— Un peu de tranquillité, peut-être.

J'ouvris l'enveloppe. La première chose que je vis fut un gros logo de Delta Airlines. C'était un aller simple pour Bali au nom de Tyler Mills. Première classe, rien que ça.

Tyler tendit les bras de côté et fit « whoosh ! », comme un avion.

— J'ai envie de voyager et de faire des choses, Philly. Une fois notre marché conclu, je disparaîtrai pour de bon.

Je remis le billet dans l'enveloppe.

— Il faudra que tu fasses un petit effort, lui dis-je.

— C'est là que tu te trompes. Je n'ai *aucune* obligation. Tu peux me croire sur parole, ou bien profiter de l'occasion et t'en aller encore une fois. Mais je crois que tu as compris que je ne bluffe pas.

Il disait juste. Je n'avais guère le choix.

— D'accord, concédai-je, mais encore une question. Et si Tracy t'appelle avant la fin de la semaine pour te voir ?

— Je remets à la semaine suivante, naturellement. Tu livres l'argent et je reporte. Après ça, je disparais, comme j'ai dit, pour ne plus jamais revenir. Elle se consolera et tu pourras continuer à baiser Jessica autant que tu voudras. A propos, est-ce que je t'ai dit combien j'ai été heureux de faire sa connaissance ? Je veux dire — ouaoh ! — elle est encore plus belle en chair et en os. Bien sûr, j'imagine que son mari, Connor, doit penser la même chose. Mon vieux, tu as une de ces paires de *cojones*, Philly ! Vous voir là en train de rompre le pain ensemble comme si de rien n'était. Sacré putain d'expérience.

Je commençais à en avoir assez.

— On a fini ? dis-je.

— On a fini. Mais ne me déçois pas encore une fois.

Je me levai et regardai en direction de la vieille femme et de son infirmière, seulement elles n'étaient plus là. Le banc était vide. J'étais sûr que je les aurais vues partir.

Avant de m'en aller, je me retournai vers Tyler :

— Tu sais, il fut un temps où toi et moi étions amis, lui dis-je.

Réponse de Tyler : « Tu n'as jamais été mon ami. »

J'appelai Gwen de la rue et lui dis que je ne retournais pas au bureau.

— Pas de problème ? demanda-t-elle.

C'était une question que j'avais beaucoup entendue au cours de la semaine écoulée. Je lui répondis que je la remerciais pour sa sollicitude, mais qu'elle était inutile. Je sentais qu'elle devinait que je mentais.

J'ai dû parcourir vingt pâtés de maisons. Les employés commençaient à quitter les immeubles de bureaux et à rentrer chez eux, remplissant les trottoirs. Quant à moi, je marchais sans but. Jusqu'au moment où, levant la tête, je vis l'enseigne d'un pub irlandais. J'entrai et m'installai au bar. Jamais une séance de réflexion arrosée n'avait été aussi bienvenue.

L'endroit était presque vide. Creux, plutôt. Des clients épars, surtout des hommes et surtout âgés, ne parlant ni entre eux ni à eux-mêmes. Quand le barman m'eut servi, je me mis à réfléchir aux événements qui m'avaient conduit là où j'étais — le dos au mur, comme on dit.

Je me mis à penser. Payer ou ne pas payer ?

Si ne pas payer devait me coûter mon mariage et rien de plus, je pouvais peut-être faire face. Tracy et moi n'étions pas liés par une éternelle passion amoureuse. Perdre le loft et tout l'argent qui l'avait procuré représenterait un gros débit, mais tous comptes faits, je continuerais à bien gagner ma vie chez Campbell & Devine.

Si seulement les choses étaient aussi simples.

Lawrence Metcalf était le seigneur tout-puissant qui pouvait donner et pouvait reprendre. Campbell & Devine risquait de payer cher le fait que j'aie trahi son Trésor. Au-delà des clients que Lawrence avait, au départ, apportés au cabinet, lui et son réseau pouvaient veiller à ce que d'autres quittent aussi le navire, ou ne montent jamais à bord. Ça ne manquerait pas. Telle était la règle du jeu. Nous pouvions bien être les Bérets Verts du droit. Quand on est black-boulé, on est blackboulé, et Jack Devine aurait beau éprouver de la sympathie à l'égard d'un type surpris le pantalon baissé, il saurait qu'il n'existait qu'un seul moyen de mettre un terme au carnage. Il pouvait bien me considérer comme son fils, je ne me leurrais pas : dès qu'il s'agissait de son cabinet, les factures primaient sur les prétendus liens du sang. Je serais viré, point final.

Et puis il y avait Connor. Que je couche avec sa femme était déjà assez grave. Quant à être son ami, je ne me faisais pas d'illusions. Mais je ne pouvais tout de même pas ajouter l'insulte à l'offense en le laissant tout découvrir par lui-même. Inutile de dire qu'il le prendrait très mal.

Inutile de le dire.

Alors je paie, d'accord ? J'avais beau détester l'idée de donner un centime à Tyler et de me faire entuber de cette manière, je lui ferais ce plaisir. Cent vingt-cinq mille dollars représentaient une jolie somme, mais c'était une somme dont je disposais. Ou du moins à laquelle j'avais accès. Donne-la-lui et bon débarras.

Encore une fois, les choses n'étaient pas aussi simples.

Ma seule assurance que payer Tyler signifierait la fin de la torture était Tyler lui-même. Piètre assurance. Un aller simple pour Bali ? Joli coup. Ça ne voulait pas dire qu'il ne reviendrait pas, et s'il revenait, qui pouvait affirmer qu'il ne reviendrait pas pour en redemander ? Après tout, comme Tyler l'avait lui-même fait remarquer, il n'avait plus de conscience.

Je commençais à connaître ce sentiment.

Qui donc Tyler croyait-il être pour penser qu'il pouvait entrer dans ma vie et s'en emparer ? Et de quelle vie était-il question si je le laissais faire ?

Le moment était venu de prendre d'autres dispositions, pensai-je.

Ce qu'il y a de bien avec le désespoir, le vrai désespoir, c'est qu'il parvient à lever en vous toutes les barrières que vous vous êtes imposées. Il efface toute limite dessinée sur le sable et toute idée préconçue que vous pourriez avoir à votre propre égard. En d'autres termes, c'est la liberté totale.

Certes, je n'étais pas un saint, mais je ne me voyais pas comme un tueur. Encore que j'eusse quelques justifications. Après tout, on me faisait chanter. Ainsi donc, après un peu de raisonnement et une bonne quantité de Jameson, tout était décidé.

Avant qu'il ne s'empare de ma vie, c'est moi qui allais m'emparer de la sienne.

VINGT

— Fils de pute ! dit Paul Valentine.
— Enfoiré ! dit Danny Makelson.
— Enculé ! dit Steve Lisker.

Ouais, c'est vraiment étonnant comme un peu de feutrine verte étalée sur une innocente table ronde peut influer sur le vocabulaire d'hommes adultes. Jack Devine venait d'abattre un full et de battre une quinte au roi, une suite et un brelan de reines avec un as. Il en était à peu près à son vingtième pot de la nuit. Tandis que Jack ramassait les jetons les bras ouverts comme s'il étreignait un séquoia, il ne put s'empêcher d'enfoncer le clou.

— Vous savez, les gars, vous devriez vraiment regarder mon guide vidéo.

La pique suscita un ricanement de la part de Davis Chapinski, le seul autre type qui, en dehors de moi, n'était pas dans le tour. Il avait eu la sagesse de se retirer après la première relance de Jack. Cela dit, Davis Chapinski jouait si serré qu'il aurait pu lancer des balles de golf avec son cul.

L'un dans l'autre, c'était un sacré casting. Des clients riches, d'autres influents réunis au Keens Steakhouse dans une arrière-salle privée dont jusqu'à ce soir j'ignorais même l'existence[1]. L'addition du dîner, comme c'était apparemment la tradition, avait été payée par Jack. Bien que ce fût sans l'ombre d'un doute un geste magnanime de sa part, je ne pus m'empêcher de penser qu'il ressemblait fort à celui qui consistait à accrocher un appât à l'hameçon. Tu les nourris pour cinq cents dollars au début de la soirée. Mais à la fin, tu les baises de cinq mille. Sinon plus.

Mon expérience du jeu se limitait aux occasionnelles parties à la faculté ainsi qu'à une ou deux séances face à des pros d'Atlantic City. Si cela seul, et un jeton, suffisait à me faire prendre le métro, j'étais assez malin pour ne pas perdre mon temps à évaluer la puissance de l'ennemi au cours du repas. Inutile. Ce n'était qu'au moment où on distribuait les cartes qu'on pouvait glaner des renseignements intéressants. C'était toute la beauté du jeu de poker. Le Grand Egaliseur. Peu importait que vous sortiez du bureau du courrier ou de la salle du conseil d'administration, que vous soyez beau ou laid, le jeu était le jeu et vous jouiez bien ou pas du tout.

Les sceaux de deux paquets flambant neufs furent brisés dès huit heures. L'ouverture était à trois mille. (D'où l'enveloppe de trente billets de cent que Jack m'avait remise au bureau.) Si je devais avoir besoin de plus de jetons au cours de la soirée, on m'avait fait comprendre que signer un chèque contre de l'argent liquide était la procédure normale. Il est vrai que les riches étaient toujours prêts. Quant aux enchères, la règle était vingt-cinq dollars la mise avec un plafond de cinquante sur toutes les enchères jusqu'à vingt-trois heures trente. Après cela, les choses devaient prendre une tournure un peu plus fiévreuse, avec une

1. Les New-Yorkais bien établis se souviendront que ce restaurant portait un nom légèrement différent : le Keens Chophouse. Je n'ai jamais su officiellement pourquoi il avait changé, mais je me doutais un peu qu'un consultant en marketing avait probablement un jour pris le propriétaire entre quat'z-yeux pour lui expliquer qu'il pouvait attirer davantage de population mâle, carnivore, bien payée et ne lésinant pas sur les frais généraux en abandonnant le « Chop » en faveur de « Steak ». Sans se soucier que l'endroit s'appelât Keens Chophouse depuis près d'un siècle. Mais tel était le marché de la restauration sur l'île de Manhattan qu'on était prêt à tout si cela signifiait augmenter son chiffre d'affaires ne serait-ce que de 0,7 pour cent. (*N.d.A.*)

limite pour ouvrir un pot au cours de la dernière demi-heure précédant la fin du jeu fixée d'un commun accord à minuit. C'était un peu une métaphore de la vie. Vous pouviez en passer la majeure partie à jouer toutes vos bonnes cartes, mais une seule mauvaise carte au mauvais moment, et vous risquiez de tout perdre.

Quant aux joueurs susmentionnés...

Paul Valentine était assis à ma gauche, le même Paul Valentine que dans Valentine & Companie, l'une des premières sociétés de relations publiques de la ville. Si vous avez à l'esprit le nom d'un haut fonctionnaire ou d'une société au sein des cinq cents plus riches, vous avez toutes les chances que Valentine, à un moment ou à un autre, les ait eus pour clients. Le terme *droit de passage* vient à l'esprit. (Et il est certain qu'il est venu à l'esprit de Jack Devine.) Valentine était grand, avec cette façon catholique de se tenir qui le faisait paraître plus grand. Il portait des lunettes cerclées d'écaille et arborait ce demi-sourire qui semblait laisser entendre qu'il connaissait un bon tuyau et pas vous. C'était certainement le cas.

Dans le sens des aiguilles d'une montre, il y avait Danny Markelson, qui avait fait la couverture du *New York*. Entrepreneur hors du commun. Un label musical, deux galeries à Soho, et partenaire de diverses autres entreprises nées d'idées de génie à travers tout le pays. Son dernier exploit avait été de concevoir une ligne de pâtes branchées vendues en grandes surfaces destinées à générer — outre d'immenses profits — l'harmonie religieuse et raciale. Les Payos[1] Pasta (des fusilli) remportaient un franc succès. Mais celles que je préférais de loin étaient les fettucine noires à l'encre de seiche, ou Rasta Pasta, comme il les avait baptisées. Très ingénieux. Bien qu'elles n'eussent guère marché à Peoria, les gens les dévoraient littéralement dans toutes les métropoles peuplées. Marin passionné, Markelson en avait tous les signes extérieurs. Jeans, docksides, polo, Rolex en or. Le tout parfaitement assorti à ses cheveux blonds frisés en bataille, et à son visage arborant une barbe de deux jours et un éternel bronzage. Si ce type avait eu l'air un tant

---

1. *Payos* : boucles que portent aux tempes les juifs orthodoxes. (*N.d.T.*)

soit peu plus détendu, je crois que j'aurais éprouvé le besoin de lui prendre le pouls.

A gauche de Markelson se trouvait Steve Lisker, le corpulent président de BioLink, une société de génie génétique. Maussade, pincé et caustique. Un fils de pute diplômé. Il me plut instantanément. Un an auparavant, Lisker avait eu vent qu'une certaine revue très importante allait publier un article critique sur ses travaux et divulguer que ses savants avaient déjà avec succès cloné un embryon humain. Lisker appela Jack, et Jack se lança dans l'action, menaçant la société mère de la revue de faire pleuvoir sur elle toutes sortes de plaies, du procès aux sauterelles. Inutile de dire que l'article ne vit jamais le jour. Ce qui ne veut pas dire que l'information n'était pas vraie à cent pour cent. Seulement qu'elle ne servait pas les intérêts de l'un de nos plus gros clients.

A côté de Lisker se trouvait Jack, magnifique en Brioni, et enfin, à gauche de Jack et immédiatement à ma droite, Davis Chapinski. Il avait acheté du Microsoft dans les années quatre-vingt à onze, du Cisco à quatorze dans les années quatre-vingt-dix. Un putain de Nostradamus. S'il n'avait pas eu un visage que seule une mère pût aimer, il m'aurait rendu fou de jalousie.

Telle était la distribution autour de la table.

— Poker à sept cartes, le pique le plus fort des trois cartes cachées coupe le pot, dit le RP Valentine.

Mélangeant une dernière fois il plaça les cartes à sa droite, juste en face de moi. Je coupai aussitôt et me préparai à nouveau pour son numéro de comique qui consistait à accompagner d'un bon mot chacune des cartes qu'il distribuait. Terriblement irritant. D'autant plus qu'il avait cette manie de tout faire rimer. « Le huit, mort subite, le six, on rase gratis ; le quatre, je l'ai saumâtre... » Je suis sûr que Valentine se trouvait amusant. Tout comme je suis sûr qu'un crooner de bar à Las Vegas se croit une vedette.

Deux cartes cachées et une retournée pour chacun. Je fis apparaître les coins d'un dix de pique et d'un trois de carreau. *Jésus Marie !* Avec mon six de cœur inutile, je me retrouvai gratifié d'une autre de ces combinaisons de rien. Dix, trois, six, pas de suite. Ça n'allait pas plus loin que ça. Mais vu mon jeu, je ne voulais pas parler trop tôt.

Non seulement j'étais malchanceux, mais je n'avais pas tout à fait la tête au jeu — ce qui n'est pas une bonne chose quand on joue gros. Je regardai mon fric. Les trois mille de Jack étaient presque épuisés.

Car ce n'est pas tous les jours qu'on décide de tuer quelqu'un. Du moins, pas en ce qui me concernait. Mais c'est tous les jours après, cependant, qu'on y réfléchit. Tous les instants de veille, pour être exact. Après m'être extirpé de ce pub irlandais et être rentré en rampant dans mon lit quarante-huit heures auparavant, je m'étais réveillé le lendemain avec quelques réserves induites par l'état de sobriété. Je les repoussai aussi loin de mon esprit qu'il était raisonnablement possible.

Décider de le faire, c'était une chose. C'en était une autre de trouver comment et sans se compromettre. Il me fallait un plan, et vite, mais ma seule expérience dans ma branche professionnelle était le coup de poignard dans le dos. Trop sale. Si je devais aller jusqu'au bout, il me faudrait quelque chose de plus intelligent et de plus propre. Quoi exactement, je n'en avais pas la moindre idée.

Deux jours durant, je m'étais creusé le crâne et je n'avais rien trouvé. La fin de la semaine approchait à toute allure — date limite à laquelle je devais reprendre contact avec Tyler. Je songeai à tenter de gagner du temps. Des problèmes avec un certain virement, voilà ce que je lui dirais. Il y avait une chance pour qu'il me croie. Malheureusement, il y avait de plus fortes chances pour qu'il ne me croie pas. De toute évidence, le temps jouait contre moi.

Pense, Philip, pense.

C'est alors que je l'ai entendue. La voix de Jack. C'était un ou deux tours plus tard et c'était à lui de donner. Il tira une bouffée de son Hoyo de Monterrey, plaça le paquet de cartes dans sa main, souffla, et annonça :

— Cinq cartes, les valets borgnes et le roi suicidé sont des jokers.

Évidemment ! Le suicide. Voilà. Je ferais passer la mort de Tyler pour un suicide. Si c'était bien fait, son affaire serait classée sitôt ouverte. Après tout, Tyler avait déjà essayé, il était donc récidiviste. Il avait d'excellentes raisons. Qui douterait qu'il était capable de tenter à nouveau de se tuer ? C'était parfaitement logique. Le seul petit problème, surtout pour les familiers des échecs répétés de Tyler, était que cette fois, il allait réussir. Mais, bon, chacun connaît son jour de chance dans la vie, non ?

J'étais toujours occupé à penser au suicide prochain de Tyler lorsque Jack acheva de distribuer cinq cartes à tous les joueurs. Je ramassai les miennes et les regardai. Pour la première fois ce soir, ce que je vis me plut. Pendant ce temps, Jack, ayant sorti sa montre IWC de poche en argent, s'aperçut qu'il était vingt-trois heures trente passées.

— Messieurs, déclara-t-il, je crois bien que nous jouons maintenant les ouvertures limitées.

C'était à Chapinski de miser d'abord.

— Contrôle, dit-il.

A moi.

— Contrôle aussi.

A Valentine.

— J'ouvre à cent, dit-il, arrosant nonchalamment les cent cinquante déjà dans le pot d'une pluie de jetons.

Markelson n'hésita pas.

— Deux cent cinquante.

— Vous appelez ça une mise ? fit le président Lisker. Ça, une mise ? Voilà ce qui s'appelle une mise.

Il compta cinq cents en jetons.

— J'égalise les deux cent cinquante et je relance encore deux cent cinquante.

— Ah ! Ça commence à chauffer, dit Markelson.

Il avait raison. On pouvait sentir le jaillissement d'adrénaline. Un bon petit paquet de mille était au milieu avec les cinq cents que devait Jack au cas où il voudrait suivre. Il voulait.

— Vous tenez à vous faire ramasser, dit Jack.

C'était à nouveau au tour de Chapinski de parler.

— Pinski, ça sera cinq mille, ptérodactyle, rima Valentine.

— Vous vous foutez de ma gueule ! répondit-il en balançant ses cartes au milieu de la table.

Chapinski et ses sphincters s'étaient relâchés.

Mon tour. De toute évidence, ils croyaient tous que j'allais me coucher moi aussi. Merde, je n'avais pas assez de fric devant moi pour suivre. Je fis un rapide calcul. Quatre cents exactement sur le tapis. Après avoir réfléchi une seconde, je sortis mon chéquier. Bien que je ne fusse pas le premier à l'avoir fait ce soir, un drôle de silence se fit. A cet instant, j'eus l'impression de pouvoir deviner les pensées de chacun. *Pauvre gosse ; dans la merde jusqu'au cou et il ne s'en doute même pas.*

C'était magnifique.

En rédigeant le chèque, je jetai un coup d'œil en direction de Jack. Il savait quel salaire il me versait en tant qu'avocat chez Campbell & Devine, et il savait également que j'étais marié. Perdre la main allait faire mal, mais ça ne m'enverrait pas tout à fait à la soupe populaire. Cela dit, il paraissait mal à l'aise. C'était sur son invitation que j'étais venu ce soir, et je voyais sur son visage que, tout comme au bureau, il se sentait responsable de ce qui m'arrivait.

Imaginez donc son visage et celui de tous les autres gros bonnets à la table lorsque j'eus fini de signer mon chèque et que j'annonçai que je ne me contentais pas seulement de suivre. Je relançais. A la hauteur limite du pot, pas moins. Je glissai les quatre cents qui me restaient au milieu et, juste à côté, je posai un chèque de onze cents dollars.

Ouaouh !

Valentine, qui avait tout lancé avec sa mise initiale de cent dollars, se coucha aussitôt. Tous les yeux se tournèrent vers Markelson. Il n'avait mis que deux cent cinquante au pot et devrait encore douze cinquante s'il voulait suivre. Il regarda ses cartes à nouveau. Il était clair qu'il les jugeait bonnes. Jusqu'à quel point, là était la question. Dix secondes plus tard, il se couchait à son tour.

Lisker. Peut-être avait-il les éléments d'une main splendide. Ou peut-être n'était-ce que sa vantardise de tout à l'heure. « Ça, une mise. Voilà ce qui s'appelle une mise » lui ôtait toute possibilité de se coucher. Quand même, au bout d'un moment, il compta les mille qu'il devait et jeta les jetons.

Enfin, ce fut le tour de Jack. Il avait déjà mis cinq cents au pot, et même si on n'aime pas perdre de plus en plus d'argent, sa décision était la plus facile. Ou du moins, c'est ce qu'il laissa paraître. Les mille qu'il devait, il les avait déjà comptés. Au pot. Somme totale jusqu'ici : cinq mille dollars.

Le jeu se jouait maintenant entre Jack, Lisker et moi.

Jack posa son cigare et prit le reste du paquet pour distribuer. Il me regarda.

— Servi, lui dis-je, soulevant quelques ricanements soulagés chez ceux qui s'étaient couchés.

Lisker prit une carte et Jack en échangea deux. J'attendis, les observant tandis qu'ils regardaient si leur jeu s'était amélioré, bien que je n'eusse aucune possibilité de le deviner en lisant sur leurs visages. Quelqu'un comme Jessica pouvait se trahir. Pas la moindre chance avec ces types-là.

C'était à moi de parler. Il n'y aurait pas de contrôle et relance, cette fois. Rien qu'un contrôle. Pour le pot tout entier, cinq mille. En annonçant le montant, je le plaçai au sommet de ce qui avait fini par ressembler à un Ayers Rock de jetons.

— Rien ne vaut un poker entre amis, hein, les gars ? plaisanta Markelson.

Lisker me regarda droit dans les yeux.

— Je crois que tu essaies d'acheter le pot. Je crois que tu t'es planqué toute la soirée pour emporter un gros coup de bluff. Pas mal, petit.

Il était probable qu'il ne croyait pas un mot de ce qu'il disait. Une réaction. Voilà ce qu'il cherchait à obtenir de moi. Un rire. Un regard oblique. Le moindre signe qui lui permettrait de lire mon jeu. Cinq mille dollars lui disaient qu'il valait la peine d'essayer. Encore qu'à ce stade il devînt de plus en plus évident que l'argent n'avait qu'un rôle mineur dans ce jeu, ou même dans toute la soirée. Ce que Jack concéda au bout de quelques secondes de réflexion supplémentaires.

— Vous savez, on gagnerait du temps en prenant un double décimètre et en sortant nos queues.

C'était du Jack pur jus. Drôle, mais non dénué d'arrière-pensées. En l'occurrence, obtenir de Lisker qu'il aboule le fric au lieu de causer. Pour finir, c'est ce qu'il fit.

Lisker sortit de la poche intérieure de sa veste un chéquier en peau d'alligator et un Montblanc en acier.

— Je suis.

— Ouaouh ! fit Markelson, à mi-voix.

Valentine, les yeux écarquillés, nous épargna ses rimes et garda la bouche close.

Pour sa part, Chapinski marmonna quelque chose à propos d'un pot gigantesque et se remit à compter ses jetons.

Je regardai Jack. Je savais ce qu'il pensait. S'il suivait et perdait, il en serait pour une jolie somme. S'il suivait et gagnait, j'en serais pour une jolie somme. Étant donné qu'il se sentirait coupable si je me faisais nettoyer par lui et ses potes, même en gagnant, il perdait d'une certaine façon. Je le sentais en quête d'une porte de sortie.

— Bon, qui a invité ce gosse, n'importe comment ? dit Jack en lançant ses cartes au milieu.

Tandis que presque tous ricanaient, il me regarda comme pour dire : j'espère pour toi que tu sais ce que tu fais.

Je savais.

— Messieurs, l'heure est venue de montrer vos jeux.

J'étais sur le point de montrer mes cartes mais Lisker me prit de vitesse. Il était tellement sûr de gagner. Avec un immense sourire d'enculé, il montra un jeu colossal. Deux as, deux sept et un valet borgne. Un joker.

— J'ai eu pitié de toi, petit, dit Lisker en me regardant. Putain de merde, j'aurais pu te relancer.

Je posai les yeux sur son full. Puis sur lui.

— Dommage pour moi, répondis-je lentement.

Presque aussi lentement que j'étalais mes cartes. Le neuf de trèfle, le dix de trèfle, le valet de trèfle et la reine de trèfle. Ma dernière carte ? Le roi de cœur. Le seul et unique roi suicidé.

Je l'observai. Pendant une fraction de seconde, Lisker pensa qu'il m'avait battu. Mais une fraction de seconde plus tard, il comprit qu'il n'en était rien. Ce qu'il avait pris pour une simple suite s'était avéré une quinte flush. Moi aussi, j'avais un joker.

La table hurla. Lisker jura. Puis il jura encore. Tout cela, naturellement, entendu par tous ceux qui restaient à l'intérieur du restaurant. Le président de BioLink avait perdu contre un petit jeunot d'avocat, un novice, pas moins.

— Belle main, me dit Valentine. Content d'être sorti à temps.

— Ouais, splendide, dit Chapinski.

— Hé, Lisker, ta société devrait peut-être cloner ce gosse, dit Markelson.

Lisker s'efforçait de se recomposer un visage.

— Un seul suffit, merci.

Quant à Jack, il croisa les bras et attendit que nos regards se rencontrent. Puis il pencha la tête et réprima un sourire. Que pouvait-il dire de plus ?

Je ramassai le pot. Quinze mille dollars. Pas mal pour une soirée de travail, me dis-je, et tout ça grâce à une carte très fatale. La carte qui signifiait le commencement de la fin pour Tyler Mills.

Oui, en effet. Le moment était venu de mettre en scène le suicide parfait.

VINGT ET UN

Pas d'approximation. Voilà ce que je ne cessais de me répéter. Si je le faisais, il fallait le faire bien et laisser au hasard aussi peu de place que possible. Aussi éloigné fût-il, je ne pouvais me permettre le risque d'impliquer quiconque ou quoi que ce soit qui pût en théorie conduire jusqu'à moi. C'est la raison pour laquelle même avant que naisse l'idée du suicide, j'avais exclu d'engager quelqu'un — un professionnel — pour faire mon sale boulot. Non que je fusse en mesure d'organiser une chose de ce genre, de toute façon.

Non, ce serait le travail d'un homme seul, et l'homme, c'était moi.

Méthode. Je pensai à une piqûre mortelle. J'avais toute latitude d'approcher Tyler. Me souvenant d'un cas d'erreur médicale que j'avais étudié à la faculté de droit, je savais qu'une dose massive de potassium pouvait être mortelle et indécelable à l'autopsie. Excepté que cette solution présentait un inconvénient. Il y aurait toujours le risque d'une minuscule trace de piqûre sur la peau de Tyler. Et, je vous le donne en mille, il aurait Quincey comme coroner.

Je réfléchis encore.

Je me trouvais dans mon bureau, porte fermée, et j'avais demandé à Gwen de ne pas me passer de communications.

J'avais mis un CD sur ma minichaîne. Les Tindersticks. Allez savoir pourquoi, la voix du chanteur m'incitait toujours à exprimer ce qu'il y avait de pire en moi. Et naturellement, au bout de trois chansons, je tenais mon idée.

Tyler allait se pendre.

Cela tombait sous le sens. Puisqu'il s'était ouvert les veines sans succès, la pendaison était certainement le plan B le plus crédible pour un gars décidé à se supprimer. Bien sûr, j'aurais beau le lui demander poliment, Tyler n'allait pas de son plein gré se balancer au bout d'une corde attachée à une poutre.

Et donc : l'éther.

Un peu d'alcool à quatre-vingt-dix mélangé à de l'acide sulfurique et vous tenez la manière de rendre un type moins réticent à se passer une corde autour du cou. Plus important, l'éther a la propriété de se métaboliser en très peu de temps, probablement en aussi peu de temps qu'il m'en a fallu pour appeler le centre d'information de la Bibliothèque de New York et pour apprendre toutes ces choses. Un bon avocat se documente toujours.

Cela dit, la dernière fois que j'y étais passé, Target et Wal-Mart n'offraient pas vraiment un vaste choix de produits anesthésiques. Où donc pouvait-on trouver cet article ménager pour le moins inhabituel ? Là où tout le monde se procure ce que personne n'est censé se procurer : sur Internet. Si le collégien révolté moyen peut s'en servir pour apprendre à fabriquer une bombe, je pouvais certainement trouver 50 ml d'éther.

Mais y parvenir sans laisser de traces exigeait quelques précautions.

Le gars au comptoir des boîtes postales de location n'avait visiblement jamais vu de permis de conduire de l'Etat de l'Iowa. Autrement il aurait repéré le mien comme étant un faux, payé huit dollars et quelque dans l'une de ces boutiques de l'East Village qui, avec leurs cartes d'identité bidons et leur collection éclectique de chiloms, remportent un franc succès auprès des mineurs. Prié par le type des boîtes postales de montrer la deuxième pièce d'identité exigée, je fouillai intentionnellement un moment dans mon portefeuille (celui que j'avais acheté quatre dollars dans la rue, pas le Fendi habituel). Pour finir, je demandai si je pouvais lui donner ma carte de visite. Pas de problème, me fut-il répondu avec un mouvement de tête signifiant « pour cette fois ». Le résultat de mon travail à l'imprimerie automatique de cartes de visite dans la succursale Hallmark près du bureau fut aussitôt présenté. Hank McCallister, expert-comptable, 114 Castleton Lake Road, Des Moines, Iowa, 50318. Net, simple, et crédible. Pour votre information, Hank McCallister était le nom de mon professeur d'éducation physique au lycée. Il traînait trop dans les vestiaires des garçons, si vous voyez ce que je veux dire.

Le terme *fondus d'informatique* me vint à l'esprit. Je contemplais la clientèle de mordus-chics qui envahissait le Online Cybercafé où j'étais venu me brancher sur un site d'apparence inoffensif, MRT Supplies Corp, pour me procurer l'éther. Ils appelaient ça de l'« oxyde d'éthyle », qu'ils présentaient comme un solvant industriel. C'était l'équivalent d'une interprétation de la loi, une faille dans laquelle je n'étais que trop heureux de me glisser. Versée dans la protection de l'anonymat, la société affichait fièrement ses références bancaires.

La femme plutôt épanouie qui prit mon mandat était en train de manger un sandwich œufs-crudités. Il y avait un morceau de jaune sur son menton, hors d'atteinte de sa langue. Pendant un moment, il détourna mon regard de la verrue qu'elle avait sur la joue. Alors que celle de Cindy Crawford était ronde et mignonne, celle de la femme était énorme, en forme de haricot, avec un poil épais et noir planté au milieu. Pourtant, la femme était on ne peut plus sympathique. A mon sens, elle était ou bien tout à fait à l'aise ou bien dans le déni complet. Difficile à dire. Je remplis le formulaire, lui remis en liquide la somme que je désirais envoyer, et ce fut tout. Le compte de la société serait crédité dans les minutes qui suivraient.

— Merci beaucoup, dis-je à la femme à la verrue.

— De rien, monsieur McCallister, répondit-elle avec un sourire.

En y repensant, je crois que j'aurais dû lui signaler le morceau de jaune d'œuf.

Les préparatifs se présentaient bien. Nul ne pourrait jamais prouver que Philip Randall connaissait la MRT Supplies Corp., ou qu'il avait commandé 50 ml d'éther. Aucune boîte postale n'aurait davantage la trace d'un Philip Randall. Au cas où on trouverait une piste, la seule personne qui aurait du mouron à se faire serait un certain Hank McCallister de Des Moines, Iowa.

Comme je disais, pas d'approximation.

Ma dernière tâche de la journée consistait à passer à la Chase Manhattan afin de demander le transfert du compte en actions que Tracy et moi avions en commun sur notre compte courant. Vous allez me prendre pour un fou, mais nous n'avions pas pour habitude de garder un crédit de six chiffres. Une fois le virement effectué, je pourrais me procurer le chèque de banque que Tyler exigeait — exactement comme je le lui avais dit. Ce que je ne lui avais pas dit, cependant, c'est que le chèque ne serait pas rédigé à son nom. Il serait payable en liquide. C'était ma façon d'éliminer toute trace de papier entre nous deux. Naturellement, il n'aurait jamais l'occasion d'encaisser l'argent, mais lorsque je l'aurais reversé à mon compte, la banque aurait toujours la trace du mouvement. Rédiger le chèque au nom de Tyler était un risque. Un chèque payable en liquide n'était qu'une preuve qui valait citation comme témoin. Il me suffirait de mettre la somme au compte d'une vieille dette de jeu imprudemment contractée au golf. *Foutu quitte ou double.* Le pire dont on pourrait m'accuser, ce serait d'avoir besoin de quelques leçons.

*

Vendredi après-midi, j'avais tout ce qu'il me fallait, y compris une corde en nylon de deux centimètres d'épaisseur pour la pendaison et une paire de gants pour ne pas laisser d'empreintes. La corde était une réserve pour le cas où je ne trouverais pas de draps de lit chez Tyler. La nature improvisée d'un nœud fait avec un drap, pensais-je, ajouterait à l'événement une touche d'authenticité. Il contiendrait la bonne dose de désespoir suicidaire.

Le moment était venu d'appeler Tyler. Mais pas depuis mon bureau. Je ne tenais pas à avoir des relevés indiquant d'autres appels de l'un à l'autre. Qu'il y en eût un déjà, passe, on penserait simplement aux retrouvailles de deux vieux amis. Tandis qu'une succession de coups de fil risquait d'être perçue différemment.

Il me fallait une cabine qui indiquait son propre numéro d'appel. Très délicat à trouver dans Manhattan. Les deux premières ne marchaient même pas. Et dans une autre, il manquait le combiné. Il fallait chercher ailleurs.

En regardant autour de moi, j'avisai un restaurant chinois. J'entrai et aperçus leur taxiphone au fond, près de la cuisine. Son numéro était inscrit au-dessus du clavier. Je laissai un message à Tyler et attendis. Non loin, à une table, un vieux couple chinois était en train de contrôler les factures du déjeuner, tandis que tous les serveurs mangeaient à une autre. Au bout d'une minute, mon inactivité attira l'attention.

— Puis-je avoir un petit pain à l'œuf à emporter ? demandai-je, pensant que cela mettrait fin à leur curiosité.

L'un des serveurs les plus âgés dit quelque chose en chinois à l'un des plus jeunes. Tous deux semblaient mécontents. Le plus jeune posa ses baguettes, se leva et s'approcha de moi.

— Vous vouloir autre chose ? me demanda-t-il, presque en anglais.

Je hochai la tête. Il se détourna et alla dans la cuisine dont il ressortit au bout de quelques secondes.

— C'est prêt dans deux minutes, me dit-il avant de reprendre le cours de son déjeuner.

Assurément, tout le monde avait cessé de me dévisager.

Dans la minute qui suivit, le taxiphone sonna. Au moins, Tyler était rapide.

— Allô ?

— Je pensais que c'était toi, dit-il. Nous avons tout ?

— Chèque de banque de cent vingt-cinq mille dollars. Ça te suffira ?

— Je m'attendais bien à te trouver un peu irritable.

— Tu *crois* ?

— Retrouve-moi dans une demi-heure à...

— Ho ! Ho ! Ho ! le coupai-je. Comment crois-tu que je gagne tout cet argent ? Ça s'appelle un travail, et j'ai une réunion dans vingt minutes que je ne peux pas rater. J'ai fait tout ce que tu m'as demandé, alors accorde-moi ça. On se retrouve ce soir, à sept heures. Dis-moi seulement où.

A l'autre bout du fil, il y eut un profond soupir suivi d'un long silence.

— Tu es toujours là ? demandai-je.

— Oui, je suis toujours là. Retrouve-moi au coin nord-est de la Neuvième Avenue et de la Trente-cinquième Rue. Sept heures, comme tu veux. Seigneur, je ne voudrais surtout pas que tu rates ta super importante réunion d'avocats.

Il raccrocha.

Je restai un moment près du téléphone. Je n'avais pas de réunion. Si je faisais attendre Tyler, c'était afin que les Gwen et autres quittent le bureau pour le week-end en sachant que j'étais encore là. Mon alibi, s'il m'en fallait un, serait que j'avais travaillé tard. Mais là encore, je n'avais nullement l'intention d'avoir besoin d'un alibi.

Je quittai le restaurant chinois avec mon petit pain et je regagnai mon bureau. Dès que je fus assis à ma table, j'appelai Tracy pour lui dire qu'il y avait une urgence avec un client et que je rentrerais tard. Un vendredi, pas moins. Nous avions prévu d'aller au cinéma ensemble. C'est moi qui l'avais suggéré au début de la semaine, sachant qu'il me faudrait annuler en fin de compte. L'un dans l'autre, ce ne fut qu'une petite déception. Elle me dit qu'elle resterait probablement à la maison avec un livre. Je m'excusai et lui promis que nous irions un autre soir.

Le reste de la journée, je ne quittai pas mon fauteuil, occupé à planifier au mieux la soirée. Le temps s'écoula avec une lenteur intolérable. Vers cinq heures et demie, Gwen passa la tête pour m'indiquer qu'elle partait. Je lui souhaitai un bon week-end et lui demandai si elle avait des projets.

— Haine de soi le samedi, suivie d'apitoiement sur soi tout le dimanche, dit-elle, le visage impassible.

J'aurais mieux fait de me taire.

A six heures, je fis le tour des couloirs afin d'être sûr qu'on me verrait. J'entrai chez Shep et bavardai un peu avec lui. C'était le genre d'homme à qui il arrivait toujours des choses drôles dans les situations les plus banales. Cette fois, c'était pendant un détartrage.

— Alors je suis allongé dans le fauteuil, commença Shep, et arrive cette belle plante.

Je l'interrompis pour lui faire remarquer que ça ressemblait dangereusement aux plus mauvaises pages courrier de *Penthouse.*

— A ne pas confondre avec les meilleures, répliqua-t-il aussitôt. Bon, tu sais, ils mettent toujours cette musique d'ascenseur pour que le patient soit détendu. Alors, je suis allongé, et voilà que la dentiste se met à chanter en chœur avec les chansons tout en travaillant. Je t'ai dit que c'était vraiment une belle plante, non ?

Je hochai la tête.

— Donc, elle me gratte les dents et tout à coup ils passent « Kiss You All Over » ou peu importe le titre. Elle est à peine à vingt centimètres de ma bouche et elle fait *« I want to kiss you all over... over and over.* Et cette voix rauque. Attention, elle portait un masque sur son visage, alors sa voix était un peu étouffée, mais tout de même, je n'ai pas pu m'en empêcher.

— De faire quoi ?

— De marquer midi, là, dans le fauteuil.

— Arrête ton char !

— Sérieux. Je suis allongé là, à avoir la canne dans ce fauteuil et tout le temps je me répète, par pitié ne regardez pas, par pitié ne regardez pas.

— Dis-moi qu'elle n'a pas regardé.

— Non, Dieu merci, elle était trop occupée à chanter. Mais il s'en est fallu d'un cheveu.

J'éclatai de rire. Le tableau était amusant. C'était également une réponse à la question que je n'avais jamais eu le courage de poser à Shep : où la paralysie de la partie inférieure de son corps commençait-elle ? Elle impliquait qu'il pouvait encore baiser et cela me redonna du courage.

A six heures quinze, je regagnai mon bureau et fis le compte de mes relevés de temps passé de la semaine. C'était ça ou mettre de l'ordre dans mes trombonnes.

Six heures trente. Je mangeai un petit pain aux œufs très froid.

Enfin, à six heures quarante-cinq, je remplis un vieux sac à dos de tout ce dont j'avais besoin et quittai discrètement le bureau. Dans l'ascenseur, je me souviens qu'il s'est mis à faire très chaud.

VINGT-DEUX

Tyler mit ses mains en coupe et alluma une Marlboro. Il portait de vieux jeans et un tee-shirt Deerfield encore plus vieux — évidemment exprès. En éteignant l'allumette, il me demanda :

— Ça te plaît, d'être avocat ?

Je n'étais pas d'humeur à supporter ses conneries. Étant donné les circonstances, je me pliai à son bon plaisir.

— La plupart du temps.

— Ça t'est déjà arrivé d'aider un coupable à s'en sortir ?

— Probablement, répondis-je sans hésiter.

Il n'était pas le premier à poser ce genre de question et il ne serait pas le dernier.

— Ça ne te gêne pas, d'aider des coupables à s'en sortir ?

— Je dors sur mes deux oreilles, si c'est ce que tu veux savoir. Mais si je me souviens bien, c'est toi qui me disais que nous étions tous coupables ?

— J'ai dit ça, hein ?

Nous étions debout, entourés de vitrines sales. Un parking extérieur, presque vide, formait notre arrière-plan. En face, au-dessus d'un panneau, il y avait un de ces indicateurs électroniques qui donnait alternativement l'heure et la température de l'air, toutes les deux inexactes apparemment. De toute évidence, Tyler n'avait pas choisi ce décor pour son ambiance. Ou peut-être que si. Cela dit, c'était un quartier de Manhattan où je venais rarement. Pas de clients, pas de restaurants ni de boutiques. Un pâté de maisons plus loin se trouvait l'un des nombreux accès au Lincoln Tunnel. C'était encore l'heure de pointe, un vendredi par-dessus le marché, et les automobiles immatriculées dans le New Jersey se succédaient pare-chocs contre pare-chocs, attendant de pouvoir passer. Cela expliquait les odeurs peu subtiles de tuyaux d'échappement.

— Alors, tu as quelque chose pour moi, dit Tyler, en venant enfin au fait.

— Quoi, pas de gadget à me passer sur le corps ?

— Tu ne serais pas aussi bête.

Il avait raison. Je n'avais pas pris le mini-enregistreur. Je mis la main dans la poche de ma veste et en sortis le chèque de banque. Je le lui tendis sans cérémonie. Lentement, il le prit entre ses doigts et le lut. Je vis ses lèvres remuer tandis qu'il déchiffrait la somme.

— Qu'est-ce que c'est que cette connerie de chèque au porteur ? demanda-t-il.

— C'est pour ne pas être obligé d'expliquer qui tu es à mon comptable. Qu'est-ce qui t'inquiète ? L'argent est là. C'est fait pour ça, un chèque de banque.

Tyler le contempla à nouveau.

— Il a l'air authentique.

— C'est parce qu'il l'est.

Tyler lança son mégot sur le trottoir. Il plia le chèque et le fourra dans la poche avant droite de son jean.

— Merci, Philly, dit-il, tout content à présent. Tu es vraiment un homme de parole.

— Je suppose que toi aussi.

Un clignement d'yeux perplexe, puis :

— Oh, oui, bien sûr... les photos.

Tyler remonta son sweat-shirt, laissant apparaître la même enveloppe en papier kraft que j'avais vue au cours de notre déjeuner. Glissée dans son jean dans le sens de la longueur, elle ressemblait un peu à une ceinture de smoking.

Il ouvrit l'enveloppe, en sortit les photos, plus cinq ou six bandes de négatifs.

— Cher, comme rouleau, hein ? plaisanta-t-il.

Je ne lui donnai aucune réponse, bien qu'il m'en vînt à l'esprit un certain nombre, et de cinglantes.

Tyler replaça les photos avec les négatifs dans l'enveloppe et me la donna.

— Si j'étais toi, je les laisserais pas traîner à la maison.

— Ne crains rien, l'assurai-je.

Puis ce fut à son tour de me rassurer.

— C'est tout, tu n'as qu'un seul tirage ?

— C'est tout ce dont j'avais besoin.

Il avait son argent. J'avais mes négatifs. Bien que pas tout à fait égale, la transaction était achevée. Mais quelque chose me disait qu'il n'était pas prêt à mettre fin à notre rendez-vous.

— Mis à part le comptable, quelle explication vas-tu donner à Tracy si elle t'interroge sur l'argent manquant ?

— Elle ne m'interrogera pas.

— Comment le sais-tu ?

— Je sais, fais-moi confiance.

Tyler paraissait sceptique.

— Il me semble qu'on devrait remarquer quand une telle somme d'argent disparaît, dit-il. A moins, naturellement, que vous soyez tous les deux tellement bourrés de blé que pour vous ça ne représente que de l'argent de poche, auquel cas je t'ai laissé partir trop facilement.

— Je n'en dirais pas autant.

— Peut-être que j'aurais dû demander plus.

— Je t'ai peut-être déjà trop payé comme ça.

— Non, finalement, je ne crois pas, dit-il en secouant la tête. Je suis sûr que tu te débrouilles pas mal tout seul, Philly, mais c'est ta chère et tendre épouse qui a *tranquille pour la vie* tatoué sur le front.

Il regarda au-dessus de mon épaule.

— Qu'est-ce qu'il y a dans ce sac à dos, à propos ?

— Quoi ? demandai-je avec ma plus belle grimace de confusion.

— J'ai dit, qu'est-ce qu'il y a dans ce sac à dos ?

Je me retins de répondre : « Tout ce qu'il faut pour t'éliminer »

— Tout ce qu'il y aurait dans la nouvelle mallette que j'ai commandée si je l'avais déjà reçue. J'ai laissé tomber la vieille et tenu compte de ta suggestion d'en prendre une avec un cadenas. On n'est jamais trop prudent.

— C'est la vérité vraie.

Je m'étais préparé à la question, sûr qu'il la poserait. Tyler parut ne se douter de rien après ma réponse toute faite. On ne parlerait plus de mon sac à dos. Mais il restait là, à m'observer, les yeux fixés sur les miens. Comme s'il s'efforçait de deviner ce que je pensais.

— Tu as envie de savoir, non ? demanda-t-il.

— De savoir quoi ?

— Je ne te le reproche pas, note bien. Si j'étais dans tes bottes, je ressentirais la même chose. Moi aussi, ça me préoccuperait. Billet d'avion ou pas, tu as envie de savoir si c'est vraiment la dernière fois que tu me vois. Je le devine bien. Enfin, oui, tu m'as payé et, oui, je t'ai dit que je ne t'ennuierais plus, mais comment peux-tu être certain que je ne vais pas rester, qu'un de ces jours tu ne vas pas tourner au coin de la rue et — paf ! — je suis là ?

— Je te mentirais si je disais que l'idée ne m'a pas traversé l'esprit. La réponse, en dernier ressort, est que je ne sais pas. Ce n'est pas moi qui tire les ficelles, ici. C'est toi.

Tyler secoua la tête, comme avec dégoût.

— C'est ça qui m'énerve, Philly. De t'entendre parler comme ça. D'accord, tu as bien fait de me donner l'argent ; c'est juste que... oh, merde, laisse tomber.

Je mordis à l'hameçon.

— Quoi ?

— C'est juste que, bon, avec tout ce que je croyais savoir de toi, je m'attendais — comment dire — à un peu plus de résistance. Non, ce n'est pas le mot juste. Défi... ça, c'est le mot juste... je m'attendais à un peu plus de défi. Mais je ne me plains pas.

— Non, je dirais plutôt que tu te lèches les babines, raillai-je, ma colère commençant à se trahir.

— Peut-être, dit Tyler en se grattant la tête. Je crois que tu as voulu la jouer ferme au début. Mais tu aurais dû voir ta tête quand j'ai fait porter la bouteille de champagne au restaurant.

Tyler simula une grimace de peur exagérée, ce qui parut follement l'amuser.

— Je ne sais pas, je suis peut-être fou, mais on peut dire

qu'à partir de là tu as baissé ton pantalon et que tu t'es bien laissé enculer.

Putain, c'était à croire qu'il me provoquait.

Sans dire un mot, je descendis du trottoir pour héler un taxi sur la chaussée. Tyler lança les bras en l'air.

— Allez, Philly, je blaguais !

— Adieu, Tyler, fut tout ce que je répondis.

Je fis signe à un taxi libre qui attendait au feu rouge au coin de la rue. Le chauffeur me vit. Tyler pouvait dire ce qu'il voulait, j'étais absolument décidé à n'en pas tenir compte. Sauf qu'il ne dit rien. Mais commença chanter. Là, sur le trottoir, il se mit à chanter « My Way » de Frank Sinatra, à tue-tête. Je ne pus m'empêcher de me retourner pour voir ça.

> Des regrets, j'en ai eu
> Mais pas tant que ça en fin de compte.
> J'ai fait ce que j'avais à faire
> Sans exception.
>
> J'ai tout prévu,
> Chaque étape le long du chemin,
> Mais surtout, surtout,
> J'ai fait à ma façon.

Feu vert. Le taxi s'arrêta près de moi et je montai. Tyler continuait à chanter. Le taxi prit presque aussitôt de la vitesse. Et Tyler chantait toujours.

— Prenez à gauche dans la Quarante-quatrième Rue, dis-je au chauffeur en réponse à son regard jeté par-dessus son épaule.

Un pâté de maisons plus bas, le chauffeur s'exécuta. Quand il eut tourné, je lui criai de s'arrêter. Sans lui laisser le temps de s'énerver, je lançai un billet de cinq dollars sur le siège avant et sur ses genoux.

— Pour votre peine, dis-je en saisissant la poignée.

Je pris mon sac à dos, sautai du taxi et courus vers le coin. Lentement, je risquai un coup d'œil.

Tyler ne chantait plus. Non loin de l'endroit où nous

nous étions retrouvés, je vis le jean et le dos blanc uni de son sweat-shirt. Il s'éloignait. C'était ce que je voulais. S'il s'était dirigé vers moi, j'aurais dû trouver où me mettre à couvert.

J'attendis que Tyler eût atteint le carrefour suivant. J'estimais que c'était la distance de sécurité. Et pour Tyler, quelle avait été la distance de sécurité ? me demandai-je. Quel espace avait-il gardé entre nous pendant qu'il me suivait partout ? Quelque chose me disait qu'il était resté plus près, ne fût-ce que pour le piment de la chose. Le *défi*. Il m'avait filé pendant Dieu sait combien de temps — des jours, des semaines, un mois ? Je trouvais stupéfiant de ne rien avoir remarqué, de ne jamais avoir senti une présence derrière moi. Je ne m'étais douté de rien, absolument de rien. Et c'était précisément là-dessus que je comptais ce soir avec Tyler. Car cette fois, les rôles étaient inversés.

Le chasseur allait devenir la proie.

Du sac à dos, je sortis une casquette de base-ball des Cubs. Je m'en coiffai et l'enfonçai au ras des sourcils. J'ôtai rapidement ma veste et ma cravate, les fourrai dans la poche extérieure du sac. J'avais prévu que je n'aurais pas le temps de changer totalement de costume : une modification, c'était le mieux que je pouvais faire. Tout en rasant les vitrines au plus près, je commençai à ralentir le pas.

Mon espoir était que Tyler habitait dans le voisinage, car plus il y aurait de distance à parcourir, plus je risquais de le perdre. Nos lieux de rendez-vous précédents — l'Oyster Bar et Bryant Park — se trouvaient tous les deux aux environs du centre. Bon signe. Mais cela n'avait guère d'importance. J'étais prêt à suivre Tyler dans un autre espace-temps s'il le fallait.

Un pâté de maisons, un autre, puis un autre, un autre encore. Tyler continuait à marcher, en regardant droit devant lui, apparemment sans rien soupçonner. A la bonne heure, Tyler.

Quelques pâtés de maisons plus loin, nous nous retrouvâmes en plein Hell's Kitchen — un quartier de Manhattan dont la brochure ne parlait pas. A vrai dire, ce n'était pas aussi terrible que le suggérait le surnom. La plupart des rues étaient propres sinon assez jolies. Ce qui gâchait tout, c'étaient les autres, qui évoquaient Dresde après la Seconde

Guerre mondiale. C'est ce qui me surprenait toujours à Manhattan — le fait qu'une courte marche dans n'importe quelle direction puisse vous conduire d'un quartier résidentiel à un quartier délabré, et retour.

Tyler tourna.

A droite. Dès qu'il eut disparu au coin de la rue, je pressai le pas, manquant me prendre une clocharde et son Caddie de supermarché. Une fois parvenu au coin à mon tour, je tendis le cou juste assez pour voir à gauche. Ce que je vis, c'est Tyler qui entrait sous un porche non loin de là. Je commençai à chercher dans le sac le mouchoir et l'éther. Voilà, me dis-je. Tyler était chez lui et j'étais sur le point de déplacer mon pion. Mais en même temps, quelque chose me fit lever la tête. C'était un néon au-dessus de l'endroit où Tyler était entré. « Billy's Hideaway » papillotait le néon. Un *bar* ? Avec un chèque de cent vingt-cinq mille dollars qui lui brûlait la poche, on pouvait s'attendre que le mec rentre chez lui directement pour le fourrer sous le matelas. Pas Tyler. Il semblait qu'il eût l'intention de boire un verre à sa bonne fortune.

Disons des verres, au pluriel. Je me dissimulai derrière une double cabine téléphonique, en face du Billy's Hideaway. Je priai pour que l'attente fût de courte durée, mais au bout de quinze minutes, il devint évident que Tyler n'était pas simplement entré s'en jeter un vite fait. Je me résignai à rester là un bout de temps.

J'attendis. Sur le trottoir d'en face, les ombres commencèrent à s'allonger et à s'assombrir. Le crépuscule céda la place à la nuit. Il y avait un avantage, me dis-je. Je serais un peu moins exposé en suivant Tyler quand il quitterait le bar. Je consultai ma montre. S'il quittait le bar. Toutes sortes d'images s'imprimèrent dans mon esprit. Certaines inoffensives, comme Tyler debout sur un tabouret, annonçant une tournée générale. D'autres m'inquiétaient, comme Tyler racontant son exploit. Je commençai à craindre qu'il donnât des noms — mon nom — en entrant dans les détails. Dans les jours qui allaient suivre, il me faudrait espérer qu'aucun de ses auditeurs ne serait un grand lecteur d'annonces nécrologiques et à même de faire la relation.

Plus d'une heure s'écoula. *C'était donc ça, être en planque.*

J'avais bien envie d'entrer dans un café, mais je ne bougeai pas. Pas question de laisser Tyler me filer entre les doigts. Gagné par l'ennui, je décrochai le téléphone des deux cabines. Aucun ne fit entendre la tonalité.

Il finit par sortir. Je traversai la rue et lui emboîtai le pas. On ne pouvait pas dire qu'il marchait en ligne droite. Il eût été plus juste de dire que Tyler zigzaguait, ou bien marchait, comme je l'avais souvent entendu dire, du pas de l'ivrogne. Tant mieux. Ses réflexes seraient ralentis.

Comme prévu, la nuit me permettait de raccourcir la distance qui nous séparait. Et tant mieux si l'entretien de l'éclairage public semblait avoir été confié à la société chargée des cabines téléphoniques. Si Tyler regardait derrière lui, tout ce qu'il verrait ce serait la flaque de lumière ponctuelle. J'étais sûr d'être invisible dans les ténèbres.

Quelque chose me dit que je n'en avais plus pour long-temps. Ce fut lorsque Tyler n'alluma pas une autre cigarette. Il fumait clope sur clope depuis le début et lorsque je ne vis pas tout de suite la flamme d'une autre allumette, je devinai que son appartement se trouvait tout près.

J'eus aussitôt ma réponse. Moins d'une minute plus tard, Tyler s'arrêta devant une entrée au milieu de la rue. Le peu de lumière qu'il y avait me suffit à voir qu'il fouillait dans sa poche pour en sortir ses clés. Il était à la maison, Gaston. Pas de fausse alarme, cette fois.

Du sac à dos, je sortis l'éther, ôtai le bouchon-verseur de la bouteille d'eau minérale dans laquelle je l'avais transvasé. Juste après, vint le mouchoir, plié en carré et prêt à servir. Inutile de regarder. Je sentirais l'humidité dans ma main à travers le tissu. J'aurais besoin de mes yeux pour charger.

Vite, je jetai un rapide coup d'œil dans la rue. Déserte.

J'avais l'expérience de la montée d'adrénaline du sport, de la montée d'adrénaline du sexe. La conscience aiguisée. Les battements du cœur accélérés. Mais comme je me préci-pitais en direction de cette entrée en sachant ce que j'allais faire, dans l'abandon et l'audace les plus purs, je découvris une ivresse inconnue jusqu'alors. Tenter une comparaison signifierait qu'une autre sensation s'en approcherait. Mais rien ne s'en approchait. Si j'avais pris une drogue qui eût un effet similaire, fût-il lointain, je serais sans aucun doute devenu le pire des junkies. Cela pouvait paraître pervers, mais le Facteur de risque 9 n'était pas dénué d'excitation.

Le timing était parfait. Il ne laissait à Tyler aucune chance de réagir. Lorsque je parvins à sa hauteur, il avait le dos tourné vers moi et s'apprêtait à franchir la deuxième porte vitrée de son immeuble. Il m'avait entendu derrière lui — ou du moins il avait entendu quelque chose — parce qu'il commençait à faire pivoter son corps. Peut-être me vit-il, peut-être pas. Je ne savais pas. S'il m'avait vu, il ne devait s'agir que d'un éclair, une fraction de seconde de quelque chose de blanc aussitôt plaqué sur son visage. Ce qu'il avait dû penser au moment où c'était arrivé...

L'éther, c'est un truc qui marche vraiment. En quelques secondes et après une lutte réduite au minimum, le corps de Tyler devint flasque dans mes bras. Je regardai derrière moi. Personne. Je regardai devant moi. Personne. Jusqu'ici tout allait bien — pas de témoin. Mais si je voulais que cela continue ainsi, il me fallait agir vite.

Les gants. Petit pense-bête : veiller à enlever toutes traces de doigts sur la première porte en repartant.

Les clés de Tyler étaient tombées par terre. Je les ramassai et commençai à consulter la liste des occupants. Mais vous n'imaginez tout de même pas qu'il y avait son nom associé à un numéro d'appartement ? Moi non plus. C'eût été trop facile. A la hâte, je cherchai parmi ses clés celle qui pouvait ouvrir la boîte aux lettres. Je procédai par tâtonnements. Quatres boîtes aux lettres indiquaient des numéros d'appartement sans le nom de leurs occupants. Au troisième essai, je savais où créchait Tyler. Appartement 4F.

Le rez-de-chaussée était plus qu'étroit, avec l'escalier tout au fond. Mal éclairé, il sentait les poubelles, deux caractéristiques de ce qu'on appelle officiellement un trou à rats. J'étais convaincu de voir d'une minute à l'autre arriver en rampant la troisième. Et attention, ce n'est pas la Trump Tower que j'avais en tête. En fait, mon plan pariait sur le fait que Tyler vivait plus ou moins dans un taudis. Portiers et ascenseurs n'auraient fait que compliquer un peu les choses.

A ce moment-là, toute la difficulté était de transporter Tyler sans être vu. Il me fallait d'abord effectuer une petite reconnaissance en solitaire pour m'assurer que la voie était libre. Quant à ce que j'allais faire pendant ce temps de mon fardeau inconscient, j'avais repéré un endroit situé sous la cage d'escalier, dans l'ombre, à l'abri. En soufflant bruyamment, je pris Tyler sous les aisselles et le traînai jusque-là. Pour un type maigre, il pesait sacrément lourd.

Dépêche-toi, Philip.

Ayant étudié à fond la question pharmacologique, je savais que l'éther, inhalé directement, anesthésiait pendant environ quinze à vingt minutes. L'horloge tictaquait.

Je montai jusqu'au deuxième étage. J'entendis plein de choses, mais ne vis rien. Les sons étouffés de rires en boîte à la télévision, des cris de bébé, mais le couloir était vide.

Troisième étage. Je regardai à gauche et à droite. Vide aussi. Et silencieux, cette fois.

Quatrième étage, appartement 4F. D'autres tâtonnements avec les autres clés. La deuxième Medeco était la bonne. J'y étais. J'ouvris la porte et trouvai l'interrupteur. Il manquait juste le panneau « Chez Tyler », mais c'était bien son appartement. Le désordre incroyable qui régnait était signé de son nom.

Laissant la porte entrouverte, je redescendis en vérifiant à chaque étage s'il y avait quelqu'un. *Tic, tic.* Il fallait qu'ils se tiennent à leur existence d'ermite quelques minutes de plus. Revenu au rez-de-chaussée, je trouvai Tyler toujours inconscient, puant l'alcool, l'éthylique et autre. Je le soulevai à nouveau pour entamer la longue ascension. Au cours des brefs instants qui s'étaient écoulés, j'aurais juré qu'il était devenu plus lourd.

J'avais mal au dos dès la cinquième marche. Entre le sac à dos et Tyler, j'aurais offert un spectacle étonnant, exactement ce qu'il me fallait éviter. Avec toute la fougue dont j'étais capable, je parvins au coin du deuxième étage et entrepris de grimper le troisième.

Merde !

A mi-chemin entre le deuxième et le troisième étage, j'entendis le *snap* métallique d'un verrou. Quelqu'un sortait. Terrifié, je regardai derrière moi, mais il y avait trop de distance à parcourir pour se mettre à l'abri. Je restai immobile, en retenant mon souffle. En même temps, j'essayai d'ajuster le corps de Tyler sur mes épaules en montant sur la pointe des pieds pour voir qui venait. Un vrai numéro d'équilibriste. La porte s'ouvrit et j'entendis des pas. Ils venaient vers moi.

Des pantoufles en peluche rose.

Tous mes plans allaient tourner en eau de boudin par la faute d'une femme qui avait des putains de pantoufles en peluche rose aux pieds. A moins que... Car dès que je les vis, elles s'immobilisèrent. Avec la pente de l'escalier qui faisait écran, je ne voyais que les pantoufles et la paire de chevilles féminines et enflées qui allaient avec. Que faisait-elle ? Pourquoi s'était-elle arrêtée ? Le bruit suivant répondit à mes questions. C'était un bruit de charnières, mais pas une porte. Le vide-ordures. O merveille, elle jetait les ordures. (Au moins quelqu'un le faisait par ici.) J'écoutai décroître le tintement des bouteilles et des cannettes, une musique à mes oreilles. Il ne lui restait plus qu'à rentrer chez elle. *A la maison, madame pantoufles en peluche rose* ! C'est exactement ce qu'elle fit. Comme elle refermait sa porte derrière elle, je vidai mes poumons. De toute évidence, il me serait donné de vivre et de voir un étage de plus.

Peut-être. La dernière volée de marches m'apparut comme le sommet de l'Everest. Je n'avais pas pensé une seconde qu'un peu d'entraînement eût été nécessaire. J'avais beau avoir envie de m'arrêter pour me reposer, je risquais davantage d'être surpris par les voisins. Je continuai. Il le fallait bien.

Le quatrième étage était désert lorsque je transportai Tyler à l'intérieur de son appartement. Avec un grand soupir de soulagement, je le posai sur un divan, ou plutôt sur *le* divan, car, excepté une chaise pliante, il n'y avait pas d'autre siège. Quant au reste de l'ameublement, je serai gentil en disant qu'il était clairsemé. Une chambre au Motel 6 avait plus de caractère. Et elle bénéficiait aussi du service d'une femme de ménage, quelque chose dont manquait cruellement la piaule de Tyler. Journaux, boîtes de pizzas, vêtements, cannettes de bière. Le tout éparpillé au hasard mais formant une sorte de motif, s'il est possible.

Dans l'ordre du jour, le premier point constituait à regarder partout. Tyler aurait besoin d'un endroit où accrocher la corde et si j'étais prêt à improviser, un peu de chance n'était pas négligeable. Je la trouvai dans la chambre. Une canalisation à nu, qui courait à vingt centimètres sous le plafond. Epaisse, solide et soutenue par des équerres montées sur le mur. C'était parfait. Néanmoins, je ne voulais courir aucun risque. Je grimpai sur un vieux radiateur, saisis la canalisation et m'assurai qu'elle pourrait supporter mon poids. Elle était supersolide.

Je redescendis, et regardai le lit défait de Tyler. Roulé en boule au pied, un drap blanc uni, le modèle sans fanfreluches. Je le pris et tirai dessus un bon coup. Il était également supersolide — la corde que j'avais achetée pouvait rester dans mon sac.

Maintenant, il fallait penser et agir comme l'eût fait Tyler. C'est-à-dire tout faire comme il aurait été forcé de faire. J'ôtai mes gants et me mis à confectionner un nœud coulant à l'une des extrémités du drap. L'autre extrémité servit à faire un double nœud autour de la canalisation. L'important était de mesurer la distance du sol au plafond. Je me plaçai sous le nœud et sentis vingt bons centimètres au-dessus de ma tête. Espace de suspension, à défaut d'un meilleur terme.

Le moment était venu.

J'allais chercher Tyler dans l'autre pièce et en finir aussi vite que possible. En finir avec le chantage, les menaces, et la peur. En finir avec tout ça.

Alors, pourquoi cette paralysie ?

Pis, pourquoi cette nausée soudaine ?

Planté au sol, la pièce sur une table tournante. Etourdi. Envie de vomir. Estomac contracté, sueurs froides dans le dos.

L'adrénaline, me dis-je. Surcharge du système. L'ivresse avait été trop rapide, trop forte. Je redescendais douloureusement. Je m'écrasais.

Attends une minute, Philip. Ça va passer.

Je levai les yeux sur mon bricolage, le nœud qui pendait à la canalisation, et la pièce se mit à tourner plus vite. Je baissai aussitôt les yeux. Mon regard se posa sur un vieux miroir appuyé sur une coiffeuse improvisée près du lit. Je ne l'avais pas vu jusqu'au moment où j'aperçus mon reflet qui me renvoyait mon regard. Il était froid, détaché et il me fit hésiter, vraiment hésiter, pour la première fois.

Jusqu'à ce moment-là, je m'étais tellement concentré sur mon plan, les détails, les précautions, que j'avais évité de penser à ce que je faisais en réalité. Mais là, debout, dans la chambre de l'appartement de Tyler, il n'était plus possible de l'éviter. Je savais pourquoi j'étais ici. Je savais ce que j'y étais venu faire, pourquoi j'avais le sentiment qu'il *fallait* que je le fasse. J'oubliais pourtant une chose.

Le faire pour de bon.

Sans prévenir, cette pensée m'avait inondé. Englouti. Je me rendis compte de ce qui se passait. La vague de nausée n'avait rien à voir avec l'adrénaline. J'étais en train de vivre un véritable renversement.

Tu croyais quoi, Philip ?

C'est alors que je compris. C'était comme une éclipse de morale, toute cette affaire. Ma vision du bien et du mal, du juste et du faux, avait été anéantie par mon désir-devenu-obsession de me débarrasser de Tyler — et, dans le même temps, de me débarrasser de ce qui était devenu un rappel par trop réel de mes propres transgressions. Certains diraient que mon éthique avait toujours souffert d'au moins une forme d'éclipse partielle. Mais là... là, c'étaient des ténèbres personnelles que je n'avais jamais soupçonnées.

Je peux dire que ma conscience s'était réveillée.

A partir de là, la décision vint sans effort, et aussi vite qu'on peut dire *psychosomatique*, la nausée et le vertige disparurent.

Ce serait comme si je n'étais jamais venu, me dis-je.

J'allais soulever Tyler du divan et le mettre dans son lit. Il se réveillerait plus tard avec une énorme gueule de bois, mais au moins il se réveillerait. Il aurait mon argent et il me faudrait vivre en me demandant si j'aurais encore affaire à lui un jour. Je me dis que j'aurais la force de l'assumer. L'alternative était de savoir que je l'avais assassiné. Et je m'aperçus que c'était quelque chose avec quoi je serais incapable de vivre.

Je commençai à regagner l'autre pièce pour déplacer Tyler du divan. Je franchis le seuil et me figeai sur place.

Le divan était vide.

L'instant d'après, je vis un éclat de lumière floue au coin de mon champ de vision. C'était la lame d'acier d'un couteau, et il venait sur moi. Je reculai, bras levés, il manqua sa cible et m'entailla le haut de la main gauche. Le sang jaillit aussitôt. La sensation ne tarda pas. Cet éther n'était donc pas si extraordinaire qu'on le prétendait. Tyler était conscient. Un peu étourdi, peut-être, mais parfaitement réveillé. Et il paraissait furieux, pour ne pas dire plus.

— Espèce de connard d'enfoiré ! hurla-t-il, me menaçant avec ce qui se révélait être un très gros couteau de cuisine.

Et il me faisait reculer à l'intérieur de sa chambre.

Je regardai le sang qui coulait de mes doigts. Je me dis que c'était cela que signifiait être pris la main dans le pot de confiture.

— Tyler, attends une minute, plaidai-je. Ce n'est pas ce que tu crois.

— Ah oui ? Et c'est quoi ?

Mais avant même que j'aie pu lui fournir une explication, il le vit. Le nœud. Le drap qui pendait au coin de sa chambre. Merde, j'aurais dû commencer par l'enlever.

Tyler eut l'air frappé par la foudre. Il semblait ne pas comprendre.

— Ça alors, dit-il. Et je suppose que c'était pour moi ?

— Non, répondis-je. Enfin, oui, c'était pour toi, mais je n'ai pas pu le faire. Je n'ai pas pu.

— Parfaitement, tu n'as pas pu. Désolé de mettre des bâtons dans les roues de ta petite exécution, dit-il, ayant cessé de hurler à présent.

Sa voix était devenue calme et profonde. Le couteau restait pointé sur moi au bout de son bras tendu.

— Tu dois me croire, Tyler. Je sais à quoi tu penses, mais j'avais pas l'intention de le faire. Tu peux garder l'argent ; il est à toi. C'était incroyablement idiot de ma part.

Il éclata de rire :

— C'est la putain de litote de l'année !

Je regardai autour de moi, à la recherche d'un objet à saisir. Les chances de dissuader Tyler de bondir sur moi avec ce couteau s'amenuisaient de seconde en seconde.

— Tu sais ce que ça va être, hein ? dit-il.

— Quoi ?

— Légitime défense, voilà ce que ce sera. Tu allais me tuer et je t'en ai empêché. Aussi simple que cela.

— Tyler, s'il te plaît...

— Tu sais ce qu'il y a d'étonnant ? J'avais pensé que tu pourrais essayer de faire quelque chose d'approchant.

Il jeta un regard en direction de la corde.

— Mais pas tout à fait ça. Je dois reconnaître que c'était très ingénieux — le suicide maquillé.

Il leva ses avant-bras pour montrer les cicatrices à son poignet.

— Qui ne le croirait pas ? dit-il avec un sourire en coin.

— Deux cent cinquante mille, lançai-je.

« Redis-moi ça ? » interrogea son regard.

— Je double les cent vingt-cinq mille. Je te donnerai deux cent cinquante mille.

Tyler fit la moue :

— Tentant, Philly, très tentant, dit-il. Mais tu sais quelle idée je préfère ? Celle où, après t'avoir tué, je finis par baiser ta femme. Car je suis sûr que Tracy commence à avoir un petit béguin pour moi. Elle pourrait se montrer un peu froide au début, à cause du fait que c'était mon couteau et tout ça. Mais je sais qu'elle s'en remettra ; elle comprendra parfaitement l'explication de la légitime défense. Et puis, qui sait, si je m'y prends bien, je pourrais ensuite m'attaquer à Jessica. Est-ce que ça ne serait pas désopilant ? Je crois que j'ai toujours été un peu jaloux de toi.

Couteau levé, il plongea.

Mon instinct prit le relais. Avant que la lame fatale ne fonde sur moi, je saisis le poignet de Tyler, l'arrêtant en plein vol. Je vis la lame émoussée du couteau, déjà rouge de mon sang, suspendue au-dessus de moi, mon corps tremblant sous l'effort. C'était sa force contre la mienne. J'aurais pu le terrasser, mais il brûlait de rage et cela suffisait à me faire pencher en arrière. Je sentis le lit de Tyler derrière moi, et mes genoux commencèrent à céder sans plus d'espace pour reculer. Le couteau se rapprochait.

Je tombai en arrière sur le lit, désespérément agrippé au bras de Tyler tout en m'efforçant d'éviter la lame. Il pesait sur moi de toutes ses forces, ce qui lui donnait l'avantage dans la lutte.

— Quelle triste façon de partir, hein, Philly ? dit Tyler, haletant.

Il eut ce sourire de celui qui met l'adversaire échec et mat. Il savait que je ne pourrais pas lui résister plus longtemps et il avait raison. Lentement, l'espace entre la pointe du couteau et moi commença à s'amenuiser.

Je le sentis et hurlai de douleur. Le couteau pénétrant

dans ma chair. Un centimètre. La tache de sang se répandant sur ma chemise.

Un peu plus profond et j'étais mort.

Quelle triste façon de partir, hein, Philly ?

Non. Pas question. Pas ici, pas maintenant et certainement pas de la main de Tyler Mills. Une dernière poussée, c'est tout ce dont j'avais besoin. Ma dernière chance. Je fermai les yeux, serrai les dents et concentrai mes dernières forces.

Et pas qu'un peu !

Peut-être se relâcha-t-il une fraction de seconde, pensant qu'il allait l'emporter. Ou peut-être avais-je tellement peur de mourir que je le crus. La pointe du couteau sortit de ma poitrine. Le bras de Tyler recula. Son expression fut éloquente. Nous n'en avions pas encore fini.

Je roulai sur le côté et le pris par surprise. Il perdit l'équilibre. C'était tout ce qu'il me fallait pour ramener mes jambes et lui planter mes talons dans l'estomac. D'un coup de pied, je l'envoyai voler. *Bang !* Le corps de Tyler s'écrasa contre le mur. Le couteau tomba par terre. Pendant une seconde nos regards se posèrent sur lui. Il était plus près, mais pas tant que ça. Si je plongeais et réussissais à l'attraper, la balle changeait de camp. Si je le ratais, je revenais au même point.

Je restai immobile. J'étais debout et prêt pour la prochaine attaque. Tyler ramassa le couteau et fondit sur moi, bras levé, tête baissée. Il fonçait. L'œil fixé sur le couteau, j'attendis jusqu'à la dernière seconde et fis un pas de côté. Un matador et son taureau.

Il ne put arrêter son élan. Tyler trébucha sur le lit, tête la première, et vint frapper l'autre mur avec un bruit terrifiant. Je me levai, pivotai sur mes talons, prêt à subir une nouvelle attaque.

— Allez, espèce d'enfoiré ! criai-je.

Mais Tyler restait immobile. Son corps mou recroquevillé contre le vieux radiateur. Le drap noué pendait au-dessus de lui. Je crus d'abord que c'était un piège. Je m'approchai prudemment. Ce n'était pas un piège — Tyler était inconscient. Je vis le couteau par terre à cinquante centimètres de sa main et l'écartai d'un coup de pied. Debout au-dessus de lui, je compris ce qui avait dû se passer. Le bruit sourd que j'avais entendu quand il avait trébuché était un craquement creux et sonore, ce que confirmait l'énorme bosse au-dessus de ses yeux. La tête de Tyler avait frappé contre le radiateur. Il était vraiment évanoui. Je me penchai, lui saisis le poignet et posai le pouce sur la cicatrice. Il me fallut quelques secondes à peine pour comprendre.

Tyler n'était pas évanoui.

Tyler était mort.

J'éprouvai alors un sentiment de panique, d'épuisement et de soulagement mêlés. C'est à peine si je parvenais à respirer tandis que je reculais pour digérer ce qui était arrivé. Les implications et les conséquences.

Qu'est-ce que je fais ?

Pense, Philip !

Je vais chez les flics, voilà ce que je fais.

Tu es fou, Philip ?

Comme histoire compromettante, il n'y avait pas mieux. Ils ne le croiraient jamais, du moins pas la partie que je voulais qu'ils croient. Moi-même j'avais peine à y croire.

Je déboutonnai ma chemise, soulevai doucement mon sous-vêtement et regardai ma poitrine. Je vis la fente de chair à nu coupée au-dessus du mamelon avec du sang tout autour. Mais le saignement avait cessé.

Je ne pouvais pas en dire autant de ma main. Je ramassai par terre un des tee-shirts de Tyler et l'enroulai au-dessus de la blessure pour diminuer la pression.

Toujours la même question : Qu'est-ce que je fais ?

Pour être franc, je le savais depuis le début. En imaginant autre chose, je ne cherchais qu'à amoindrir le sentiment de ma faute.

J'allais faire exactement ce que j'avais décidé tout à l'heure : *ce serait comme si je n'étais jamais venu.*

Je me mis aussitôt au travail. Je détachai le drap qui retrouva sa place sur le lit. Je pris une éponge dans l'évier et fis disparaître toutes les traces de mon sang. Je lavai le couteau et le rangeai dans un tiroir de la cuisine. Je posai les clés de Tyler sur une table. Je revins même sur chacun de mes pas afin de m'assurer que je n'avais pas laissé une empreinte de soulier dans la poussière.

Mais si ce n'était pas moi qui étais entré dans l'appartement, c'était qui ?

A voir Tyler étendu là, on devinait bien qu'il ne s'agissait pas d'un accident domestique. Il ne s'était pas seulement pris les pieds et fracassé le crâne pendant qu'il était seul chez lui. Quelqu'un d'autre était venu dans l'appartement. Une bagarre avait éclaté.

C'est alors que j'allai jusqu'à la porte de Tyler, que je pris une pièce de dix cents et que je desserrai les vis sur sa petite chaîne de porte. Je remis mes gants et replaçai la chaîne dans la glissière — et d'un petit mouvement sec, la chaîne se cassa. Effraction, voilà ce que ce serait. Ils diraient que Tyler avait été victime d'un cambriolage qui avait mal tourné. Seigneur, l'appartement ressemblait déjà à un champ de bataille.

Quand je pense que j'ai failli partir sans.

Dans l'intention de rendre plus crédible la scène de cambriolage, j'avais décidé de voir si Tyler avait un portefeuille sur lui et, si oui, de le vider. C'est là que je m'étais souvenu du chèque. Je regagnai précipitemment la chambre de Tyler et fouillai dans sa poche droite. Il était là, le chèque de banque, tout plié. Son portefeuille, je le trouvai aussi. Je pris les soixante-deux dollars en espèces qu'il avait et répandis quelques cartes de crédit sur le sol avant de jeter le portefeuille vide sur le lit.

Pour moi, c'était un cambriolage tout craché.

Je pris mon sac à dos, j'en sortis ma veste et je la remis. Elle cachait mal les taches de sang sur ma chemise. Après avoir tout vérifié une dernière fois, j'étais prêt à me tirer.

Je jetai un coup d'œil dans le couloir. La voie était libre. Elle resta libre tout le temps de la descente. Ayant atteint le rez-de-chaussée, je n'oubliai pas de frotter la porte d'entrée. Cela fait, je me glissai dans la nuit. Jamais l'anonymat de la ville ne m'avait paru plus agréable.

Je regardai ma main. Le garrot improvisé ne remplissait pas vraiment son office. C'était une coupure assez profonde qui aurait normalement requis un ou deux points de suture. Il faudrait que je m'occupe de ça. Mais à la maison, avec Tracy, c'était hors de question. L'hôpital aussi. Et puis je me souvins — la trousse de secours que nous avions au bureau. C'est là que j'irais. Parfait. Surtout quand je me rappelai qu'il y aurait une chemise propre dans mon placard. J'en gardais toujours une au cas où je me renverserais du café dessus, ou autre mésaventure. Là, il m'était justement arrivé une mésaventure.

Je me dirigeai à la hâte jusqu'au coin de la rue et hélai un taxi.

Nous n'étions pas loin de Campbell & Devine. Passant devant le veilleur de nuit dans le hall, je glissai la main enveloppée dans le tee-shirt maintenant trempé de sang à l'intérieur de ma veste. Détachant son regard de son petit poste de télévision, huit-dollars-cinquante de l'heure se contenta de hocher la tête.

L'ascenseur mit une éternité.

Trente et un étages plus tard, je pénétrai dans le silence et l'obscurité.

La trousse de secours se trouvait dans la salle des fournitures. Je posai de la gaze sur ma main et, après avoir retiré ma chemise et mon sous-vêtement, je posai un large pansement sur ma poitrine. Mon sac était devenu le réceptacle de tout, particulièrement de tout ce qui avait du sang dessus. Plus tard, en rentrant, je le jetterais dans une benne à ordures derrière un restaurant. Bon débarras.

Quant aux photos de Tyler, elles subirent le traitement de la machine à détruire les documents qui se trouvait dans la salle de photocopie.

C'est alors que je vis la lumière clignotante.

En allant chercher cette chemise propre dans mon bureau, je vis qu'il y avait un message pour moi. J'appuyai sur le bouton : « Vous avez un nouveau message », me dit-on. « Nouveau message... d'un correspondant extérieur... reçu aujourd'hui à dix-neuf heures sept. »

Je tapai 2 pour l'écouter, sûr d'entendre la voix de Tracy. Pas du tout.

— Salut, Philip, c'est moi, entendis-je, sur un bruit de fond de musique et de conversations.

Je reconnus la voix instantanément, même si je ne parvenais pas à le croire. C'était trop étrange. Tyler m'avait appelé depuis le taxiphone du Billy's Hideaway. J'écoutai...

Je ne sais pas exactement quand tu auras ce message, mais je voulais que tu saches que je plaisantais vraiment tout à l'heure, au coin de la rue. Je suis un dingue de Sinatra, que veux-tu ? Je ne voulais pas que tu penses que tu avais affaire

*à un odieux gagnant ou quoi que ce soit. Mais j'ai gagné,
pas vrai ? Oh là, ça recommence. Adios, Philly !*

J'effaçai le message et je restai assis dans mon fauteuil.
Adios, en effet, Tyler.

TROISIÈME PARTIE

VINGT-TROIS

Moins de vingt-quatre heures plus tard. Moins de trois pâtés de maisons de l'appartement de Tyler.

Tracy et moi entrâmes au FireBird sur la Quarante-sixième Rue dans le quartier des théâtres et nous fûmes accompagnés jusqu'à la table de ses parents déjà assis. Elle était située dans ce qui s'appelait la China Room.

Lorsque j'étais enfin rentré chez moi la nuit dernière, Tracy dormait à poings fermés. C'est à peine si elle remua lorsque je me glissai dans le lit. Pour ce qui était du risque d'être interrogé sur mon pansement, celui que je portais sur le torse ne représentait aucun problème : j'enfilais toujours un tee-shirt pour dormir et, étant donné nos emplois du temps respectifs, j'étais en mesure de m'habiller et de me déshabiller en douce. C'était ma main, cependant, qui nécessitait une explication. Le lendemain matin, je racontai à Tracy que j'avais imprudemment tenté d'ouvrir un paquet au bureau avec une paire de ciseaux. Elle me regarda l'air indifférent et me suggéra d'être plus prudent la prochaine fois.

J'essaierai, chérie.

— Bonjour, Trésor, dit Lawrence Metcalf de sa voix de baryton, se levant pour embrasser sa fille sur le front.

J'ai oublié de dire que c'était ce qu'il faisait toujours avec elle. Il ne l'embrassait jamais sur la joue, toujours sur le front.

— Bonjour, Maître, dit-il ensuite, en se tournant vers moi et en me gratifiant d'une tape dans le dos.

Assurément, ce n'était pas ce qu'il faisait toujours avec moi. C'était toujours Philip, jamais *Maître*, et d'ailleurs c'était toujours une poignée de main polie, jamais une tape dans le dos. Je jugeai encourageant que le temps n'eût pas émoussé le tout nouveau prestige que j'avais acquis à ses yeux.

Tracy et Amanda avaient déjà commencé à commenter leurs toilettes lorsque je contournai la table pour donner le baiser-qui-n'abîme-pas-le-maquillage breveté à l'usage des belles-mères.

— Je ne voudrais pas vous mettre dans l'embarras, Philip, dit Amanda tandis que je prenais place, mais trouvez-vous normal que votre femme soit mieux habillée que la femme qui l'a mise au monde ?

Terrain miné.

— Je plaide le Cinquième Amendement, bien entendu, car si je réponds, je risque d'être obligé de dormir sur le divan cette nuit, répondis-je, en m'efforçant d'user de mon charme pour me sortir de ce mauvais pas.

— Et nous ne serions pas d'accord, n'est-ce pas ? dit Amanda. Ce serait une chance de moins d'avoir un petit-enfant.

Bang !

Elle ne le faisait pas souvent, mais alors c'était avec le toucher délicat de la masse du démolisseur. Cela pour rappeler que Tracy et moi n'avions pas d'enfant. Le sujet était tabou pour Lawrence, qui ne voulait jamais faire de la peine à son Trésor, bien qu'il fût évident qu'il partageait avec Amanda le désir de pouvoir constituer un nouveau porte-feuille d'actions. Pour ma part, je trouvais ces remarques inoffensives et ne leur prêtais guère attention. Tracy se montrait moins compréhensive. Elle les interprétait commme une condamnation de notre mariage et des choix que nous avions faits ensemble — du moins, je crois que c'est ainsi qu'elle l'avait un jour verbalisé. De toute évidence, c'était un de ces conflits mère-fille.

Le fait est qu'hormis sa beauté et son argent, une autre

composante de l'attrait que Tracy avait exercé sur moi était sa réticence à fonder une famille. Non qu'elle ne voulût absolument pas d'enfant. Simplement, elle ne montrait aucune impatience à en avoir, c'est tout. A la lumière de cette affaire de portefeuille dont je parlais tout à l'heure, c'était comme si le projet d'avoir des enfants était une idée sous séquestre, dont on déciderait plus tard. Ce qui était parfait en ce qui me concernait. Je partageais les réticences de Tracy.

Vodka, caviar et blinis pour commencer. Les trois pour Lawrence et pour moi, tandis que les dames disaient *niet* à la vodka et optaient pour du champagne Taittinger. Le restaurant bourdonnait d'une foule venue avant le spectacle et les serveurs, russes pour la plupart, couraient dans tous les sens, s'efforçant de faire vite. Peu de choses dans la vie donnait autant un sentiment d'urgence qu'un lever de rideau à huit heures. Lawrence et Amanda étaient en ville pour voir une pièce, quelque chose à propos d'une grande famille anglaise du début du siècle, plongée dans la politique et le scandale, c'est du moins ainsi qu'Amanda la présenta.

— La politique et le scandale... c'est un peu redondant, si vous voulez mon avis, dit Lawrence. Mais avec suffisamment de Stolichnaya, il se peut que ça me plaise.

— Que tu t'endormes, plutôt, répliqua Amanda.

La question sur ma main bandée avait été posée. Elle avait reçu sa réponse. La conversation roula sur le voyage annuel que Lawrence et Amanda faisaient aux Bermudes, et qui approchait à grands pas. Une semaine à Cambridge Beaches.

— Nous allons être des décas, me dit Amanda.

— Décas ? fis-je en la regardant d'un air perplexe.

— Des décas, répéta-t-elle. C'est ainsi que les gens baptisent les clients qui viennent depuis dix ans. Ils écrivent votre nom sur une grande banderole rouge à l'entrée de la salle à manger.

— C'est bien le moins après tout l'argent qu'on leur a pompé, dit Lawrence.

Les cadres du pétrole à la retraite, il faut le noter, ne dépensent pas d'argent, ils le pompent.

— C'est toi qui veux toujours y retourner, dit Amanda à son mari.

— Parce qu'il n'y a pas de meilleure table sur l'île, voilà pourquoi, répondit-il.

Il se tourna vers moi :

— Savez-vous que leur chef est le seul aux Bermudes à avoir été nommé Meilleur Ouvrier de France ?

Non seulement je l'ignorais, mais j'ignorais de quoi il pouvait bien parler. D'un autre côté, Tracy, en fin gourmet qu'elle était, non seulement savait, mais fut dûment impressionnée.

Puis les Bermudes, encore. Les maisons peintes aux couleurs vives, les boutiques d'Hamilton...

— Peut-être cette année vais-je enfin réussir à faire asseoir ton père sur un vélomoteur, dit Amanda à l'adresse de Tracy.

Curieusement, je ne parvins pas à imaginer le tableau.

Comme nous parlions des vacances, Tracy poursuivit par une description de la maison des Hamptons que « nous » allions louer au mois d'août. East Hampton, pour être exact. C'était plutôt le choix de Tracy. Elle y passait le mois entier. Je venais le week-end. Cette année, elle allait se mettre à la peinture, expliqua-t-elle, tout excitée. Assise devant un chevalet, pinceau à la main, face à l'océan, elle allait saisir l'instant.

Cette fois encore, je ne parvins pas à imaginer le tableau.

Peu après, nous commandâmes les plats et divers *zakouskis* en apéritif. Nous avions repris notre conversation lorsque, du coin de l'œil, je la vis arriver. Je crus d'abord que c'était Lawrence qui l'avait commandée tandis que j'étais plongé dans le menu. Son expression, cependant, ne laissait place à nulle ambiguïté.

C'était une autre bouteille de champagne.

— Vous avez un ami à une autre table, annonça le serveur avec un fort accent russe.

Sans blague.

Je tournai la tête si vite que je faillis me désarticuler le cou. C'était impossible. Ça ne se pouvait pas. Tyler Mills revenu d'entre les morts. Peut-être avais-je seulement cru qu'il était mort, bien qu'il n'eût plus de pouls quand je l'avais laissé dans son appartement. Ou peut-être, par quelque étrange phénomène scientifique, son cœur n'avait cessé de battre que momentanément. Une foule d'explications tournoyaient dans mon esprit, logiques ou non. A cet instant, tout était possible, tout. Mon regard bondissait de table en table. Montre-toi, Tyler Mills. Montre ton putain de visage que je croyais ne plus jamais revoir.

On tira sur ma veste. Je ne réagis pas tout de suite, car mon unique préoccupation consistait à chercher Tyler. On tira plus fort, puis avec brusquerie et je me retournai avec irritation.

C'était Tracy et elle me disait quelque chose. Je la regardais et je voyais remuer ses lèvres, je l'entendais, mais les mots ne rentraient pas. Ils n'avaient aucun sens. Ce n'était que du bruit.

— *J'ai dit... Philip, regarde ce que tu as fait !*

Et là, je l'entendis. C'était comme régler une station de radio. Des parasites à la netteté en l'espace d'un instant. Elle lâcha ma veste et montra son verre de champagne renversé sur la table. C'était ma faute, apparemment, dans ma hâte à me retourner pour voir Tyler. Je regardai Tracy, puis ses parents. Un autre serveur s'était précipité pour poser une serviette sur le champagne et je le regardai aussi. De tous les acteurs de la scène, il était le seul à ne pas me fixer du regard avec étonnement. Dans mon mouvement de panique et d'hystérie, j'avais provoqué un incident mineur.

— Il sait s'habiller, mais il est insortable, dis-je, m'efforçant de prendre le chemin de l'autodérision pour retrouver mes esprits.

— Tu aurais pu renverser mon eau plutôt que mon champagne, fit Tracy, qui plaisantait à peine.

— Je crois que nous avons largement de quoi compenser, Trésor, déclara Lawrence, en indiquant la nouvelle bouteille et en essayant de désamorcer toute tension entre sa fille et son gendre.

Il n'y en avait pas. Mais si le champagne s'était renversé sur la robe de Tracy, le scénario eût été complètement différent, je peux vous l'assurer.

— Comment se fait-il que nous ne les ayons pas vus ? Comme c'est gentil de leur part, dit Amanda, en regardant derrière elle et en répondant à un salut. Chéri, quel est le protocole exactement ? Est-ce qu'ils viennent à notre table ou est-ce à nous d'aller les remercier ?

— Tu ne t'adresses pas à la bonne personne, dit Lawrence.

Hélas, il n'y aurait pas de vie après la mort pour Tyler Mills. Le champagne et la coïncidence provenaient de Ted et Allison Halpert, des amis des Metcalf de Greenwich Village, en ville également pour voir une pièce. Ils étaient assis à l'autre bout de la China Room. Pour être tranquilles question étiquette, Lawrence et Amanda se levèrent et allèrent à leur table. Tracy et moi restâmes seuls.

— Ça va ? me demanda Tracy. Parce que tu n'as vraiment pas l'air d'aller.

— Je vais très bien, lui répondis-je.

— Tu es sûr ? Je te trouve bizarre ces derniers temps.

— Oui, je suis sûr, je vais très bien.

Notre serveur avait apporté à Tracy un nouveau verre ainsi que deux autres pour Lawrence et moi. Le reste de la première bouteille fut versé et la deuxième, encore une Taittinger, fut ouverte.

— Comme c'est étrange, dit Tracy, partout où nous allons, quelqu'un nous fait porter une bouteille de champagne.

— C'est vrai, c'est étrange.

— Tu sais, ça me rappelle que je n'ai jamais appelé Tyler après le soir où nous l'avons vu au Balthazar. Il faut vraiment que je le fasse.

C'était ce que je craignais.

J'hésitai à l'en dissuader, choisissant plutôt de laisser faire. Les événements connaîtraient une évolution naturelle. Tracy laisserait un message à Tyler. Elle n'aurait pas de réponse. Elle lui laisserait un autre message et, pour la deuxième fois, elle n'aurait pas de réponse. Elle se mettrait en rogne et serait fâchée contre Tyler. *Pour qui se prenait-il pour ne pas la rappeler ?* Et puis un jour, dans un avenir pas trop lointain, lui parviendrait la rumeur selon laquelle Tyler avait été tué. La nouvelle la bouleverserait. Elle serait secouée. Elle s'en voudrait d'en avoir voulu à Tyler. Il y aurait des larmes.

En Mari Parfait, je serais là pour la consoler. Enfin, quand les larmes auraient séché, elle déciderait qu'il lui fallait se changer les idées. Elle irait faire du shopping ou chez le pédicure, ou les deux, et en peu de temps, tout irait pour le mieux dans le meilleur des mondes. Dans son monde, en tout cas.

Oui, c'était certainement ainsi que les choses évolueraient. Sans l'ombre d'un doute.

Lawrence et Amanda regagnèrent la table après avoir remercié nos bienfaiteurs en champagne, les Halpert. Leur fille cadette, Mindy, s'était fiancée la veille, ils étaient donc « pétillants d'excitation ». D'où le champagne. Lawrence révéla ensuite que, quelques années auparavant il avait donné un tuyau à Ted Halpert à propos d'une opération boursière sur le Nasdaq concernant une certaine compagnie pétrolière sur le point d'être rachetée. (Par la société de Lawrence, naturellement.) Halpert avait gagné un paquet. En retour, Lawrence en avait fait son débiteur à vie. Certains hommes collectionnaient les automobiles, d'autres les timbres rares ou les pièces. Lawrence Metcalf, ainsi que je l'avais appris, collectionnait les amis. Il était imbattable.

Lorsque nos plats arrivèrent, Tracy et Amanda avouèrent qu'elles n'avaient déjà plus faim. Même Lawrence, qui s'enorgueillissait d'un gros appétit, regarda sa soupière de bortsch d'un œil dénué d'intérêt. Quant à moi, je mourais de faim. Mon agneau mariné et grillé fut englouti en quelques minutes et je ne fus que trop heureux d'aider Tracy à finir son assiette de saumon. Un dessert ? Si les Metcalf n'avaient pas été aussi pressés par le temps, j'aurais commandé la charlotte russe.

— Que faisons-nous maintenant ? me demanda Tracy.

Nous avions dit au revoir à Lawrence et Amanda, nous étions devant le restaurant, c'était samedi soir et il n'était pas encore huit heures. Tout habillés et nulle part où aller. Ce qui était un peu étonnant de la part de Tracy. Elle, la championne des plans, n'avait, inexplicablement, rien prévu au-delà de notre dîner avec ses parents. Nous envisageâmes d'appeler des amis, et de trouver un autre couple confronté à la même situation délicate : « rien à faire » un samedi soir. Mais comme Tracy sortait son Star Tac, j'eus une autre idée. Un film. J'expliquai que c'était pour compenser notre sortie cinéma que j'avais annulée l'autre soir. En outre, je lui laisserais choisir le programme. Ce qui me garantissait d'être bon pour un film de bonnes femmes.

Treize pâtés de maisons plus bas...

Dans l'obscurité d'une salle du Cineplex Odeon à Chelsea, je ne prêtai guère attention à ce qui se déroulait sur l'écran. Si je m'étais complètement remis de l'épisode précédent avec Tyler, je ne parvenais pas à me l'ôter vraiment de la tête. Je me préoccupais surtout de savoir quand et comment on retrouverait son corps. Qui le trouverait ? Un ami, un voisin, le commissaire ? Qui que ce fût, cette personne s'en tirerait avec un cauchemar ou deux. Moi, par exemple, je savais que ce n'était pas une image des plus faciles à effacer de la mémoire. En fait, à ce moment-là, j'avais abandonné tout espoir. Le silence de l'appartement. Son corps avachi contre le radiateur. Je ne fus pas long à comprendre que je la garderais avec moi un moment, sinon toujours. Je n'étais pas tout à fait écrasé de culpabilité. C'était ce qui m'eût été réservé si j'avais mené mon plan original à son terme. Non, c'était plutôt comme une cicatrice. Un bleu à l'âme, petit et laid.

D'accord, mettons un bleu à l'âme, gros et laid.

VINGT-QUATRE

Dans le métier d'avocat, il y a un vieux dicton : « La seule chose qui importe plus que ce que tu connais en tant qu'avocat, c'est *qui* tu connais. » J'aimerais en donner une version légèrement remaniée : « La seule chose qui importe plus que ce que tu connais en tant qu'avocat est ce que tu connais sur un autre avocat. » Autrement, comment expliquer ce qui est arrivé lors de l'audience de Sally Devine devant la Commission de retrait de permis ?

Tout avait commencé quand Jack était venu dans mon bureau le lendemain de la partie de poker.

JACK :   Sacré petit veinard. Une quinte flush ?
MOI :   Question de compétences, mon chou. Et puis, c'est toi qui avais donné.
JACK :   C'est vrai. Comme tu étais mon invité, je m'étonne que personne ne m'ait accusé d'avoir truqué le jeu.
MOI :   Parce que le jeu n'était pas truqué ?
JACK :   (*Rires.*) Dis-moi, as-tu eu des nouvelles de nos amis de la CRP ?
MOI :   Oui, ce matin. Ils ont fixé l'audience de Sally à demain en huit, onze heures du matin.
JACK :   Ça ne va pas. Ça ne va pas du tout. Appelle et dis que tu as un empêchement, dis que c'est médical et dis-leur

que mardi, la semaine prochaine, à n'importe quelle heure te conviendrait.

Hein ?

Je ne comprenais pas et l'expression de mon visage était très éloquente.

— Je t'expliquerai plus tard, me dit Jack. Dis-moi si tu as le moindre problème à obtenir le changement.

J'acquiesçai d'un signe de tête et il quitta mon bureau. Il avait déjà été sournois avec moi. Mais jamais à ce point.

*

Un petit cours sur le délit de conduite en état d'ivresse et la CRP.

Si vous vous faites arrêter pour conduite en état d'ivresse, outre qu'il vous faut en répondre devant les tribunaux, vous devez vous mesurer à la Commission de retrait de permis. Elle détient un sacré pouvoir, comme beaucoup vous le diront, car c'est elle qui décide au finale du destin de votre permis de conduire, un petit rectangle plastifié dont vous ne comprenez vraiment à quel point vous l'aimez et le chérissez que lorsque vous risquez de vous le voir confisqué.

Si, au moment de votre arrestation, vous acceptez l'Alcootest et que celui-ci est positif, votre permis est suspendu pour trois mois. Si vous refusez l'Alcootest, votre permis est suspendu pour six mois. Dans les deux cas, cependant, vous êtes en droit de demander une audience devant la CRP où vous pouvez discuter des faits. Si vous êtes en possession du moindre argument, comme vous le dira n'importe quel avocat, c'est un droit qu'il faut absolument exercer. Vous n'avez rien à perdre... sauf votre permis, naturellement, que vous auriez perdu de toute façon si vous aviez renoncé à l'audience.

Tout est là. Un peu simplifié, très abrégé, et peut-être plus encore que vous ne pourriez l'imaginer. Oh, autre chose encore : il arrive que la CRP autorise les avocats à être présents à l'audience.

*

Je déclarai à la dame à l'autre bout du fil qu'elle avait exactement la même voix que Lauren Bacall. C'était quelque chose que je faisais toujours. Dès que j'avais besoin d'obtenir la coopération, sinon un vrai service, d'un ou d'une inconnue au téléphone, je ne manquais pas d'observer dès le début de la conversation qu'il ou elle avait la voix d'une certaine vedette adulée. Les femmes à la voix haut perchée avaient droit à Goldie Hawn. Les types jeunes, à David Duchovny. Des types un peu plus âgés, à Michael Douglas. Et si c'était une femme mûre, à la voix rauque, comme la dénommée Priscilla qu'on me passa à la Commission de retrait de permis de Westchester... Lauren Bacall. Priscilla était vraiment enchantée. Elles le sont toujours. Elles n'avouent pas directement qu'elles sont flattées ; mais on le devine. C'est un moyen généralement sûr de passer de la pommade à quelqu'un sans paraître ouvertement flagorneur ou lèche-cul.

Après avoir écouté Priscilla me dire que *Le Grand Sommeil* avec Bogart et Bacall était l'un de ses films préférés, j'entrepris d'expliquer que j'avais un rendez-vous médical important le matin où l'audience de Sally avait été fixée.

— Mais nous n'allons sûrement pas vous le faire manquer ! dit Priscilla, des plus serviables.

Toujours aussi tranquillement, je suggérai, comme autre date pour l'audience, le mardi après-midi qu'avait indiqué Jack. Au téléphone, j'entendis tourner les pages de l'agenda de Priscilla.

— A quinze heures ? demanda-t-elle.

— Parfait, lui dis-je.

— Ce sera donc mardi à quinze heures. Salle numéro deux, précisa-t-elle.

— Merci, *chérie*, répondis-je imitant ce qui, avouons-le, était du très mauvais Humphrey Bogart.

Mais assez bon pour Priscilla. Elle éclata de rire d'une voix on ne peut plus éloignée de Lauren Bacall et me souhaita une bonne journée.

Voilà, j'avais fait ce que Jack avait demandé. Le problème c'est que Jack n'avait pas fait ce que je lui avais demandé : me dire pourquoi il voulait que je change la date de l'audience. Je tentai par deux fois de l'entraîner sur ce sujet, et par deux fois il trouva une excuse qui l'empêchait de me répondre tout de suite. Manière étrange de me battre froid. Apparemment, je serais informé quand il aurait jugé le moment opportun.

Le matin de l'audience arriva. Un matin orageux, gris et pluvieux, le mardi suivant la mort de Tyler. C'est là que Jack jugea le moment opportun. Il entra dans mon bureau et referma la porte derrière lui. Avec les grondements de tonnerre intermittents dehors, il y régnait une atmosphère presque dramatique. Jack allait enfin s'expliquer. Plongeant son regard dans le mien, il commença :

— Son nom est Jonathan Clemments, et en tant que procureur de Westchester, il n'a quasiment aucun antécédent. Je dis *quasiment*, parce que, une fois, il a trop bu lors d'une soirée d'un cabinet d'avocats, il y a deux ans, ici à Manhattan. Clemments et une femme, qui n'était pas son épouse adorée, Cathy, ont pris sur eux de se baiser jusqu'au trognon derrière la porte fermée de la salle de photocopie. Il doit regretter que la porte n'ait pas été verrouillée. Quant à moi, je croyais que c'étaient les toilettes.

Jack marqua une pause.

— Merde, tu les as surpris ?

Jack hocha lentement la tête.

— Qu'est-ce que tu as fait ?

— Rien. J'ai attendu de croiser le regard de Clemments, après quoi j'ai refermé la porte de la salle de photocopie et je suis parti.

— Tu ne lui as rien dit ?

— Rien.

— Pas même après ?

— Rien, répéta Jack en secouant la tête. J'ai juste mis ça de côté pour plus tard.

Sur ces mots, les coins de la bouche de Jack dessinèrent un très vicieux demi-sourire. Comme d'un commun accord, nous tournâmes la tête pour regarder dehors. Nom d'une pipe, ce qu'il pleuvait.

J'avais maintenant reconstitué le puzzle. Jack le voyait à mon expression... inutile de le formuler à voix haute. Il savait que Jonathan Clemments était l'un des procureurs qui présidaient aux audiences de la CRP de Westchester, et par un moyen quelconque, Jack avait pu connaître son emploi du temps — ce mardi après-midi précisément. Pas exactement le genre de renseignements que la CRP doit vous fournir facilement, vous pouvez l'imaginer.

— Alors voilà ce que je voudrais que tu fasses, dit Jack. D'abord, toi et Sally allez intentionnellement arriver en retard de dix minutes à l'audience. Naturellement, Sally serait probablement arrivée en retard de toute façon, mais si elle est à l'heure, tu attends. Quand tu entres, tu te présentes à Clemments et tu lui donnes ta carte de visite. Veille à ce qu'il la regarde et qu'il voie pour quel cabinet tu travailles. Autrement, tu lui présentes Sally et tu donnes son nom complet. D'une façon ou d'une autre, je veux que le nom Devine résonne dans sa tête quand tu t'excuseras de votre retard. Quant à cette excuse, voilà ce que tu devras dire, mot pour mot : *Pardon de vous avoir fait attendre. J'étais en train de faire des photocopies et vous savez quel foutoir c'est, parfois, une salle de photocopie.*

Je restais là, fixant Jack bouche bée. C'était absurde, cruel, génial.

— Est-ce que tu vois des difficultés à faire ça ? demanda Jack.

Je savais qu'il ne s'inquiétait pas de savoir si j'aurais du mal à mémoriser le mot d'excuse. Ce qu'il voulait savoir, c'est si j'avais des objections morales contre ce plan de jeu. *Des objections morales ?* Merde, Jack, après Tyler, c'était un jeu d'enfant.

Je secouai la tête négativement.

— Bien. Oh, et si c'est possible, ajouta-t-il, quand tu serviras ton petit discours à Clemments, il faudrait que tu appuies sur le mot *foutoir*.

— Naturellement.

— A propos, ta main ? demanda Jack en regardant mon pansement.

— Un petit accident avec une paire de ciseaux, rien de grave.

Jack acquiesça :

— Écoute, à l'audience ne t'inquiète pas si les choses ne vont pas bien. J'ai dit à Sally que, si on lui retirait son permis, tu serais ravi de lui servir de chauffeur. En voilà une motivation, non ? dit-il en riant.

— Tu sais galvaniser les cœurs, toi.

En avant pour l'audience.

J'avais appelé Sally avant de prendre la voiture pour nous rendre à Westchester afin de lui donner rendez-vous à l'entrée de la CRP. En outre, je lui avais expliqué le déroulement de l'audience. Elle m'avait paru sobre. Je croisai les doigts.

Naturellement, elle fut en retard. Mais heureusement, rien d'autre. Il n'y avait pas d'odeur d'alcool, rien que du parfum — ce dont je pus me féliciter dès qu'elle vint vers moi pour m'embrasser sur la joue. De toute évidence, tout était oublié, ou peut-être plus exactement *pardonné* depuis qu'elle m'avait laissé seul dans son allée.

— Je suis en retard ?... Pardonnez-moi, dit Sally en refermant son parapluie et en ôtant le foulard de sa tête.

— Tout va bien, ne vous inquiétez pas, dis-je.

— Comment me trouvez-vous ?

Je reculai d'un pas et l'inspectai des pieds à la tête. C'était la maison Chanel à la Commission de retrait de permis. Les cheveux toujours impeccablement coiffés, un maquillage de star et une french manucure, elle faisait forte impression. Pour ma part, j'étais très heureux que ses souliers fussent assortis.

— Vous êtes superbe, lui dis-je.

— C'est tout ?

Visiblement, j'oubliais à quelle tranche fiscale je m'adressais.

— Vous êtes sublime.

— Je préfère, dit-elle en hochant la tête. Ooh ! Qu'est-il arrivé à votre main ?

J'expliquai.

— Je sais, je déteste les ciseaux.

— Alors, vous êtes prête ?

— Je l'espère. Faut-il que je dise aussi *Votre Honneur* à ce type ?

— S'il vous pose une question, oui, mais ce ne sera probablement pas le cas.

— C'est ce que vous m'aviez dit la dernière fois.

Je me retins de préciser les circonstances atténuantes entourant « la dernière fois ». Inutile de revenir là-dessus. Au lieu de cela, je consultai ma montre et vis qu'il était quinze heures dix. Nous étions suffisamment en retard pour

Jack. Sally et moi pénétrâmes à l'intérieur du bâtiment de la CRP et montâmes quelques escaliers jusqu'à la salle d'audience numéro deux, située au bout d'un couloir.

Jonathan Clemments était un homme maigre, de taille moyenne, avec des cheveux noirs et raides retombant en biais sur son front telle la lame d'une guillotine. Il était également irrité. Il y avait de quoi. Voilà un type qui était sur le point de décider du sort du permis de conduire de Sally Devine. Que l'accusée et son défenseur auraient l'audace, la bêtise, de le faire attendre était bien la dernière chose qui lui serait venue à l'esprit.

Jack, j'espère que tu sais ce que je fais.

La salle contenait une longue table pliante, quelques fauteuils et un magnétophone à bandes destiné à la retranscription des débats. Je m'approchai de Clemments et me présentai. Nous nous serrâmes la main et je lui remis ma carte de visite.

— Voici, dis-je en la lui donnant. J'ai vu des hommes d'affaires japonais faire ainsi.

Il ne trouva pas mon numéro amusant. Néanmoins, il baissa les yeux et lut la carte. De fait, la simple lecture du nom Sally Devine dans le dossier de l'affaire suivante n'eût guère provoqué chez lui d'hésitation. Ce n'était pas un nom bien rare. Mais le lire sur ma carte de visite, et coller les morceaux serait une autre histoire. Son expression légèrement surprise fut tout ce dont j'avais besoin pour continuer.

— Je tiens à vous demander pardon d'être en retard ; tout est ma faute. J'étais en train de faire des photocopies au bureau et vous savez quel *foutoir* ça peut être, une salle de photocopie.

En une fraction de seconde, son teint déjà pâle devint livide et je vis sa pomme d'Adam monter et descendre tandis qu'il déglutissait de façon très peu subtile. C'était un homme nerveux, pour commencer. Les choses n'allaient pas s'arranger.

— Salle de photocopie ? répéta-t-il, la voix au bord de la cassure.

— C'est exact, un vrai foutoir.

(Jack allait adorer l'idée que j'aie pu prononcer deux fois le mot magique.)

Pendant quelques secondes, le procureur Jonathan Clemments ne fit rien d'autre que me regarder fixement. Finalement, il sembla revenir à lui.

— Hum, si nous, hum, commencions ? bredouilla-t-il, retrouvant le chemin de son fauteuil d'un côté de la table.

Sally et moi prîmes place en face de lui. Il n'y avait que nous trois dans la salle. A partir de là, je ne savais trop quoi envisager. Je n'avais l'expérience du chantage que du côté de la victime. Mais je pouvais dire que la balle était dans son camp. Quant à Sally, elle était assise là, à ôter une peluche sur son tailleur.

Clemments mit le magnétophone en marche et lut la liste de tous les noms des présents dans la salle, ainsi que la date et le numéro de l'affaire. Il ouvrit le dossier de l'affaire CRP-Sally et se mit à feuilleter quelques papiers. Je profitai de l'occasion pour sortir mon propre dossier de ma mallette et pour le poser sur la table en face de lui. « J'en ai un plus gros », avais-je envie de plaisanter. Mais voir les bandes tourner sur le magnétophone m'en dissuada. Et puis, Clemments n'aurait probablement pas perçu davantage l'humour de ma remarque.

Tandis qu'il soulevait et tournait chaque feuillet, Clemments le décrivait à voix haute. Le rapport de police... la déclaration de l'officier de police... l'avis de suspension... la lecture des droits... il continua encore et encore et, reprenant peu à peu contenance, retrouva une voix posée. Je commençais à me demander si le plan de Jack allait vraiment marcher.

— Hmmm, fit Clemments.

— Il y a un problème ? lui demandai-je.

— Je ne vois pas le rapport médical sur les résultats du test d'alcoolémie, dit-il. En avez-vous une copie ?

Stupéfiant.

On ne m'avait jamais renvoyé la balle avec autant de dextérité. Clemments prétendait ne pas avoir en sa possession la plus importante pièce à conviction, celle qui réduirait à néant tous les arguments que je pourrais soulever pour la défense de Sally. Y avait-il une chance que le rapport ne se trouvât réellement pas dans son dossier ? Bien sûr. Autant de chance qu'il fût rentré chez lui un certain soir et qu'il eût confessé à son épouse adorée, Cathy, qu'il s'était envoyé une autre femme.

— J'en possède une copie, Jonathan, lui dis-je. Mais vous n'ignorez sans doute pas que, pour des raisons de vérification, seul l'original est acceptable dans cette audience.

Absolument pas. C'était son métier. Le tortillement qu'il imprimait à son corps ne laissait aucun doute là-dessus. Mais tout ce qu'entendit le magnétophone à bande fut :

— Vous avez raison, Philip.

Tout en suivant notre échange, Sally était restée perdue. Clemments se tourna vers elle.

— Madame Devine, ce doit être votre jour de chance, dit-il. A cause d'une erreur d'écriture, la Commission de retrait de permis n'a d'autre choix que de vous rendre immédiatement le plein usage de votre permis de conduire. J'espère cependant que vous n'interpréterez pas cet oubli comme une manière de sous-estimer la gravité du délit que vous avez commis. C'est pourquoi je vous exhorte à réévaluer vos habitudes au volant, si ce n'est déjà fait.

— Oui, Votre Honneur.

Clemments arrêta le magnétophone. Sally se tourna vers moi comme pour demander *C'est tout ?*

Je hochai la tête. C'était tout.

Clemments avait aussitôt commencé à remplir des formulaires et je l'interrompis pour lui dire au revoir. Il se leva et prit d'abord la main de Sally. Celle-ci promit à peu près de prendre son conseil à cœur et se dirigea vers la porte.

Mon tour.

— Enchanté d'avoir fait votre connaissance, Jonathan, dis-je en veillant à ne pas paraître trop conscient de ce qui venait de se passer.

— Moi de même, Philip, dit-il.

Son nez se plissa.

— Oh, veuillez saluer Jack de ma part.

Comme un fait exprès, la pluie avait cessé. Comme nous nous dirigions vers le parking, Sally annonça qu'elle voulait fêter ça. Je haussai un sourcil.

— Non, pas avec un verre, dit-elle.

Je commençais à lui dire qu'il me fallait rentrer en ville lorsqu'elle m'interrompit.

— Gâteau ! dit-elle, hurlant presque.

— Quoi ?

— Gâteau. Je crois que nous devrions manger un gâteau. Quel est votre préféré ?

— Heu...

— Moi, c'est simple, dit-elle. Fondant au chocolat avec de la ganache framboise. Ça vous va ? Vous n'êtes pas au régime au moins... ? Parce que je crois que c'est la meilleure façon de fêter ça.

— Sally, je...

— Pas de non, Philip. Du moins, pas cette fois, se reprit-elle, ce qui me rappelle que je vous dois des excuses.

Elle regarda autour d'elle.

— Mais un parking n'est guère l'endroit pour présenter des excuses, en tout cas pour Sally Devine. Alors qu'en dites-vous, si on cherchait une pâtisserie quelque part ?

Je soupirai.

— « Qu'on leur donne de la brioche », dis-je.

Je suivis Sally dans ma voiture et elle nous conduisit à une pâtisserie française en ville. Je ne fus guère surpris de voir qu'on y servait le fameux fondant au chocolat avec ganache framboise dont elle avait parlé, d'autant plus qu'il devint évident que tout le personnel connaissait Sally et vice versa.

J'en mangeai deux et j'aurais pu en prendre un troisième. Depuis Tyler, j'avais un appétit féroce. J'aurais été un plat de choix pour un psy. Pendant ce temps, pour une femme à ce point déterminée à manger du gâteau, Sally prit peut-être quatre bouchées. Elle sembla plus séduite par son infusion. Son auriculaire droit, le seul doigt hormis le pouce de sa main lourdement parée de bijoux qui ne portait ni diamant ni saphir, pointait en l'air dès qu'elle portait sa tasse à ses lèvres.

— Seriez-vous embarrassé si je vous parlais franchement de moi et peut-être de mon mariage ? dit-elle. Si je vous pose la question, c'est que afin de m'excuser, il me faut le faire... parler franchement, je veux dire. Je sais bien que vous travaillez pour Jack et je sais que vous devez probablement l'admirer, ce qui est parfait. Je n'ai pas l'intention de gâcher cela.

— Sally, si vous craignez que je dise ou que je répète quoi que ce soit à...

— Non, ce n'est pas cela. Enfin, je ne veux pas que vous parliez à Jack ; c'est juste que je sais ce que peut ressentir quelqu'un comme vous quand une personne qu'il ne connaît pas vraiment se met à se confier. C'est un peu embarrassant.

— Je vous écoute, dis-je. Parlez.

Sally prit une autre gorgée d'infusion puis leva longuement les yeux au plafond.

— J'en suis à peu près là, dit-elle. J'ai quarante-huit ans, je n'ai jamais travaillé, je n'ai pas pu avoir d'enfant et je bois pour attirer l'attention sur moi. Mon mari me trompe et le plus effrayant c'est que je ne suis pas certaine de lui en vouloir. Et si je lui en voulais, quels seraient mes choix ? Le quitter ? Pour aller où, pour faire quoi ? Je ne connais pas d'autre vie, Philip : habiter cette maison, m'habiller et retrouver des gens qui ne me connaissent qu'en tant qu'épouse d'un homme puissant avec qui ils doivent se montrer gentils. Si je disparaissais demain, cela ne changerait rien pour eux. Cela ne changerait rien pour personne, et c'est en gros ce que j'essaie de vous dire.

— Que voulez-vous dire ?

— Ce que je veux dire, Philip, c'est que mon accident de voiture n'était pas un accident.

— Dieu du ciel, Sally...

— Je sais. Et comme je l'ai dit, vous ne pouvez rien raconter à Jack.

— Je ne le ferai pas, mais ce que vous venez de me dire n'en est pas moins grave. Je crois que vous devriez vous faire aider.

— Je partagerais votre avis, mais il y a une chose.

— Qui est ?

— J'ai freiné. J'avais braqué à droite sur le poteau télégraphique et accéléré, mais à la dernière seconde, j'ai essayé d'arrêter. Je pense qu'il me fallait cela pour me rendre compte que je ne voulais pas vraiment mourir.

Je la regardai d'un air sceptique.

— Ce qui ne signifie pas avec certitude que ce sentiment ne reviendra pas.

— Pour quelqu'un comme moi, oui.

— Sally, vous buviez encore les jours qui ont suivi.

— Je n'ai pas dit que *tous* mes problèmes étaient résolus. Mais puisque vous en parlez, je n'ai rien bu depuis deux semaines, et vous savez quoi ? J'ai perdu un kilo et demi. Si j'avais su que la sobriété était un aussi bon régime j'aurais cessé de boire depuis des années !

Elle éclata de rire. C'était un vrai rire, à mon sens, pas un numéro destiné à m'impressionner. Et si les choses finissaient par s'arranger vraiment pour elle ?

— Sally, puis-je vous demander un service ?

— Lequel ?

— Je tiendrai ma promesse de ne rien dire à une condition. Si vous avez le sentiment que les choses recommencent à déraper, vous m'appelez. Je veux que vous vous sentiez libre de le faire.

— C'est déjà le cas.

— Bien.

— Me pardonnerez-vous de vous avoir aguiché ?

— C'est déjà fait.

— Bien.

Elle sourit.

Plus tard, dans ma voiture en route vers Manhattan, je ne me posai qu'une seule question : Pourquoi attirais-je les gens suicidaires ?

VINGT-CINQ

Tracy était en larmes.

J'entrai dans notre loft, tournai le coin du vestibule, et la trouvai assise seule sur le divan, la tête dans les mains. Je m'assis à ses côtés, sans dire un mot.

— Il est mort, fut tout ce qu'elle put dire.

— Qui ? demandai-je, comme si je ne savais pas.

Tracy renifla plusieurs fois et chercha à retrouver sa respiration.

— Tyler.

— Tu rigoles ou quoi ?

— Ils croient que quelqu'un a forcé la porte de son appartement pendant qu'il dormait.

— Oh, mon Dieu, c'est impossible.

Tracy se mit à pleurer plus fort. Si le chagrin était un moteur, l'incrédulité était les pistons.

— Je sais, gémit-elle, moi non plus je ne peux pas le croire.

Je lui entourai l'épaule d'un bras et tentai de la consoler. Le Mari Parfait. J'avais entièrement prévu d'avoir à subir ce moment. Ce que je n'avais pas prévu, c'est qu'il arriverait si tôt après les faits. La rumeur se répandait vite mais pas si vite que ça, même pas à l'ère de la rumeur.com. Je ne voyais pas comment elle avait pu se répandre aussi rapidement. Sois tranquille, Philip, la réponse ne tardera pas.

Une demi-boîte de Kleenex plus tard...

— Elle avait l'air si triste, dit Tracy.

Ainsi commença l'histoire. Tracy et son œil artistique avaient fini par laisser un message à Tyler. Seulement, à partir de là, les événements n'avaient pas progressé comme je l'avais prévu. Le message de Tracy n'était pas tombé dans l'oreille d'un sourd.

— Qui avait l'air si triste ? demandai-je.

— La mère de Tyler.

— Sa mère ?

— Oui. C'est elle qui m'a rappelée quand j'ai laissé un message à Tyler. C'est elle qui me l'a dit.

— Whaouh, dis-je.

Inutile de faire semblant. La mère de Tyler ? Toutes les années où je l'avais connu, du temps de Deerfield, je n'avais jamais entendu Tyler dire ne fût-ce qu'un mot de ses parents. D'un autre côté, personne, moi y compris, n'avait songé à lui poser des questions.

— Sa mère m'a dit qu'ils l'ont su il y a deux jours. Tyler a été trouvé mort chez lui. Il vivait tout seul, alors ils ne savent pas encore depuis combien... enfin... quand c'est arrivé exactement. C'est le propriétaire qui l'a trouvé. Le loyer de Tyler était en retard, alors il est passé le voir. Enfin, les parents de Tyler sont allés chez lui après avoir été prévenus par la police. Sa mère a trouvé son bipeur. Je crois qu'elle l'avait gardé.

— Je ne peux pas croire qu'elle t'ait rappelée comme ça. Elle ne te connaît même pas. Et elle ne me connaît pas non plus.

— Justement. Quand je lui ai dit qui j'étais et que tu étais allé à la fac avec Tyler, elle s'est mise à parler, à me dire qu'elle et son mari étaient tellement stupéfaits par tout ça et que la police n'avait pas la moindre piste. Elle pensait que peut-être en gardant le bipeur de Tyler elle aurait l'occasion de parler à un de ses amis, tu vois, et de savoir si Tyler avait eu des ennuis.

— C'est ce qu'ils pensent ?

— Je ne sais pas. Je pense qu'avec son histoire tout est possible.

— Je n'arrive toujours pas à le croire. Nous l'avons vu, quoi ? il y a deux semaines ?

Tracy hocha la tête et prit un autre Kleenex.

— Je me dis que c'est la vie... que rien n'est jamais acquis, dis-je dans l'espoir d'initier une conclusion à toute la conversation, ou du moins d'aller au-delà du premier choc.

C'était trop tard pour que Tracy aille faire du shopping, je savais donc qu'il me faudrait subir cette torture un peu plus longtemps. Mais je ne compris à quel point que lorsque Tracy m'apprit une autre nouvelle.

— L'enterrement a lieu demain. J'ai dit à la mère de Tyler que nous y serions tous les deux.

Quoi ?

Je manquai m'étouffer avec ma propre langue. Elle ne parlait pas sérieusement. Vite, Philip, trouve une excuse.

— Oh, non, demain matin ? dis-je, faisant de mon mieux pour paraître sombre.

— Oui, à dix heures. Pourquoi ?

— J'ai une réunion avec les gens de Brevin Industries toute la matinée. Tu te rappelles, je t'avais parlé de cette affaire.

Je consultai ma montre.

— Je ne vois pas comment je pourrais annuler à cette heure-ci.

Le regard de Tracy était parfaitement éloquent : elle était dégoûtée.

— Peut-être n'as-tu pas bien entendu, dit-elle, accentuant chaque syllabe tout en élevant la voix. On a tué Tyler — il est mort ! — et la seule chose à laquelle tu penses, c'est à ta putain de réunion de merde ! Dieu du ciel, Philip, est-ce que tu connais un *connard* plus égoïste ?

Non, évidemment.

— Tu as raison, je te demande pardon, dis-je, tout penaud.

Je devais veiller à ne pas trop pousser le bouchon. Je me renfonçai dans le divan et me résignai à l'impensable. Il n'y avait pas moyen d'y échapper. Que cela me plaise ou non, il me faudrait aller à l'enterrement de Tyler.

— Où est-ce ?

— C'est à Westfield, dans le New Jersey. La mère de Tyler m'a expliqué comment y aller. Elle a dit que c'était à une demi-heure.

Je me levai. Tracy voulut savoir où j'allais.

— Appeler Gwen... pour reporter la réunion du matin.

— Merci, dit-elle, moins sévère. Je sais que Tyler n'était pas vraiment ton meilleur ami, mais sa mère a pensé que nous y serions. Je n'ai pas pu dire non.

— Je comprends. Tu as bien fait.

J'allai dans le bureau, refermant les doubles portes derrière moi, et me laissai tomber sur une ottomane.

Merde.

VINGT-SIX

En soutien-gorge et en culotte, Tracy tenait contre elle deux tailleurs noirs.

— Lequel des deux exprime le mieux *Je suis en deuil,* le Donna Karan ou l'Armani ?

De là où je me trouvais, à l'autre bout de la pièce, les deux tailleurs me semblaient identiques. Je lui répondis néanmoins.

— Sans hésiter, l'Armani.

Vous pensez bien que je ne savais pas lequel était quoi. Comme beaucoup d'hommes mariés et intelligents vous le diront, plus la question que vous pose votre femme est stupide, plus il importe de lui donner une réponse rapide et décisive.

Tracy hocha la tête affirmativement.

— Tu as raison, l'Armani ; simple, élégant... il exprime le deuil mais pas de façon déprimante.

Je me tournai pour appeler le garage afin qu'ils préparent la voiture et pendant tout ce temps, je ne pus m'empêcher d'avoir cette unique pensée. Seigneur, je vous en supplie, que cette journée passe aussi vite que possible.

Nous nous mîmes en route et ne fûmes pas longs à comprendre. Le seul moyen pour que, comme l'avait dit la mère de Tyler, Westfield, New Jersey, fût à une demi-heure de Manhattan, eût été que nous fussions la seule automobile sur la route. Pas moyen. Je détestais les embouteillages. Tracy détestait être en retard. Nous formions tous deux une dangereuse association sur le siège avant de la Range Rover. Lorsque nous fûmes enfin parvenus à destination, c'est à peine si nous nous adressions la parole.

Nous n'avions pas manqué grand-chose. En fait, nous n'avions rien manqué. Si bien que toute l'animosité que nous conservions l'un à l'égard de l'autre à cause de la voiture sembla fort hors de propos. Comme nous nous dirigions vers l'entrée de l'église Sainte-Catherine, nous vîmes que tous ceux qui étaient venus assister au service religieux grouillaient encore devant et à l'intérieur du vestibule. *Sainte-Catherine,* hein ? A la lumière du défi que Tyler avait lancé à Dieu, je pouvais sans danger assumer qu'il était, au mieux, un catholique non pratiquant.

Presque aussitôt je me demandai si nous ne nous étions pas trompés d'enterrement. Tracy et moi étions les seuls qui eussent pu être considérés comme les contemporains de Tyler. Hormis quelques jeunes enfants, la vaste majorité des gens présents avaient facilement vingt ans de plus que nous. Des relations de ses parents, sans doute.

— Il n'avait pas d'amis ? me demanda Tracy, regardant autour d'elle avec surprise.

— Je ne lui en connaissais pas beaucoup.

— Ils n'ont peut-être pas pu venir dans des délais aussi brefs, dit-elle, comme pour accorder à Tyler le bénéfice du doute.

— C'est possible.

— Penses-tu que ce sont ses parents ?

Je suivis la direction qu'indiquait le doigt de Tracy et je vis un homme et une femme âgés faisant face à ce qui paraissait une rangée de gens présentant leurs condoléances.

— Il faut croire.

— Ils sont seuls tous les deux. Tyler devait être enfant unique.

— Je crois bien qu'il me l'a dit un jour, inventai-je.

Elle saisit mon bras et commença à s'avancer vers eux.

— Viens, dit-elle.

— Hé, qu'est-ce que tu fais ? dis-je, sans bouger.

— Comment, *qu'est-ce que je fais ?* Nous allons nous présenter et leur dire un mot de condoléances. Qu'est-ce que tu croyais ?

— Sommes-nous absolument obligés ? tentai-je. Nous sommes là, n'est-ce pas assez ?

— Non, ce n'est pas assez, dit-elle, presque amusée par mon raisonnement maladroit.

Je cherchai à m'accrocher à n'importe quoi.

— Tu as vu la longueur de la file ?

— Elle ne fera que s'allonger. Ils accueillent les gens d'abord. Allez, viens. C'est ce qui se fait.

Ma femme, experte en protocole des cérémonies funèbres, n'était à ce moment précis nullement prête à m'entendre dire non. Il ne manquait plus que la laisse autour de mon cou. A contrecœur, je la suivis en direction des parents de Tyler.

Je détestais peut-être les embouteillages. Mais je haïssais les enterrements. Pas parce qu'ils étaient tristes, ou parce qu'ils me faisaient penser à ma propre mort, mais à cause du simple fait que je ne savais jamais quoi dire. Je pouvais être éloquent au tribunal et me montrer aussi joyeux drille que n'importe qui presque partout ailleurs, et pourtant, pour une raison inexpliquée, je ne parvenais jamais à prononcer des phrases telles que « Nous le regretterons beaucoup » ou « Je suis profondément désolé » devant une personne endeuillée. Et je parle d'enterrements où je n'avais aucune responsabilité dans la disparition du mort. Vous imaginez donc que j'étais d'autant plus réticent.

Nous parvînmes en tête de la file, Tracy la première.

— Madame Mills, je suis Tracy Randall ; nous nous sommes parlé hier au téléphone.

— Oui, bien sûr, Tracy, merci d'être venue, dit la mère de Tyler, lentement et en détachant toutes les syllabes.

Elle aussi semblait avoir pris quelques Tic Tac, si vous voyez ce que je veux dire. Petite soixantaine, cheveux gris, grande et plutôt maigre. Le beau monde du New Jersey, s'il existait une telle chose. Outre son ensemble noir et son chapeau noir, elle avait des cernes noirs sous les yeux. Je ne risquais rien à dire qu'elle ne dormait pas depuis plusieurs jours. Elle tourna la tête et me regarda.

— Vous devez être Philip.

Je hochai la tête et m'apprêtai à dire quelque chose de banal et d'attendu provenant du lexique funèbre, mais elle continua :

— Tyler m'a si souvent parlé de vous.

Je me figeai.

— Naturellement, c'était il y a longtemps, lorsque vous étiez ensemble à Deerfield.

Je me ranimai.

— C'était le bon temps.

— Je me suis beaucoup interrogée, répondit-elle. Vous savez, Tyler n'a plus jamais été le même après cette époque.

Silence embarrassé. Je ne voyais pas ce que je pouvais répondre à cela. « Hé, c'est vous qui l'avez envoyé là-bas » aurait sans doute été mal interprété.

Tracy me sauva la mise. Elle s'était déplacée afin de se présenter au père de Tyler et, ne voulant pas retarder tout le monde, elle avait commencé à m'entraîner avec elle.

— J'espère que nous pourrons parler plus longtemps après la messe, dis-je à Mme Mills.

La conversation avec M. Mills fut brève et charmante. Il n'y eut pas de « Tyler m'a si souvent parlé de vous ». En fait, il n'y eut pas de Tyler quoi que ce soit. Lorsque j'expliquai que j'avais connu son fils à Deerfield, l'homme, la petite soixantaine lui aussi, cheveux gris, grand et plutôt maigre, se contenta de me serrer la main une deuxième fois et de me dire que c'était gentil de ma part d'être venu.

Traduction : Au suivant !

Ce qui m'allait parfaitement. Tracy et moi nous écartâmes en direction d'un parterre de fleurs où nous attendîmes que les parents de Tyler eussent salué les autres. Ce matin-là, en allant chercher la voiture au garage, j'avais obtenu de Tracy que nos obligations prissent fin après la messe. L'inhumation, ainsi que la réunion qui s'ensuivrait, nous avions l'intention de ne pas y aller. C'est pourquoi, m'étant plié à la rencontre avec M. et Mme Mills, je me disais que le pire était passé.

Ha !

Tandis que chacun pénétrait enfin à l'intérieur de l'église, Mme Mills, avec tout le calme puisé dans la pharmacopée, vint jusqu'à Tracy et moi.

— Philip, je me demandais si vous pouviez faire quelque chose pour moi.

— Bien sûr, ce que vous voudrez.

— Je me demandais si vous accepteriez de vous lever et de dire quelques mots pour Tyler au cours de la cérémonie ?

Cette fois encore, je me figeai.

— ... Je vous serais très reconnaissante et je sais que Tyler aurait voulu cela.

N'en soyez pas si sûre, madame Mills.

Je commençai à tousser et à m'éclaircir la gorge, à dire que je n'avais rien préparé lorsque du coin de l'œil, je vis le regard flamboyant de Tracy. Lequel regard flamboyant disait : « On ne refuse pas cela à une mère en deuil, espèce d'idiot, tu ne comprends donc rien ? »

Putain de Tracy et de protocole.

— J'en serai très honoré, madame Mills, furent les paroles qui sortirent de ma bouche.

J'ignore exactement comment.

— Merci, dit-elle. J'en parlerai au père Whelan afin qu'il vous appelle le moment venu.

Mme Mills s'éloigna.

Je regardai Tracy :

— Qu'est-ce que je vais bien pouvoir dire ?

— Quelque chose de gentil, j'espère. Pense que c'est ta péroraison. Si ça ne te suffit pas, tu peux toujours mentir.

— Merci. Tu es vraiment d'un grand secours.

Nous pénétrâmes à l'intérieur de l'église. Quand nous prîmes place sur le banc, je m'efforçai de ne pas regarder le cercueil.

Le banc était particulièrement dur. Nerveusement, je tentai du mieux que je pus de penser à quelque chose qui pourrait passer pour un souvenir affectueux de Tyler. Je passai en revue nos années à Deerfield. Après avoir éliminé toute anecdote ayant trait à notre consommation d'herbe ou à notre propension à lui battre froid, il ne me restait pratiquement plus rien. Les hymnes se succédaient et le père Whelan, au cours de son oraison, avait déjà prononcé une douzaine de fois l'expression « tragédie absurde ». J'attendais mon tour.

C'est alors que je pensai à mon grand-père.

Il était mort au cours de ma deuxième année à l'école de droit. Le père de mon père. C'était une crise cardiaque. Ma grand-mère et lui vivaient en Floride depuis environ six ans, après avoir passé la plus grande part de leur vie à Philadelphie. Mon grand-père avait obéi aux ordres de son médecin (l'arthrite), mais il l'avait fait à contrecœur. Il avait surnommé la Floride « l'Automobile Club de la Mort », toujours prêt à ajouter qu'il « attendait son moment ». C'est qu'il aimait le base-ball, lui aussi.

Enfin, à son enterrement, les suspects habituels parmi les membres de ma famille s'étaient levés pour lire des poèmes et prononcer des discours. Mon oncle Timothy avait joué de la guitare. En souvenir de mon grand-père. C'était sympathique, même si ce n'était pas particulièrement émouvant. Et puis, alors que tout le monde pensait que plus personne ne désirait parler, un vieil homme, assis dans le fond, se mit debout. Il marcha lentement jusqu'au lutrin. On voyait les membres de ma famille échanger des regards comme pour demander : « Qui est cet homme ? » A l'époque, personne ne savait. Ils le regardèrent s'éclaircir la gorge et commencer à parler. Ce qu'il nous confia fut l'une des histoires les plus poignantes que j'aie jamais entendues.

Je raconte tout cela parce que le jour de l'enterrement de Tyler, elle devint aussi l'une des histoires les plus poignantes que j'aie jamais volées. Je n'eus qu'à changer les noms et les lieux. Et à avoir les couilles de la raconter.

— A présent, dit le père Whelan, en me faisant signe de la tête, je voudrais demander à Philip Randall, un très grand ami de Tyler de l'époque où ils étaient étudiants à Deerfield, de s'avancer.

Tracy me pressa la main — celle qui n'avait pas de pansement — pour me souhaiter bonne chance et je me frayai un chemin dans la travée avant de me tourner face à l'assemblée. Je restai là une seconde. Chacun attendait que je commence. Rien ne va plus, me dis-je.

Ce matin, je me suis demandé si on parvient jamais à connaître quelqu'un véritablement. On peut le penser, ou on peut l'espérer et, pourtant, il apparaît souvent qu'on ne connaît jamais quelqu'un avec certitude. Mais ce que je sais est que l'histoire que je vais vous raconter est très vraie. Et je crois qu'elle en dit long sur l'homme que Tyler était vraiment.

Cette histoire commence à Deerfield. C'était notre seconde année. Un après-midi d'automne, Tyler et moi étions en train de marcher dans les bois qui entouraient le campus lorsque nous avons trouvé par terre une boussole en cuivre. C'était une vieille boussole, son couvercle en verre était tout strié. Mais on ne pouvait nier que c'était un bel instrument. Son éclat s'était terni, mais elle avait conservé son brillant.

Comme nous avions vu la boussole tous les deux en même temps, mon premier souci fut de savoir lequel de nous allait pouvoir la garder. Pour être franc avec vous, j'avais envie que ce soit moi. Mais je savais aussi que je n'avais pas plus de droit sur elle que Tyler. Alors nous sommes restés là, seuls dans le bois, à contempler cette splendide boussole que nous avions trouvée ensemble.

C'est là que Tyler eut une idée. Afin que nous ne soyons ni l'un ni l'autre déçus, dit-il, ce que nous devrions peut-être faire c'est la garder chacun à son tour. L'un de nous la garderait une année, après quoi il la donnerait à l'autre pour l'année suivante, et ainsi de suite.

Je me souviens que lorsque Tyler eut fini de me présenter son idée, je l'ai regardé. C'était une idée magnifique, et je me suis senti coupable. J'avais été tellement soucieux de garder la boussole pour moi qu'il ne m'était jamais venu à l'esprit que nous pouvions la partager. J'ai eu honte de mes pensées égoïstes.

A dater de ce jour, nous fîmes toujours ainsi. Chacun à son tour conserva la boussole. Tyler me laissa la prendre la première année et ensuite je la lui donnai l'année suivante. Au cours des premières années, l'échange se fit de personne à personne, et nous veillions toujours à ce que ce fût un moment solennel. C'était quelque chose que nous gardions pour nous, nous n'avons jamais parlé à personne de ces dispositions.

Naturellement, les années passèrent et nos vies prirent des chemins différents, il devint de plus en plus difficile de nous rencontrer physiquement pour effectuer l'échange de la boussole. Mais nous ne cessâmes pas de le faire. Simplement, tous les deux ans, un petit paquet me parvenait par la poste, tout comme il était parvenu chez Tyler l'année précédente. A l'intérieur du paquet, se trouvait immanquablement la boussole et, dans mon cas, il y avait aussi, immanquablement, un petit message de Tyler. Il disait chaque fois la même chose.

Que cette boussole demeure aussi fidèle que notre amitié.

Hier soir, j'ai ouvert mon tiroir et j'en ai sorti cette vieille boussole tout abîmée pour la regarder. Voyez-vous, c'était l'année où je devais la garder. Mais l'automne venu, s'il vous arrive de la trouver par terre près de la tombe de Tyler, je vous demande respectueusement de la laisser là. Parce que son tour sera venu de veiller sur elle.

C'est étrange ; jusqu'à ce jour, cette boussole sait toujours indiquer le nord. Mais je vais vous dire ceci : elle ne sera jamais aussi fidèle que mon merveilleux ami Tyler Mills.

Je m'arrêtai et je restai là une seconde, regardant chacun. Pas un œil n'était sec dans toute l'église. Même le père Whelan s'étranglait. Une femme, au quatrième rang, sanglotait si violemment que son mari dut l'emmener dehors. Nom d'une pipe, ce que j'étais bon. Je quittai le lutrin et regagnai ma place. Le banc ne me sembla pas aussi dur.

Mouchoir à la main, Tracy se pencha vers moi et chuchota :

— Pourquoi ne m'as-tu jamais raconté cette histoire ?

— Parce qu'elle n'est jamais arrivée, chuchotai-je en réponse, sans ajouter *espèce d'idiote*.

Nous nous levâmes pour l'hymne finale.

Après la cérémonie, il fallut pratiquement décoller Mme Mills de moi. Elle se jeta contre moi et me plaqua avec une telle ardeur que je manquai tomber.

— Dites-moi que vous avez apporté la boussole, dit-elle. Il faut me la montrer.

Oh, oh !

— Hélas, non.

— Vous me l'enverrez ? S'il vous plaît, vous ferez ça ? sup-plia-t-elle.

— Naturellement, lui dis-je.

Dès que j'en aurai trouvé une chez un prêteur sur gages qui corresponde à la description.

Ouais... J'allais droit en enfer.

Cet après-midi-là, à mon retour au bureau, je trouvai Jack déterminé à me faire raconter mot pour mot l'audience de Sally devant la CRP. Qu'il ait dû attendre que je sois revenu de l'« enterrement de mon ami » l'avait rendu fou. Pour le calmer, j'embellis l'histoire dès que c'était possible, en prétendant par exemple que le procureur Jonathan Clemments parvenait à peine à prononcer le nom de Jack tant il bredouillait de peur. « De-De-De-Devine », dis-je, feignant d'imiter le pauvre type. Jack riait si fort qu'il était pratiquement en larmes. Il ajouta pour plaisanter que, pour couronner le tout, il faudrait faire en sorte qu'un technicien de Westchester vînt tous les jours, une semaine durant, dans le bureau de Clemments, pour vérifier l'état de la photocopieuse. Jack alla jusqu'à convoquer Donna dans son bureau afin de donner les coups de fil nécessaires, mais il se ravisa promptement.

— Tout bien réfléchi, dit-il, je déteste les coups de fond de terrain.

VINGT-SEPT

J'aurais juré qu'il m'avait cligné de l'œil.

Du haut de son portrait accroché dans la réception des bureaux, j'aurais juré que Thomas Methuen Campbell m'avait cligné de l'œil au moment où j'entrais dans l'immeuble le lendemain matin. Il s'était passé près d'une semaine depuis cette soirée dans l'appartement de Tyler, et voici que le père fondateur de Campbell & Devine me regardait du haut de son perchoir sur le mur comme pour dire : « Ne te fais pas de mouron, fiston. »

J'étais enclin à écouter son conseil.

Tout bien considéré, le seul inconvénient pour moi à ce stade était que j'avais pris très vite quelques kilos. Tracy l'avait remarqué et déclaré qu'à l'avenir, elle réaliserait davantage de recettes tirées de *Cuisine légère.* Je lui dis de ne pas s'inquiéter. Si ma faim avait été insatiable, je savais qu'elle commençait à se calmer. Lentement, mais sûrement, je recommençais à me sentir moi-même.

Ainsi que la mère de Raymond, selon toute apparence.

Il me remettait les clés de la chambre au Doral Court, un peu plus tard ce jour-là, et me racontait que sa mère avait terminé sa chimiothérapie. Son cancer de l'estomac ne s'était pas métastasé et elle était en rémission.

— Je vous avais dit qu'elle était plus forte que le diable.

— Oui, répliqua Raymond. Mais parlez-moi des factures d'hôpital.

Je savais qu'il s'agissait seulement d'un commentaire machinal. Il ne cherchait nullement à mendier. Si j'avais pensé que c'était le cas, je n'aurais jamais fait ce que je fis fait ensuite — lui donner un chèque de mille dollars. Je ne sais pas ce qui m'a pris. Mais je l'ai fait.

— Cet argent est pour votre mère, lui dis-je en faisant glisser le chèque sur le comptoir.

Raymond fut authentiquement choqué.

— Monsieur Randall, je ne peux accepter cela sous aucun prétexte.

— Mais si. En le glissant simplement dans votre poche.

— Quand j'ai parlé des factures d'hôpital, je...

— Je sais... vous n'aviez pas l'intention de me la jouer, dis-je, regrettant le choix des mots presque aussitôt après qu'ils eurent franchi ma bouche.

Rien de pire qu'un Blanc qui veut paraître branché rue.

Raymond ne remarqua rien ou ne s'en soucia pas. Il était trop occupé à décider ce qu'il allait faire de mon offre. Après avoir regardé si son supérieur, ou quelqu'un d'autre, avait vu, il prit le chèque de ses longs doigts.

— Je vous promets de le donner à ma mère, dit-il.

— Je n'en doute pas.

— Je ne sais pas comment vous remercier.

— Ne vous inquiétez pas.

Raymond regarda encore autour de lui, et cette fois encore, personne ne faisait attention.

— Attendez, je sais comment, dit-il.

Il m'adressa son demi-sourire, combiné avec une inclinaison avertie de la tête. Il me tendit les clés de ma chambre tout en glissant ma fiche et ma facturette à l'intérieur de sa veste.

— Celle-là, c'est moi qui vous l'offre, dit-il.

Qui étais-je pour refuser ?

Je ne dis pas à Jessica qu'elle venait cet après-midi aux frais de la princesse. Je ne voyais pas comment je pouvais lui raconter l'histoire du chèque donné à Raymond pour sa mère sans paraître me vanter. Et puis, depuis que Jessica et moi avions officiellement repris nos matinées, nos conversations s'étaient limitées au strict minimum, du moins *avant* l'amour. Il y avait de nombreux orgasmes à rattraper et seulement un déjeuner par jour.

Comme je ne l'avais pas vue depuis le décès de Tyler, elle réussit pourtant à m'interroger sur ma main tandis que je lui déboutonnais son corsage à la hâte. C'était étonnant comme un petit pansement pouvait susciter autant de questions — raison de plus pour ne pas laisser Jessica voir mon autre petit pansement.

— Pourquoi gardes-tu ton tee-shirt ? demanda-t-elle.

— Parce que j'ai grossi, répondis-je, imitant sans doute toutes les filles avec qui j'étais sorti un jour.

Jessica éclata de rire et n'en parla plus. Elle était loin de se douter que je ne plaisantais qu'à moitié.

Si vous ne l'avez pas encore deviné, notre nouvelle position favorite était maintenant sa prétendue position du papillon, surtout quand elle m'eut raconté qu'elle ne l'avait pas vraiment essayée avec Connor. Fidèle à ses promesses, elle provoqua chez Jessica un orgasme plus intense que jamais auparavant. Mais, étant donné la manière dont elle appuyait ses chevilles sur mes épaules tandis que je la soulevais par les hanches, son appellation me laissait sceptique. « La charrette » me paraissait mieux convenir.

Nous nous préparions à partir.

— Tracy m'a appris la mort de ton ami Tyler. Je n'ai pas pu le croire.

— Moi non plus, dis-je. Quel endroit merveilleux, cette ville, hein ?

— Il n'y a pas eu de témoins, rien ?

— Apparemment non.

— Ça fait une drôle d'impression, après l'avoir vu cette fois-là. Mais je n'avais pas vraiment capté que tu n'avais pas une passion pour lui.

— C'est Tracy qui te l'a dit ?

— Non, en fait c'est Connor qui m'a dit que vous en aviez parlé.

— Tyler était un peu perturbé, c'est tout. C'était difficile d'être son ami.

— Qu'est-ce qu'il faisait dans la vie ?

— Je ne suis pas sûr qu'il faisait grand-chose.

— Tu veux dire qu'il était au chômage ?

— Non, je veux dire que je ne crois pas qu'il ait jamais exercé un métier.

— Ça me rappelle quelqu'un, dit-elle, sarcastique, en faisant allusion à son frère.

— Hé, tu ne crois pas que Zachary va grimper sur un château d'eau un de ces jours armé d'un fusil, non ?

— Non, je ne crois pas, dit Jessica... il a le vertige.

Sa plaisanterie continua à me faire rire jusqu'à mon retour au bureau.

Plus tard, dans l'après-midi, j'étais enfermé dans mon bureau lorsque Gwen m'appela sur l'interphone.

— Philip, il y a deux messieurs ici pour vous.

Je n'attendais personne.

— Ils ont rendez-vous ?

— Non, mais ils ont des badges étincelants.

VINGT-HUIT

Quoi que tu fasses, Philip, ne panique pas.

— Dites-leur que je vais les recevoir tout de suite, dis-je à Gwen.

J'avais une minute devant moi, tout au plus. Moins que cela, j'aurais paru effrayé ; plus que cela, et ils auraient cru que je grimpais sur le rebord de la fenêtre pour leur échapper. D'un geste instinctif, j'ouvris le tiroir. Je poussai l'eau de toilette, le fil dentaire et le gel capillaire, je pris une bouffée de vaporisateur buccal et m'emparai du peigne. Je me mis devant la glace derrière la porte et chassai le cheveu. Il me fallait paraître calme. Il me fallait aussi paraître occupé. Vite, je pris un classeur et répandis quelques documents sur mon bureau et sur la table basse. *Messieurs, ai-je l'air de quelqu'un qui a le temps d'aller tuer un autre homme ?* Hé, avec un peu de chance, ils venaient seulement recueillir des dons pour l'Association sportive de la police.

Pour, ça il faudrait une sacrée putain de chance.

Lever de rideau. J'ouvris la porte de mon bureau et sortis.

— Philip Randall ? dit le plus petit des deux.

— Oui, c'est moi.

Les deux hommes firent luire leurs badges. Gwen avait raison : ils étaient vraiment étincelants.

Le plus petit encore : — Je suis l'inspecteur Hicks et voici

mon partenaire, l'inspecteur Benoit. Nous nous deman-
dions si vous pouviez nous accorder quelques minutes de
votre temps ?

Je haussai les épaules.

— Bien sûr, entrez donc, répondis-je. Gwen, voulez-vous
prendre mes communications ?

Elle hocha la tête. A la voir observer toute la scène, on se
serait attendu à trouver un seau de pop-corn sur ses genoux.

Je précédai les inspecteurs dans mon bureau et refermai
la porte.

— Veuillez excuser le désordre.

— Pas de problème, dit le grand, Benoit, d'une voix assez
amène.

Quand vous voyez un certain nombre de films avec des
flics-copains, vous commencez à penser que tous les parte-
naires sont censés avoir des physiques en totale opposition.
Pas ces types-là. Malgré la différence de taille, ils auraient
facilement pu passer pour deux frères. Ils devaient tous les
deux avoir dans les quarante ans, ils avaient tous les deux
des cheveux bruns et une moustache, et ils arboraient tous
les deux cette expression cynique qu'on affiche après avoir
été le témoin de toutes les horreurs qu'on imagine pouvoir
rencontrer à New York. Ainsi que quelques-unes qu'on ne
peut pas imaginer.

Je pris place derrière ma table, Hicks et Benoit sur les
deux fauteuils en face. Ils avaient des postures détendues.
Bon signe, me dis-je.

— Voulez-vous un café, ou quelque chose ? demandai-je.
Ils secouèrent la tête.

— Non, merci, tout va bien, répondit Hicks.

— Alors, que puis-je pour vous ?

Les deux échangèrent des regards. Comme s'ils se
demandaient qui voulait prendre la parole. Hicks se porta
volontaire.

— Nous croyons savoir que vous étiez un grand ami de
Tyler Mills.

— Je ne sais pas si *grand* est le mot adéquat, mais nous
étions amis, oui, répondis-je. Je pensais bien que c'était la
raison de votre présence.

— Vous attendiez notre visite ? demanda Hicks.

— La mère de Tyler, Mme Mills, a dit à ma femme qu'il

241

n'y avait aucune piste, du moins tout de suite après les faits. J'ai pensé que c'était une question de temps avant que vous ayez fait le tour de tous les amis de Tyler.

— Il se trouve qu'il n'avait pas tant d'amis que ça, dit Hicks.

— Dans ce cas, pourquoi tout ce temps ? plaisantai-je.

Je ne cherchais pas à paraître drôle. Je montrais par là que je n'étais pas à cran.

— Sérieusement, pensez-vous que Tyler avait des ennuis ?

— Pourquoi dites-vous cela ? répondit Hicks, visiblement un fier diplômé de l'école d'interrogatoire « tout faire pour qu'ils se prennent les pieds ».

— Mon expérience m'a appris qu'une victime connaît souvent son agresseur, expliquai-je.

J'étais avocat, après tout.

— Notre expérience également, dit Hicks en hochant la tête en direction de son partenaire. Quand avez-vous parlé à Tyler pour la dernière fois ?

Je réfléchis une seconde.

— Sans doute la dernière fois que je l'ai vu. C'était une coïncidence, vraiment. Ma femme et moi étions allés dîner avec un autre couple, il y a environ un mois, lorsque nous sommes tombés sur lui.

— Et depuis vous n'avez pas eu de ses nouvelles et vous ne l'avez pas revu ? demanda Hicks.

— Non, je ne crois pas.

— Pas de conversations téléphoniques ? insista Hicks.

Je vérifiai tous les appels dans mon esprit, m'assurant que tous, après cette soirée au Balthazar, avaient été passés prudemment d'une cabine téléphonique.

— Non, je n'en ai pas le souvenir.

— Tyler a-t-il évoqué devant vous son projet de quitter le pays ? dit Hicks.

Le billet d'avion pour Bali. Même s'il ne m'impliquait pas, je n'avais jamais pensé à le chercher dans l'appartement de Tyler. De toute évidence, les inspecteurs l'avaient trouvé.

— Non, répondis-je. Il ne m'a jamais dit qu'il voulait aller quelque part.

Question suivante.

— Comment avez-vous connu Tyler ? demanda Hicks.

— Nous avons étudié ensemble.

— A l'université ?

— Non, prépa.

J'imaginai les deux en train de se dire *Oooooh, c'est de la pêche au gros, ça.* Comme si je n'avais pu simplement répondre « lycée ». D'autant plus qu'au même moment, Benoit — le partenaire très silencieux jusque-là — inspectait mon bureau du regard. Ses yeux se posèrent sur la photo de moi et de Tracy au ski à Aspen posée sur ma bibliothèque, puis sur le coussin tricoté sur le divan. « Difficile d'être modeste quand on sort de Dartmouth », disait-il.

Formidable.

— Revenons-en aux ennuis de Tyler, dit Hicks. Y avait-il quelque chose dont vous auriez parlé tous les deux qui vous permette de penser qu'il en avait ?

— Pour être parfaitement franc, j'ai toujours pensé que la plus grande menace contre Tyler était Tyler, dis-je. Vous savez qu'il a voulu se suicider, n'est-ce pas ?

— Oui, nous savons tout cela, dit Hicks. A propos, qu'est-il arrivé à votre main ?

— Je me suis coupé avec une paire de ciseaux en essayant d'ouvrir un paquet, répondis-je, soudain reconnaissant pour toutes les autres fois où il m'avait fallu répondre à cette question.

J'avais acquis de la pratique. Cette fois l'excuse sembla très convaincante.

Hicks allait poser une autre question lorsque Benoit l'interrompit.

— Je crois que nous avons assez abusé du temps de M. Randall, dit-il en se levant.

Hicks parut quelque peu surpris, mais il s'inclina et se leva. J'avais commencé à remarquer un certain ordre hiérarchique entre les deux hommes, et sa dernière phrase laissait entendre que Benoit bénéficiait d'un peu plus d'expérience. Il glissa la main dans son blouson et en sortit une carte.

— Si vous pensez à quoi que ce soit qui pourrait aider l'enquête, comme par exemple la raison pour laquelle quelqu'un aurait pu avoir une dent contre Tyler, me dit-il en me donnant la carte, appelez-nous.

— Sans faute, dis-je.

Je leur serrai la main et m'apprêtai à les raccompagner. Mais je ne pus tenir ma langue.

— Par curiosité, comment avez-vous eu mon nom ? demandai-je.

« Par la mère de Tyler », telle était la réponse que j'attendais. Mais au lieu de cela, je vis les deux hommes échanger des regards à nouveau. Cette fois, Benoit prit la parole.

— En fait, monsieur Randall, c'est votre numéro que nous avons eu en premier. Il semble que le tout dernier coup de fil de Tyler vous était adressé, à votre bureau, le soir de sa mort.

— Vous parlez sérieusement ?

— Oui, dit Hicks, abondant dans le sens de son partenaire. Il a appelé un peu avant vingt heures. Etiez-vous là ?

Bien joué, inspecteur. Il m'avait fourni l'heure dans l'espoir, une fois encore, de me faire faire un faux pas. Si je répondais oui ou non directement, cela aurait signifié que je savais quelque chose que seuls le meurtrier ou le coroner savaient avec certitude — le jour de la mort de Tyler. Je n'allais pas leur rendre la tâche aussi facile.

— Si j'étais là ? répétai-je. Eh bien, ça dépend, de quel jour parlons-nous ?

Je détectai, chez Hicks, une imperceptible déception.

— Vendredi dernier.

J'approchai l'agenda hebdomadaire et tournai une page.

— En fait, je suis resté travailler tard, dis-je. Pas toujours dans mon bureau, peut-être, mais j'étais là.

— Vous ne vous souvenez pas de lui avoir parlé ? dit Benoit.

— Non.

— Ou qu'il vous ait laissé un message ?

— Non.

— Non, bien sûr, dit Benoit, comme pour se corriger. Vous nous l'auriez dit avant, quand nous vous l'avons demandé. Ce n'est pas comme si vous aviez oublié, n'est-ce pas ?

Benoit s'avança et ouvrit la porte de mon bureau.

— Merci encore pour votre temps, monsieur Randall.

— Pas de problème, dis-je, luttant pour contrôler mon stress. Attendez, je vous raccompagne.

— Inutile, nous trouverons, dit Benoit avec un sourire aimable. Après tout, nous sommes détectives.

Les deux hommes passèrent devant le bureau de Gwen. Dès que ses yeux eurent cessé de les suivre, ils revinrent se poser sur moi. On pouvait dire qu'elle mourait d'envie de savoir ce qui s'était passé.

A vrai dire, je ne le savais pas très bien.

Je refermai la porte et m'assis derrière mon bureau, tout en réfléchissant. Il y avait beaucoup d'incohérences, l'histoire du dernier appel de Tyler pour commencer. Les inspecteurs n'avaient aucun moyen de savoir que Tyler m'avait appelé d'un taxiphone au Billy's Hideaway ce soir-là.

Une minute...

J'avais seulement *présumé* que Tyler m'avait appelé d'un taxiphone.

C'est là que j'ai compris. Le putain d'hypocrite. Tyler n'avait pas de paroles assez dures pour tous ces gens avec leurs portables et qu'est-ce qu'il a, pour finir ? Un portable ! Tout commençait à se mettre en place. Comment aurait-il fait, autrement, pour répondre aussi vite à mes messages ?

Je me mis en mode avocat. Les trois D : déconstruire, discerner, déduire. Hicks et Benoit s'étaient de toute évidence procuré la liste des appels de Tyler. C'est ainsi qu'ils avaient appris que j'étais la dernière personne à qui Tyler avait téléphoné. Je me demandai aussitôt combien de temps avait duré le message que Tyler m'avait laissé. Il était court, mais dans quel ordre d'idée ? Moins de deux minutes et il était plausible qu'il avait appelé, qu'il avait eu ma boîte vocale et raccroché sans laisser de message. Plus de deux minutes, et ils penseraient qu'il y avait de bonnes chances qu'ils m'aient pris en flagrant délit de mensonge.

Je me levai et me mis à faire les cent pas. Tandis que je marchais de long en large, je commençai à douter de ce qui s'était vraiment passé. Hormis l'histoire de l'appel téléphonique, la rencontre avec les inspecteurs avait été trop brève et leur interrogatoire trop rusé. C'était le jeu du chat et de la souris. Quelque chose n'allait pas.

Philip, tu es baisé.

Ou était-ce simplement ma paranoïa qui se réveillait ? Interroger les amis de Tyler était la procédure habituelle de toute enquête. Si les inspecteurs tenaient vraiment une preuve contre moi, je ne serais pas assis dans mon bureau, me dis-je. Mais j'y étais et ils étaient partis. Laisse tomber, ils n'ont aucune preuve contre toi. Comment auraient-ils fait ? J'avais pris grand soin de brouiller les pistes, de prévenir toute menace de soupçon. J'étais la dernière personne que Tyler avait appelée, et alors ? Il fallait bien qu'il y eût une dernière personne. Cela constituait difficilement un mobile.

Philip, tu es loin d'être baisé.

Je continuai ainsi tout le reste de l'après-midi. Je parcourus la moquette de mon bureau, convaincu d'une chose une minute, convaincu du contraire la minute d'après. Mon espoir le plus fervent était de ne plus jamais revoir les inspecteurs Hicks et Benoit. Ma plus grande crainte était qu'ils fussent simplement en train de s'échauffer.

VINGT-NEUF

Tout de suite, Tracy voulut savoir ce qui n'allait pas. Et moi qui m'efforçais d'agir normalement. Plus je lui répétais qu'il n'y avait rien, moins elle me croyait. Ma réticence attisa sa colère et, dans les dix minutes après mon retour, Tracy me fit savoir que je serais seul pour dîner. Elle était très peu patiente lorsqu'elle n'obtenait pas ce qu'elle désirait. Elle quitta la chambre en claquant la porte. Je décidai d'aller prendre l'air.

C'était une nuit douce, tiède et plutôt calme, hormis la brise qui, de temps à autre, parvenait à s'infiltrer de l'Hudson. Il y avait les traditionnels chiens tenus en laisse, les couples marchant bras dessus, bras dessous, les livreurs à bicyclette. Toutes les tables en terrasse devant les restaurants étaient pleines de monde et bruissantes de conversations. Des poches de bruits qui grandissaient puis s'amenuisaient, grandissaient puis s'amenuisaient, suivant le rythme de ma promenade.

J'avais une terrible envie d'appeler Jessica, ne fût-ce que pour entendre sa voix. Mais elle était très probablement « interdite » comme nous disions entre nous — à la maison, avec Connor. De toute façon, je ne pouvais rien lui dire, rien partager avec elle. C'était une de ces épreuves qu'il allait me falloir traverser seul.

Je finis par entrer au Old Town Bar, que personne n'appelait jamais ainsi. C'était toujours le Old Town, le « Bar » étant un surnom. Là, je pris une alcôve, un hamburger frites et de trop nombreuses pintes de Sierra Nevada. Il y avait longtemps que je n'avais pas dîné seul au restaurant, ou même payé mon repas en liquide. J'avais à peine assez d'argent sur moi pour laisser un pourboire.

A mon retour à la maison, Tracy me lança un regard furieux de son côté du lit. Je ne dis rien et me glissai sous les draps. Je n'avais aucun appétit de réconciliation. Littéralement. Le reste de la nuit, quand je ne me retournais pas dans mon lit, je me levais et j'avalais des Alka Seltzer directement du tube. Je me demandai si les ulcères pouvaient vraiment se développer à une telle vitesse.

Le lendemain, mon cœur cessait de battre dès que Gwen m'appelait dans mon bureau. Ce jour-là, mon relevé de temps passé avait beau indiquer cinq heures facturées sur l'affaire Brevin Industries, je peux vous assurer qu'ils eurent droit, au mieux, à quinze minutes d'attention totale.

Plus tard, dans notre loft, je fus soulagé de voir que Tracy ne boudait plus. Elle semblait avoir oublié mon refus de lui expliquer ce qui n'allait pas la veille au soir. Cela s'expliquait peut-être par le fait que c'était vendredi soir et que nous devions sortir. Une ancienne camarade de chambre de Tracy à Brown était en ville avec son nouveau petit ami et nous avions une réservation au Mesa Grill pour quatre. Tracy savait bien qu'elle ne pouvait pas vraiment passer tout le dîner sans m'adresser la parole. Alors elle fit bonne figure. En retour, mon humeur s'améliora. Un jour entier s'était écoulé depuis la visite des inspecteurs et pour la première fois, la balance commençait à pencher en faveur de l'optimisme. Peut-être toute l'affaire retomberait-elle comme un soufflé. Pas de répercussions. La somme d'argent que j'allais économiser en Alka Seltzer serait faramineuse.

Après coup, ils étaient probablement juste en train de se foutre de ma gueule.

*

Cette fois, Gwen ne m'appela pas. La porte de mon bureau s'ouvrit ce lundi matin et je les entendis lui parler.

Les inspecteurs Hicks et Benoit venaient me rendre une deuxième visite. Quelque chose me dit que ce n'était pas simplement pour dire bonjour.

Je me levai et allai dans le bureau de Gwen. Ils étaient là. Avec la même expression cynique. Mais le ton était loin d'être cordial.

— Nous devons aller dans votre bureau, dit Hicks pour commencer.

Pas de *Bonjour* ni de *Enchantés de vous revoir*. Pour ma part, je n'avais aucune raison de changer de ton. Je haussai les épaules comme la première fois et retournai dans mon bureau. Ils me suivirent et refermèrent la porte derrière eux.

— Monsieur Randall, allons droit au but, nous voudrions vous emmener pour vous poser d'autres questions, dit Hicks.

— Quoi, vous m'arrêtez ?

— Non, répondit Benoit, si vous venez avec nous, ce sera strictement de votre plein gré.

— Et si je refuse de coopérer ?

— C'est votre droit, concéda Benoit. Mais, étant donné la conjoncture, on pourrait juger qu'il s'agit de votre part d'un curieux choix.

— Pardonnez-moi ma réticence. Je connais les règles du jeu, comme vous pouvez l'imaginer.

— Dans ce cas, vous savez que les questions demeurent, dit Benoit. Et qu'il en sera de même pour nous jusqu'à ce que nous ayons clarifié certains points. Alors pourquoi ne pas faire simple ? Vous prenez votre veste et vous venez avec nous. Si vous voulez, vous pouvez aussi prendre un avocat.

J'aurais pris un avocat, que Benoit me l'eût suggéré ou pas. Mais ses paroles résonnaient dans ma tête. J'étais un avocat à qui l'on disait qu'il avait besoin d'un avocat. Ce n'était pas bon, pas bon du tout. Je réfléchis une seconde. Il ne me restait qu'une chose à faire.

Appeler Jack Devine.

Je demandai à Gwen d'aller voir s'il était dans son bureau. Hicks et Benoit semblaient s'y attendre. Leur manière de laisser entendre que cela n'avait aucune importance était un peu trop sournoise.

Elle revint seule. Jack avait justement un rendez-vous médical, mais il serait de retour sous peu.

— Qu'il me retrouve là-bas, lui dis-je, l'idée de l'attendre me paraissant irréaliste.

Gwen prit l'adresse du commissariat. Et je partis avec mes deux nouveaux amis.

Assis à l'arrière de leur Ford banalisée, je m'efforçais de trouver l'erreur que j'avais commise. Ce que j'avais oublié de faire... ce détail qui m'avait échappé. En vain.

— Vous savez, dit Hicks, assis au volant et haussant la voix afin que je sache qu'il s'adressait à moi. J'ai pensé devenir avocat autrefois.

— Pourquoi avez-vous changé d'avis ? lui accordai-je.

— A cause de l'idée que je pouvais aider un criminel à s'en tirer impunément, voilà. Quel est votre sentiment là-dessus ?

Mis à part que cette question m'était odieuse, c'était un peu angoissant. Tyler m'avait posé pratiquement la même : est-ce que je ne trouvais pas gênant d'aider des coupables à vivre en liberté. Peut-être l'esprit de Tyler habitait-il à présent le corps de Hicks. Que je pusse avoir ce genre d'idée était déjà une raison suffisante pour baisser la vitre et laisser un peu d'air me souffler au visage.

N'ayant pas obtenu de réponse, Hicks se retourna :

— Vous m'avez entendu ?

— Je vous ai entendu. Vous savez, cela vient peut-être de votre travail, inspecteur, mais tous les avocats ne sont pas pénalistes. Vous auriez pu choisir le droit de l'environnement, par exemple.

— Quoi, pour défendre des arbres, vous voulez dire ? fit-il, ironique.

Benoit, qui était resté à l'écart de la conversation sinon tout à fait indifférent, laissa échapper un bref ricanement. Il était difficile de dire s'il riait avec, de, ou seulement à côté de son partenaire.

On n'en parla plus.

Arrivés au commissariat, nous montâmes dans un ascenseur qui nous conduisit au cinquième étage et nous pénétrâmes dans une petite salle d'interrogatoire munie d'un miroir sans tain. C'est là que j'allais savoir les tenants et les aboutissants de la tournure malheureuse qu'avaient pris pour moi les événements. Mais si grande fût ma curiosité, elle n'allait pas prendre le pas sur le bon sens et me faire oublier d'attendre Jack sagement. Lorsque les inspecteurs se mirent à minimiser leurs questions additionnelles afin de pouvoir commencer sans lui, je leur demandai une tasse de café et quelques minutes de patience. Ainsi, leur dis-je, nous n'aurons pas à répéter.

L'attente fut brève.

Deux minutes plus tard, une cavalerie d'un seul homme pénétra dans la salle toute artillerie dehors.

Jack, posant violemment sa mallette sur la table :

— Messieurs, vous devez sacrément être sûrs de vous pour emmener ici un de mes avocats. Ou alors vous êtes carrément idiots.

— Nous ne l'avons pas emmené ici ; il est venu de son plein gré, dit Hicks, offensé.

Jack fit la sourde oreille.

— La prochaine fois que vous voudrez venir dans mes bureaux pour parler à un de mes avocats, même si c'est juste pour parler de la putain de météo, vous voyez d'abord ça avec moi !

Hicks se leva, prêt à en venir aux mains avec Jack, mais Benoit s'interposa le bras tendu. Benoit considéra Jack calmement.

— J'allais me chercher un autre café ; en voulez-vous un ?

Jack se calma aussitôt. Il était satisfait. Son entrée fracassante n'avait pour objet que de découvrir la hiérarchie officieuse : lequel des deux inspecteurs était celui avec lequel il aurait réellement affaire. Pendant que Hicks était là à se demander quelle mouche piquait son partenaire pour proposer du café à un enfoiré d'avocat, Benoit avait réussi à éclaircir une chose : pour Jack, c'était l'homme-clé.

— Merci, je ne prendrai pas de café, dit Jack. Mais j'apprécierais qu'on me laisse seul avec Monsieur Randall quelques minutes.

— Cinq suffiront ? demanda Benoît.

— Je pense, répondit Jack.

— A propos, dit Benoit, nous ferions bien de nous présenter. Je suis l'inspecteur Benoit, et voici l'inspecteur Hicks.

— Jack Devine, dit Jack.

Ils savaient.

— Nous vous retrouvons dans cinq minutes, dit Benoit.

Les deux hommes étaient presque sortis de la pièce.

— Oh, inspecteur Hicks, pourriez-vous éteindre la lumière dans la pièce à côté, s'il vous plaît ? demanda Jack en indiquant le miroir sans tain.

Hicks fronça les sourcils.

— Avec le plus grand plaisir, répondit-il en toute insincérité, claquant la porte derrière eux.

Avant d'ouvrir la bouche, Jack fit le tour de la pièce pour vérifier s'il y avait un micro ou une caméra. Une lumière s'éteignit soudain de l'autre côté du miroir sans tain. Jack s'approcha, mit ses mains en coupe autour de ses yeux et, appuyé contre le verre, scruta de l'autre côté pour s'assurer que nous n'avions pas de public. Ce n'était pas le cas.

Jack se tourna vers moi.

— On y va, dit-il.

— Que veux-tu dire ?

— Je veux dire qu'on s'en va ; ça ne me plaît pas. Tu n'aurais jamais dû accepter de venir.

— Tu ne veux pas savoir ce qui se passe ?

— Inutile. De toute manière, ce n'est pas ici, dans leur arrière-cour, que l'affaire va se régler.

Je ne partageais pas son avis.

— Je préfère l'étouffer dans l'œuf, dis-je.

— C'est ce qu'ils veulent te faire croire.

— Laisse-moi au moins te mettre au courant de la situation, ou t'expliquer ce que j'en pense.

— Accordé, dit Jack en s'asseyant sur l'une des chaises en fer. Mais je ne veux pas écouter *ta* version des faits. Pour le moment, je veux ce qui est indiscutable. Raconte-moi simplement tout ce qu'il en est concernant les inspecteurs et toi, en commençant par le jour où ils sont venus te voir à ton bureau.

Je hochai la tête.

— La première fois, dis-je lentement, c'était jeudi dernier. Ils voulaient me parler de la mort de mon ami, Tyler Mills. Celui à l'enterrement de qui je suis allé.

— Et qui a été tué dans son appartement ?

— Oui.

— Quelles questions t'ont-ils posées ?

— Les trucs habituels. Si je le connaissais bien, est-ce qu'il avait des ennuis, quand je l'avais vu pour la dernière fois. Mais il y a eu un problème à la fin, quand ils m'ont expliqué que le dernier appel téléphonique donné par Tyler avant sa mort avait été à mon bureau. Je n'en savais rien.

— Tu ne lui avais pas parlé ?

— Non.

Je scrutai le visage de Jack qui gobait tout. J'éprouvais un sentiment étrange à lui mentir, sans parler de ce que cela avait de dangereux, étant donné que c'était un détecteur de mensonge humain. Mais je n'avais guère le choix. Notre conversation avait beau être privilégiée, je n'allais pas à ce stade dire à mon patron pourquoi les inspecteurs avaient toutes les raisons de se montrer soupçonneux.

— Et ensuite ? demanda Jack.

— J'ai cru que c'était fini. Apparemment non. Ils sont revenus ce matin.

— Que t'ont-ils dit ?

— Qu'ils avaient d'autres questions à me poser et qu'ils voulaient le faire ici.

— Ils ont quelque chose.

— Je présume.

— Aucune idée ?

Je secouai la tête.

— Je n'ai pas la moindre idée de ce que ça peut être ni de la raison pour laquelle cela me concerne.

Jack plongea son regard dans le mien. Je le connaissais, il ne se souciait pas tant de savoir s'il me croyait ou non. Il évaluait plutôt si oui ou non les inspecteurs me croiraient en cas de nécessité. C'était vraiment le droit en raccourci. La vérité n'était pas pertinente. Seul importait au bout du compte ce que les gens croyaient.

Jack se leva et s'éloigna vers le mur d'en face. Il se retourna et, s'appuyant sur le mur, il croisa les bras sur sa poitrine.

— Est-ce que tu l'as tué ? demanda-t-il tout net.

— *Quoi ?*

— C'est oui ou c'est non ? dit Jack, imperturbable.

— C'est non, dis-je feignant n'avoir jamais encore été insulté de cette manière.

Jack consulta sa montre de poche.

— Alors, parfait. J'ai une conférence téléphonique à trois heures au bureau. Voyons si nous pouvons régler ça d'ici là.

— Ça ne devrait pas poser de problème, dis-je.

Hicks et Benoit revinrent une minute plus tard. Benoit tenait sa chope de café, Hicks un classeur ainsi qu'un gros magnétophone sous le bras. Il laissa tomber la machine sur la table avec un *bang* sonore.

— Voyez-vous une objection à ce que notre conversation soit enregistrée ? demanda-t-il.

Sans se laisser décontenancer, Jack ouvrit sa mallette et en sortit un micro-enregistreur, le plaçant aussitôt sur la table.

— Je n'en ai pas si vous n'en avez pas.

Hicks secoua la tête comme pour dire que c'était logique. Benoit força un sourire. Quant à moi, je restai assis et me préparai à la balle coupée qu'on allait lancer dans ma direction.

Hicks mit la machine en marche et Benoit commença par indiquer le jour et la date ainsi que le nom des personnes présentes. C'est lui qui poserait toutes les questions.

— Monsieur Randall, depuis combien de temps diriez-vous que vous connaissiez Tyler Mills ? fut sa première.

— Environ quinze ans, répondis-je.

— Comment caractériseriez-vous vos relations avec lui ?

— Nous étions amis, mais nous ne nous sommes vus que très rarement au cours des dix dernières années.

— Y avait-il une raison particulière ?

— Vous voulez dire quant à la raison pour laquelle nous ne nous sommes vus que rarement ?

— Oui.

— Aucune. Le temps a passé, je crois que nous avions simplement moins de choses en commun.

— Vous nous avez dit auparavant que la dernière fois que vous avez parlé à Tyler Mills, c'était il y a un mois environ dans un restaurant ; est-ce exact ?

— Oui.

— Cependant, dit Benoit, vous savez que le dernier appel téléphonique de Tyler Mills avant sa mort était à votre bureau et vous était destiné.

— Seulement dans la mesure où vous me l'avez appris.

— Confirmez-vous, comme dans votre première déclaration, que vous n'avez pas parlé à Tyler Mills ce soir-là ?

— Exact.

— Ou que vous n'avez pas reçu de message de lui ?

— Exact.

Benoit avait fini de mettre le couvert. Il ouvrit son classeur et les sortit. On pouvait passer à table.

— Avez-vous déjà vu ces photos, monsieur Randall ? demanda-t-il.

Tout en parlant, il les étala en deux rangs bien nets. C'étaient les photos que Tyler avait prises de Jessica et de moi entrant et sortant de l'hôtel. Les photos dont Tyler avait promis de ne pas garder de tirages. Je ne l'avais pas cru de toute façon.

Je les regardai l'une après l'autre en m'efforçant de ne pas me laisser démonter.

— Non, je ne les ai jamais vues.

— C'est bien vous, n'est-ce pas ? dit Benoit en posant le doigt sur les clichés où j'apparaissais clairement.

— Messieurs, s'entremit Jack, je crois qu'avant de poursuivre vous devez nous éclairer sur l'origine de ces photos. Sans cela, je conseillerai à M. Randall de cesser de répondre à toute autre question.

— Accordé, dit Benoit, en prenant une gorgée de café de sa chope. L'un des objets découverts au cours de la perquisition dans l'appartement de Tyler Mills, après sa mort, a été une clé de coffre. Une fois la banque identifiée, nous avons trouvé ces photos dans le coffre.

— Vous ne savez donc pas si c'est M. Mills qui a pris ces photos ? dit Jack.

— C'est exact. Nous ne savons pas si c'est bien l'ancien photographe du journal de Deerfield qui a pris ces photos, dit Benoit.

Jack céda. Un autre avocat, plus enclin à chicaner, les eût, à ce point, déclarées « fruits empoisonnés », indiquant par là que ces photos avaient été obtenues illégalement, n'ayant pas été portées d'abord comme faisant partie des biens de Tyler. Jack s'en garda. Je n'avais pas qualité pour parler au nom de Tyler et de ce qu'il estimait être sa vie privée, et n'importe quel juge admettrait ces photos comme pièces à conviction sans se préoccuper de savoir comment elles avaient été obtenues. Prétendre le contraire aurait été faire preuve d'amateurisme.

— Comme je disais, reprit Benoit, est-ce vous sur ces photos, monsieur Randall, ou n'est-ce pas vous ?

— Ça me ressemble beaucoup.

— Avez-vous le souvenir d'être allé au Doral Court Hotel ?

— Oui, j'y suis allé.

— Reconnaissez-vous la femme qui est avec vous sur cette photo, et seule ici, sur ces autres ?

— Oui.

— Est-elle une de vos amies ?

— Oui.

— Est-elle peut-être plus qu'une de vos amies, monsieur Randall ?

— Nom de Dieu ! dit Jack. Ne me dites pas que vous avez enlevé un de mes avocats pour l'accuser d'entretenir une liaison !

— Nous cherchons seulement à établir pourquoi Tyler Mills pouvait être en possession de ces photos, dit Benoit. Que M. Randall ait eu, ou ait, une liaison n'est pas seulement plausible, mais soulève quelques questions intéressantes. Peut-être en ce qui concerne le mobile. Ajoutez à cela que M. Randall a été la dernière personne appelée par Tyler Mills avant sa mort, et ces questions deviennent d'autant plus intéressantes.

— Non, répliqua Jack, ce qui est intéressant c'est que vous croyez être sur une piste lorsque en réalité, tout le monde, y compris votre mère, vous dirait que vous n'avez pas le plus petit bout de preuve.

— Ma mère est morte, dit la voix de Hicks.

Il avait dû juger qu'il était resté trop longtemps silencieux. Peut-être considérait-il sa remarque comme un bon moyen de déstabiliser Jack. Pauvre inspecteur.

Jack regarda Hicks, momentanément perplexe.

— *Quoi ?*

— J'ai dit : ma mère est morte.

Jack : — Oh, et je suppose que vous désirez également interroger M. Randall sur cette mort ?

Hicks retomba dans le silence.

Benoit : — Ecoutez, monsieur Devine...

Jack l'interrompit :

— Non, c'est vous qui allez m'écouter. Vous avez posé vos questions ; à mon tour à présent. Commençons par ce dernier coup de téléphone, d'accord ? Je suppose que cet appel a été donné depuis l'appartement de M. Mill ?

— Non, il a été donné depuis un portable. Il a été transmis par la tour qui surplombe son appartement, et nous pensons donc qu'il se trouvait chez lui, mais nous ne pouvons l'affirmer.

Jack se gratta le crâne.

— Un portable, hein ?

Il posa les deux mains sur la table et se pencha vers les inspecteurs.

— Je vous parie tout ce que vous voudrez que, lorsque vous avez vérifié la liste des appels, vous avez constaté que l'appel a duré une minute, deux au grand maximum. Savez-vous comment je le sais ? Parce que vous n'auriez jamais demandé si M. Tyler avait ou non laissé un message, si l'appel avait duré plus longtemps.

— C'est très bien vu, dit Benoit. Cependant, que l'appel n'ait duré qu'une minute n'exclut pas que M. Randall ait pu parler à Tyler Mills ou recevoir un message de lui.

— Non, mais en revanche il ménage la possibilité que M. Mills ait appelé et soit tombé sur la boîte vocale de mon client, qu'il ait écouté le message et qu'il ait raccroché sans rien dire. Ce qui donne une crédibilité substantielle à la déclaration de M. Randall selon laquelle il n'a jamais reçu de message.

Très juste, apparemment, car Benoit reprit :

— Continuons, voulez-vous ? Vous nous avez dit que vous étiez à votre bureau ce soir-là, monsieur Randall, est-ce exact ?

— Oui, je travaillais.

— L'un ou l'autre de vos collègues pourraient-ils le confirmer ?

— Comme ça, je ne me souviens pas.

— Quant aux photos, pouvez-vous les expliquer ou dire pourquoi Tyler les avait en sa possession ?

— En toute franchise, non.

Benoit se leva et s'éloigna de la table de quelques pas. Il me tournait le dos.

— Pensez-vous que votre femme pourrait répondre ? lança-t-il.

Là-dessus la patience de Jack parvint à épuisement.

— C'est ça, la petite session de questions-réponses est terminée. Je ne connais pas l'histoire de ces photos, mais voilà ce que je sais sans l'ombre d'un doute : si ces photos sortent de cette pièce et qu'elles coûtent son mariage à ce jeune homme, vous avez sacrément intérêt à réunir un sacré paquet d'autres preuves contre lui. *Un sacré paquet.* Car le procès qu'il vous fera sera de ceux dont la ville n'a pas connu l'équivalent depuis très longtemps. Et si vous croyez que je ne mettrai pas tout en œuvre pour que cela arrive, essayez donc. Car ce qui sera en jeu, ce ne sera pas ma putain de pension, je peux vous l'assurer.

A tout le moins, je m'attendais à ce que Hicks fasse un numéro de matamore. Il n'en fit rien. Quant à Benoit, il regarda Jack ramasser son magnétophone et me faire signe de me lever.

— Ce n'est pas terminé, dit Benoit.

— En ce qui me concerne, c'est parfaitement terminé, dit Jack.

Nous quittâmes la pièce sans même un signe d'adieu. Une fois dans l'ascenseur, nous étions seuls.

Les portes se fermèrent.

— Pour ne pas tomber dans le trou, dit Jack sans me regarder.

Je me tournai vers lui.

— Quoi ?

— Pourquoi les bouches d'égout sont rondes... c'est pour ne pas tomber dans le trou.

TRENTE

Jack reçut l'appel téléphonique trois jours plus tard. Il provenait d'un « ami » qui était au courant des va-et-vient au commissariat où travaillaient les inspecteurs Hicks et Benoit. Ne me demande pas comment, me dit Jack dans mon bureau en allumant un cigare, contente-toi d'écouter.

— Hier matin, commença-t-il, un marginal a été arrêté pour un cambriolage commis dans l'immeuble de ton ami Tyler deux semaines avant sa mort. Il semblerait que ce pauvre type aurait tenté de vendre une part de son butin chez un prêteur sur gages du coin, sans compter que, grâce à notre bon maire et à sa vigoureuse répression du recel de marchandises volées, c'était comme s'il se livrait à la police.

Jack souffla un mince filet de fumée du coin de la bouche.

— Je dois dire, c'est le problème quand on vit en cavale. Il est dur de rester informé des nouvelles initiatives anti-criminalité de chaque ville.

« C'est là que ça devient intéressant. Quand les inspecteurs ont épluché le casier du marginal, il s'est trouvé qu'il était recherché à Miami pour le meurtre d'un homme, suite, écoute bien, à une effraction. Avec toutes ces coïncidences, ils n'ont pas été longs à demander au marginal où il se trouvait le soir de la mort de Tyler. Eh bien, figure-toi qu'il n'avait pas d'alibi plausible.

Je commençai à sourire. Jack m'arrêta.

— Attends, ça se corse, dit-il. Tu es prêt ?

Comme un gosse le jour de Noël.

— Quoi ?

Jack ôta le cigare de sa bouche.

— Le type est mort.

J'écarquillai les yeux.

— Tu rigoles ?

— Non, il s'est pendu hier soir dans sa cellule.

Cette fois encore, l'ironie du sort. *Il s'est pendu.*

— C'est trop beau pour être vrai, dis-je, stupéfait.

— Qu'ils aient trouvé leur homme ? Tu as probablement raison, dit Jack. Considérant la preuve qu'ils ont, ou plutôt qu'ils n'ont pas, il n'est pas plus coupable que toi. La seule chose, c'est que s'il est mort et enterré, aucune charge ne pourra être retenue contre toi.

— Et pourquoi ?

— Facile. Nous, naturellement, n'irons jamais dire que nous avons appris ce que je viens de te raconter. Au lieu de cela, si nécessaire, nous pourrions faire l'historique des délits commis dans l'immeuble de Tyler et prétendre être tombés sur ce marginal. Les renseignements fournis par son casier aboutiraient à une quantité de doutes bien fondés. Le procureur le plus bête verrait ça tout de suite, d'autant plus quand il saurait que le marginal a été interrogé sur le meurtre de Tyler avant de se suicider. *Facile.* Tu vois ce que je veux dire ?

Je voyais parfaitement.

Jack : — Tout cela se résume à une seule chose.

— Laquelle ?

Jack se pencha, décrocha mon téléphone et le reposa sur son support. Je le fixai avec étonnement, me demandant à quoi il voulait en venir.

Il expliqua avec un sourire rusé :

— Tu es tiré d'affaire.

Il ne posa pas de questions sur les photos ou sur l'éventualité que j'aie une liaison. Il ne chercha pas à savoir s'il y avait un lien entre moi et le fait que j'aie été la dernière personne que Tyler avait appelée. Jack tourna simplement les talons et quitta mon bureau sans dire un mot de plus.

La vérité n'était pas pertinente. Seul importait au bout du compte ce que les gens croyaient.

Ce soir-là, j'ôtai les pansements de ma main et de ma poitrine. Les blessures avaient enfin guéri.

TRENTE ET UN

— Excusez-moi, vous marchez sur mon pénis, dit Dwight à la fille au tee-shirt moulant et au spectaculaire store vénitien.

Elle ne trouva pas ça drôle. Elle lui fit un doigt d'honneur et s'éloigna.

J'avais commandé la Stretch, en spécifiant de couleur noire et en précisant bien que je ne voulais pas de ce vulgaire néon violet le long de l'habitacle. Je demandai au chauffeur de passer prendre Menzi, Connor et Dwight à leurs bureaux l'un après l'autre. Le bar était garni de Cragganmore de douze ans d'âge, d'Herradura, d'Evan William Single Barrel, de Kettle One et d'une bouteille de Krug 85. Comme musique ? Sinatra, qui d'autre ? Tout ce tralala était payé de ma poche, j'en faisais profiter mes potes pour des raisons que je serais toujours seul à connaître et, en tant que doyen autoproclamé de la soirée, j'avais bien l'intention de le faire *à ma façon*.

— Messieurs, la nuit est jeune, et nous aussi, leur dis-je.

Notre premier arrêt fut le Shark Bar dans l'Upper West Side, et quand Dwight eut rejoint la meute après sa tentative ratée de placer son histoire de pénis, Menzi en avait une à nous raconter. Dans ses efforts démesurés pour élargir l'horizon de sa Betty, ses derniers voyages lui avaient valu une rencontre intéressante. Tandis que les simples mortels porteurs de billets d'avion visaient le Mile High Club, Menzi avait placé la barre nettement plus haut. Il appelait cela l'Admirals Club, le salon réservé par American Airlines dans divers aéroports à travers le monde.

Menzi nous relata qu'il s'était récemment trouvé dans l'Admirals Club de JFK un soir, pour tuer l'heure de retard d'un avion pour Londres. Monique, comme il disait qu'elle s'appelait, attendait, elle, l'avion qui devait la ramener chez elle à Toulouse. Entre son mauvais anglais et les deux ans de français de lycée de Menzi, celui-ci réussit à engager la conversation et, pour finir, à faire baisser sa culotte à Monique dans la zone informatique en travaux située derrière des cloisons provisoires.

Il admit que les quatre tournées de tequila après le premier martini qu'il lui avait offert avaient singulièrement mis de l'huile dans les rouages, mais l'un dans l'autre, c'était une histoire assez impressionnante. Si quelqu'un d'autre l'avait racontée — mettons, Dwight, par exemple — j'aurais aussitôt cru qu'il frimait. Mais pas Menzi. Ayant été le témoin de ses prouesses auprès des femmes, j'étais relativement sûr de la véracité de son histoire. Surtout avec sa fin très antihéros. Il s'avéra que, comme Monique s'apprêtait à partir et que Menzi lui demandait son numéro de téléphone, elle attrapa les poignées de sa valise à roulettes et répondit : « Si j'avais eu l'intention de rester en contact avec vous, je ne vous aurais jamais baisé. »

— Bizarre, dit Menzi en faisant tournoyer ce qui restait de glace dans sa vodka. Elle m'a répondu dans un anglais sans faute.

L'arrêt suivant fut au Blue Door, de l'autre côté du parc, dans le Upper East Side. Ce n'était certainement pas le genre d'endroit qu'on trouve dans les guides gastronomiques. Trois raisons. Une, le Blue Door ne s'appelait pas vraiment comme cela, c'était seulement la couleur de la porte. Deux, il n'y avait qu'une table et on n'y servait qu'un couvert par soir. Trois, il appartenait à deux call-girls de haut vol et se trouvait dans leur appartement, au dernier étage d'un immeuble en grès rouge. « Baiser et faire la cuisine, telles sont leurs spécialités », m'avait dit le type, un agent de change de la Banque de Tokyo qui m'avait donné leur numéro. Il avait également ajouté en détail qu'elles étaient excessivement douées dans les deux matières. *Domo arigato*, lui dis-je. Il fallait le reconnaître, ces hommes d'affaires japonais méritaient un coup de chapeau. Si c'était dans l'île de Manhattan et qu'il y avait une sollicitation sexuelle, ils pouvaient vous fournir toutes les informations.

Alicia et Stefanie nous accueillirent tous les quatre chez elles à neuf heures et quelque. Un seul mot, superbes. Et sympathiques. Des allures de mannequin sans la moue boudeuse. En hôtesses polies qu'elles étaient, elles demandèrent si l'un d'entre nous désirait une pipe avant le dîner. Dwight leva le doigt comme un écolier. Ce spectacle à lui seul valait les quatre mille dollars que je crachais pour être ici avec eux.

Elles savaient vraiment faire la cuisine. Un gaspacho maison aux herbes de la terrasse pour commencer, suivi d'un loup du Chili bien grillé et pas trop gras. Une tarte au citron et un café vanille-noisette couronnèrent le tout. Bien joué, les filles.

Nous nous retirâmes dans leur salon, où nous bûmes du cognac et où nous pûmes choisir ce que nous voulions fumer. Cigares, cigarettes ou herbe. Le plus excitant, pour moi du moins, était que les filles étaient cultivées ou, je dirais, s'exprimaient comme si c'était le cas. Alicia connaissait bien l'existentialisme et était capable de citer Simone de Beauvoir à volonté. Stefanie, à son grand crédit, était mordue de peinture. Elle aimait particulièrement Léger et était allée jusqu'à visiter son musée à Biot, en France. Encore que, tout bien considéré, ce qu'elle préférait c'était la salle Van Gogh du musée d'Orsay.

— Vraiment ? lui dis-je. J'ai justement l'intention d'aller à Paris au mois d'avril.

Puis vint le sexe. Pour être franc, c'était, ce soir-là, mon unique tentative de manipulation. Puisque le sort m'était favorable, je pensais pouvoir peut-être faire, une fois pour toutes, quelque chose pour atténuer mon sentiment de culpabilité à l'égard de Connor. Si je réussissais à l'amener à tromper Jessica, raisonnais-je, je me reprocherais moins notre liaison. Et pourtant, il avait beau avoir bu, il refusa. Quand je lui demandai quelle fille il préférait, il secoua simplement la tête en riant.

C'était un sérieux revers. Que Connor demeurât fidèle même devant des corps tels que ceux d'Alicia et de Stefanie me donna plus mauvaise conscience encore. Je refusai le sexe d'après-dîner, en plaisantant sur l'effet de meute. Au lieu de cela, je me resservis un petit verre d'alcool et tentai de m'étourdir.

En revanche, les deux célibataires n'étaient guère enclins à refuser quoi que ce soit. Tandis que Connor et moi allions dans le living regarder Robin Byrd à la télévision, Menzi et Dwight s'isolèrent en compagnie d'Alicia et de Stefanie dans des chambres séparées. Les filles avaient au départ suggéré une partie carrée, mais Menzi et Dwight étaient de tels homophobes qu'ils ne voulurent rien entendre.

Lorsque enfin nous fîmes nos adieux peu après minuit, les deux garçons titubaient de la plus heureuse façon. Ils n'avaient pas été déçus, sauf quand ils avaient voulu demander à Alicia et à Stefanie leur numéro de téléphone. C'est là qu'on leur avait expliqué les règles : jamais deux fois les mêmes clients. Ce ne serait pas aussi spécial, expliquèrent les deux filles. Incroyable. Il fallait qu'elles fussent parfaitement au courant du bouche à oreille dont elles bénéficiaient pour refuser ainsi des clients.

Après avoir roulé un peu dans la limousine, nous fîmes un dernier arrêt au Whiskey Bar. Vous vous seriez douté que Menzi et Dwight avaient eu leur compte pour la soirée. Ou peut-être pas. A peine fûmes-nous à l'intérieur que leurs yeux s'allumèrent devant la surabondance de talents qui garnissaient les murs.

— Comme des harengs en caque, dit Dwight.

— Tu es sûr que vos cannes ne sont pas trop fatiguées ? demandai-je.

— Tu rigoles, répondirent-ils en chœur.

Après avoir commandé une tournée, j'annonçai que je devais aller aux toilettes. Le taxiphone se trouvait au sous-sol près d'un distributeur de cigarettes. Quatre sonneries.

— Allô ? dit-elle.

— C'est Philip.

— Il est tard.

— Désolé, dis-je.

— J'étais en train de dormir.

— Encore désolé.

— Tu as l'air ivre.

— C'est parce que je le suis.

— Je raccroche.

— Attends ! Tout va bien. Un peu beurré, c'est tout.

— Qu'est-ce que c'est que cette histoire de tournée des grands ducs à tes frais ?

— Tu en as parlé avec Connor ?

— Oui, avant qu'il quitte le bureau.

— Oui, c'est vrai. Ce soir, c'est moi qui invite.

— Pourquoi ?

— Sans raison particulière.

— Je ne te crois pas.

— Je ne peux pas être gentil avec mes amis ?

— Tu n'es pas si gentil que ça.

— Je change peut-être.

— J'en doute sérieusement.

— Es-tu libre pour déjeuner demain ?

— Peut-être. Si je ne suis pas trop *fatiguée*.

— Très drôle.

— Merci.

— Est-ce que tu y penses parfois ? demandai-je.

— A quoi ?

— Dans une autre vie... toi et moi.

— Tu es vraiment ivre.

— Je parle sérieusement.

— Je vais raccrocher.

— Tu vois, je savais que tu y avais pensé.

— Tu es un enfoiré d'arrogant, tu sais ça ?

— Je ne te plairais pas autrement.

— Qu'est-ce que cela fait de moi ? demanda-t-elle, soupçonneuse.

— Une femme incroyablement désirable.

Elle raccrocha.

Je remontai juste à temps pour assister au premier coup de poing. Je n'avais pas besoin d'explication pour savoir ce qui était arrivé — Dwight s'était intéressé d'un peu trop près à la petite amie d'un autre gars. En me précipitant, je vis que le type en question était le genre athlète, vêtu d'un short et d'un tee-shirt J. Crew sur un torse musclé. Il envoya un crochet du droit dans la mâchoire de Dwight

Naturellement, un des problèmes que connaissent ces

athlètes est qu'ils confondent leur capacité à soulever des poids avec leur capacité à se battre. Un autre est qu'ils songent rarement, sinon jamais, à voir qui sont les amis de leurs adversaires. Comme Dwight reculait sous l'effet du coup, Menzi — un ancien ailier d'All-Ivy — entra dans la danse, referma les doigts d'une de ses énormes mains et, avec le poing ainsi obtenu, entreprit de démolir le gars d'un upper-cut. Mais tout de même l'esprit chevaleresque n'était pas mort. Il se contenta de l'envoyer au tapis, saignant sur le parquet du bar.

C'était le moment de partir.

Avant que les videurs ne s'en mêlent, nous étions en sécurité à l'intérieur de la limousine. Dwight vida les derniers glaçons et les passa sur sa bouche dont l'un des côtés était déjà tuméfié.

— Doux Jésus, je m'en vais dans une seconde, dis-je. Mais qu'est-ce que tu as bien pu dire à cette fille, Dwight ?

— Rien, prétendit-il, parlant comme si on venait de lui faire une injection de Novocaïne. Je lui ai juste dit que je désirais tous les os dans son corps y compris l'un des miens.

Menzi renversa la tête en arrière.

— Enfoiré, j'aurais dû laisser son petit ami t'en mettre un de plus.

Et de rire et de plaisanter. Nous nous passâmes le Krug et bûmes à la bouteille. Quand elle fut terminée, il en fut de même de la nuit. Dwight fut débarqué en premier, suivi par Menzi. Chacun me remercia chaleureusement d'une aussi bonne soirée. Tous deux partis, Connor et moi pûmes allonger nos jambes.

— Est-ce que tu y as pensé ? me demanda-t-il.

— A quoi ?

— A en avoir pour ton argent avec nos deux très jolies hôtesses ce soir ?

— Si j'y ai *pensé* ? Oui. Mais à la fin, je crois que j'aurais trop peur que Tracy subodore quelque chose.

— Je vois ce que tu veux dire ; Jessica est un peu comme ça. C'est à croire que les mecs émettent un genre de phéromone quand ils trompent leurs femmes, et certaines d'entre elles le sentent.

— Particulièrement nos femmes, tu veux dire.

Il hocha la tête.

— Crois-tu que nous pourrions le sentir si c'étaient elles ?

Douze tasses de café, tel était l'effet de sa question. Très dégrisante.

— Tu penses toujours que...

— Que Jessica a un amant ? Non, je ne le pense plus, dit-il comme la limousine s'arrêtait devant chez lui. Je *sais* qu'elle a un amant.

Connor ouvrit la portière et sortit une jambe.

— Merci pour tout, Philip. A bientôt.

TRENTE-DEUX

Deux sonneries.

Elle décrocha.

— Jessica à l'appareil.

— Il faut qu'on se parle, dis-je.

— Ah, ça s'appelle comme ça, maintenant ?

— C'est sérieux ; il s'est passé quelque chose hier soir.

— Quoi ?

— Pas au téléphone. Au déjeuner... Midi et demi. Je serai le premier.

— Ce n'est pas un de tes stratagèmes pour me faire venir jouer, pas vrai ?

— J'aurais bien voulu.

La météo avait prévu une légère averse. Nous fûmes gratifiés d'un déluge en milieu de journée. Les épaules rentrées sous mon parapluie, je me dirigeai vers l'hôtel vers midi quinze. Je ne pris pas la peine d'emporter mon sac de sport-alibi. Susciter la curiosité au bureau n'était plus mon premier souci.

Connor avait refermé la portière de la limousine si rapidement que je n'avais même pas pu le rappeler. J'avais entendu ce qu'il avait dit ; mais je ne savais pas ce que cela signifiait. Ou du moins, ce que cela signifiait vraiment.

« Je *sais* qu'elle a un amant. »

Jessica et son foutu silence éloquent. Ça recommençait. A nouveau, elle se montrait froide avec Connor. Il me faudrait revenir sur un sujet qui, la première fois, l'avait amenée à ne plus m'adresser la parole. Mais aujourd'hui j'allais aborder la discussion avec plus de prudence. C'était trop important.

Encore une fois.

Je me montrai bref avec Raymond en prenant la chambre. Je ne pus m'en empêcher. Il voulait me dire combien sa mère me remerciait pour l'argent que je lui avais donné, et tout ce que je voulais c'était monter et appeler Jessica. Plus vite je l'appellerais, plus vite elle viendrait. Sentant mon impatience, Raymond s'excusa de me prendre mon temps. Je lui expliquai que j'avais des problèmes. S'il parut comprendre, il ne me sourit pas en me tendant la clé de la chambre.

— Jessica à l'appareil, dit-elle.

— Chambre sept cent deux, lui dis-je.

— Entendu.

Je raccrochai et me remis à marcher de long en large. Dehors, la pluie battait violemment contre les carreaux. J'essayai de m'asseoir sur le lit, mais c'était inutile. J'étais trop nerveux. Je me levai et recommençai à faire les cent pas. Pour la première fois, Jessica et moi allions être ensemble à l'hôtel sans faire l'amour. Pour environ cent soixante-quinze dollars de moins, nous aurions pu nous parler au restaurant. Mais au restaurant on court le risque de tomber sur quelqu'un qu'on connaît quand on s'y attend le moins ou qu'on le désire le moins, Manhattan avait une étrange façon de vous faire ça. Et puis, la perspective d'avoir à dire à Jessica de se calmer, ou pis de me dire à moi-même de me calmer, au milieu d'une foule de spectateurs suffit à me convaincre que c'était de l'argent bien dépensé. Les démonstrations publiques d'hystérie étaient, à mon sens, quelque chose dont il valait mieux être le témoin que l'acteur.

Une minute plus tard, on frappa à la porte. Dieu merci, elle était venue vite. J'allais ouvrir et la faire entrer.

Mais ce n'était pas elle.

— Tu attendais quelqu'un d'autre ? dit-il.

Ce fut terrifiant au-delà de toute mesure, l'instant de vérité. J'étais cuit.

Je me trouvais nez à nez avec Connor.

— Oui, c'est bien ce que je pensais, dit-il en voyant mon expression.

Il passa devant moi et pénétra à l'intérieur de la chambre. Il portait un imperméable qui s'arrêtait aux chevilles, mais n'avait pas de parapluie. Il était trempé.

Je refermai la porte et me retournai. Connor s'était assis dans l'un des fauteuils placés près de la fenêtre. Ses yeux plissés étaient fixés droit sur moi, luisant de colère rentrée qui, chez lui, était beaucoup plus menaçante que toute autre passion incontrôlée.

— C'est donc ici que ça se passe, hein ? dit-il en embrassant la pièce du regard.

Je bredouillai :

— Comment... as... tu...

— Nous y viendrons dans un petit moment. Dis-moi, est-ce que c'est, mettons, votre chambre habituelle, ou est-ce que vous aimez changer et en prendre une différente chaque fois ?

Je commençai à dire quelque chose. Je ne sais plus quoi exactement. Une tentative vaine d'expliquer que les choses n'étaient pas ce qu'il croyait... le mot clé étant *vaine*.

Connor leva la main.

— Tu ne m'as pas répondu. *J'ai dit : est-ce que c'est votre chambre habituelle ou est-ce que vous prenez une chambre différente chaque fois ?* Je crois que tu pourrais me faire l'honneur de répondre à ma question étant donné que tu baises ma femme.

— Connor...

— Réponds-moi, merde !

— Une chambre différente chaque fois, dis-je en avalant mes mots.

— A la bonne heure, tu vois, ce n'était pas si difficile. Je crois que c'est logique, tu sais, de prendre des chambres différentes — puisque vous êtes amateurs de *changements* et tout ça.

— Comment ? répétai-je.

Comment avait-il su ?

Connor glissa la main dans son imperméable et en sortit une feuille de papier plié.

— Voici comment, dit-il. Elle est arrivée à mon bureau hier matin, envoyée par l'exécuteur testamentaire d'un certain Tyler Mills. D'autant plus étrange que je ne l'ai croisé qu'une seule fois. Appelons ça une lettre d'outre-tombe.

J'écoutais, stupéfait. Même mort, Tyler avait gardé son emprise sur moi.

— Tu as envie d'entendre ? demanda Connor. Parce que, moi, j'ai envie de te la lire.

— Je préfère que tu ne le fasses pas.

— Dommage, dit Connor.

Puis il cita Mick Jagger, quoique pas nécessairement exprès.

— On ne peut pas toujours obtenir ce qu'on veut.

Il déplia le papier, s'éclaircit la gorge et lut :

Cher Connor,
Je ne peux pas vous dire à quel point je suis marri que vous lisiez cette lettre. Car si vous la lisez... je suis mort.
Si vous ne vous souvenez pas de moi, je vous ai rencontrés, vous et votre femme, chez Balthazar, un soir que vous étiez en train de dîner avec Philip et Tracy Randall. Je suis celui qui vous a fait porter la bouteille de champagne.
Même si les apparences étaient alors trompeuses, ma présence au restaurant était loin d'être une coïncidence. En réalité, elle était un des actes d'un drame souterrain dans lequel vous jouiez un rôle bien malgré vous. Je crois que le moment est venu pour vous de savoir ce qui se passait.
Pour dire les choses simplement, je savais des choses que Philip souhaitait désespérément que personne ne sache. Particulièrement vous. Et comme l'un des avantages d'être mort est de ne plus avoir à s'inquiéter d'être trop direct, voici :
Philip baise votre femme.
Mais surtout, ne me croyez pas sur parole. Vérifiez par vous-même. Lui et votre femme se retrouvent à l'hôtel Doral Court, deux ou trois fois par semaine.
Quant à la raison pour laquelle j'ai éprouvé le besoin d'écrire cette lettre ? Je laisse Philip tenter de vous l'expliquer. Je suis sûr qu'il aura inventé une bonne histoire d'ici là. Je suppose que c'est pourquoi les avocats sont des avocats. Mais, comme je l'ai dit, je

savais des choses que Philip souhaitait désespérément que personne ne sache. Et maintenant — presto ! — je bouffe les pissenlits par la racine.

Ce n'est pas un pétard mouillé.

La vengeance est un plat qui se mange froid.

Tyler Mills.

PS : Quand vous confondrez cet enfoiré — et quelque chose me dit que vous le ferez —, souvenez-vous de l'appeler Philly. Il déteste ça.

Connor acheva sa lecture. Je le vis lentement replier la lettre et la ranger dans son imperméable.

— Hier, tu le savais déjà ? demandai-je, totalement incrédule.

— Incroyable, hein ? s'esclaffa-t-il. Mais, je me suis dit : présumé innocent tant qu'il n'est pas déclaré coupable, tu vois ? Naturellement, quand je t'ai suivi hier, le seul endroit où tu es allé déjeuner, c'était une cafétéria. Alors hier soir, j'ai attendu, je me suis mis un bœuf sur la langue — sauf au dernier moment, dans la limousine. Pardonne-moi, je n'ai pas pu résister.

— Connor, il me faisait chanter.

— Alors tu l'as tué ?

— Je ne l'ai pas tué. J'ai voulu le tuer, j'ai tout arrangé pour le tuer, mais je n'ai pas pu aller jusqu'au bout. Tyler est mort en essayant de me tuer, moi. C'était un accident.

— Un *accident* ? dit Connor.

Il secoua la tête, tout à fait sceptique.

Je commençai à dire autre chose. Cette fois encore, je ne sais plus quoi exactement. Sans doute que Tyler était un psychopathe doté d'une imagination hyperactive. Ce qui est sûr, c'est que je divaguais.

— Arrête ça, m'ordonna Connor. Cela ne fera qu'aggraver les choses.

Comme si l'abîme avait un fond...

J'étais donc là, le premier choc cédant la place à une sorte de panique prolongée qui m'éclairait sur toute l'étendue de la situation telle qu'elle se présentait. Toute son ampleur. Pris en flagrant délit d'adultère avec sa femme et impliqué dans le meurtre d'un autre homme pour couronner le tout. Il le savait, je le savais. Nous avions la vérité, elle était parfaitement pertinente. Ce qu'il restait à découvrir c'étaient les conséquences.

— Qu'allons-nous faire ? demandai-je.

— Attendre.

— Quoi ? dis-je.

Mais j'avais compris.

— Pas quoi... qui.

Jessica, naturellement. Il fallait que Connor le voie de ses propres yeux. Elle, pénétrant dans la chambre pour me retrouver. *Moi !* Entre tous les hommes. Qu'elle eût un amant, il en avait eu le soupçon ; que l'amant fût moi — le type à qui il avait confié ce soupçon... qui lui avait dit de ne pas s'inquiéter, que c'était juste une mauvaise passe — eh bien, comme je l'ai dit, il fallait qu'il le voie de ses propres yeux.

Comme en réponse à un signal, on frappa à la porte.

— Permets-moi, dit Connor.

Il se leva de son fauteuil et marcha jusqu'à la porte. Je m'assis sur le lit. Dans ces circonstances, faire les cent pas me parut un peu inapproprié. Bizarrement, si je n'avais pas été l'acteur principal de toute cette histoire, celle-ci m'aurait semblé fort amusante. Mais c'était à *moi qu'elle arrivait* ; et elle était sur le point d'arriver aussi à Jessica. Je ne pus regarder.

J'entendis Connor ouvrir la porte. Il ne prononça pas un mot. Je me dis que c'était inutile — pour un couple marié une telle conjonction se situait littéralement au-delà des mots. Quant au premier bruit que j'entendis, rien ne pourrait mieux le décrire que le jappement d'un animal blessé. Aigu et triste. Il fut suivi par quelque chose que j'aurais pu prévoir, pour la simple raison que j'y avais, brièvement, songé moi-même.

Jessica prit la fuite.

Elle ne courut pas bien loin. J'entendis Connor la rattraper dans le couloir. Entre ses sanglots et ses « Non ! » suppliants, il dut pratiquement la traîner pour la ramener dans la chambre. De toute ma vie, je n'avais eu un tel sentiment d'impuissance qu'à cet instant-là.

Nous sommes humains, après tout, et ne serait-ce que pour cela, j'imagine que Connor tirait de cette situation un certain degré de satisfaction. En dépit du chagrin, en dépit de l'amertume, il avait réussi à créer les conditions d'un véritable Waterloo pour Jessica et moi. Il tenait sa chance de prononcer le châtiment des châtiments.

Il jeta Jessica près de moi sur le lit et reprit sa place dans le fauteuil placé près de la fenêtre. Jessica gardait les yeux baissés sur le couvre-lit et sanglotait. Je la croyais dotée d'une forte personnalité — la New-Yorkaise de souche — capable d'encaisser les coups s'il le fallait. En même temps, j'avais compris que chacun possède son propre point de fusion. Elle était parvenue au sien. Elle n'était pas de taille à affronter une telle crise.

— Bon, si on commençait ? dit Connor.

J'écarquillai les yeux. *Si on commençait quoi ?*

— Est-ce que vous parlez d'abord un peu, ou est-ce que vous allez droit au but ? Je crois deviner que vous allez droit au but, mais est-ce que je sais ? dit-il avec un rire dénué d'humour. Est-ce que j'ai jamais su ?

— Connor, tu ne parles pas sérieusement, dis-je.

— Je veux juste voir ce que j'ai raté, c'est tout, fut sa réponse. Allez, maintenant vous pouvez faire comme si je n'étais pas là. Ça ne devrait pas être trop difficile.

Ridicule, pensai-je. Compréhensible, peut-être, mais ridicule tout de même. Son attitude pouvait évoquer maints adjectifs. Mais sérieux n'était pas du nombre.

Ou bien si ?

— Tu crois que je plaisante, hein ? me dit Connor.

— Je ne sais pas quoi penser, lui dis-je.

— Je suis sérieux. Je veux que tu baises ma femme.

— Putain, Connor...

— Quoi, elle n'est plus assez bonne pour toi ?

— Connor, s'il te plaît...

— Non, il ne s'agit pas de ce qui me plaît, mais de ce qui lui plaît à elle, mon pote. Tu es mon pote, pas vrai ?

— C'est de la pure folie. Tu sais très bien que je ne ferai pas ce que tu demandes.

Connor se mit à secouer la tête. Il glissa à nouveau la main dans son imperméable. Une nouvelle lecture de la lettre de Tyler, cette fois destinée à Jessica : c'est ce que je crus qu'il allait faire.

Je me trompais.

— Je ne te le demande pas, dit-il en le braquant sur moi. C'était brillant. Chromé. C'était un revolver.

Je n'avais jamais pensé que cela pouvait arriver. Ça y était. Facteur de risque 10.

Les choses qu'on oublie et les choses dont on se souvient. Connor et moi, seuls à la table du Gotham Bar and Grill. Il me raconte ce qu'il ferait au type qui était l'amant de Jessica. *Je le tue. Je prends un revolver et je lui explose les couilles, à cet enfoiré !*

Je baissai les yeux sur le canon du revolver puis les levai sur Connor. Je regardai Jessica. Juste à temps pour la voir redresser la tête et se rendre compte que les enjeux étaient probablement montés d'un cran.

— Connor, mais qu'est-ce que tu fais ? cria-t-elle.

— Que crois-tu que je suis en train de faire, bordel ? rugit-il, au bord de la démence.

Parle-lui, me dis-je. Au fond de lui, il a toujours été quelqu'un de raisonnable.

— Connor, écoute-moi, dis-je, le plus calmement possible. Je crois qu'il n'y a pas de danger à dire que nous sommes tous en train de vivre le pire jour de notre vie. Mais quelque chose peut le transformer en putain d'enfer si tu appuies sur la gâchette.

— Et c'est toi qui dis ça, répliqua Connor. La seule personne ici qui ait déjà tué quelqu'un, pas vrai, *Philly* ?

Il tendit le cou pour voir derrière moi.

— Dis donc, chérie, tu savais ça ? Je crois que ton amant a tué Tyler Mills parce qu'il était au courant de votre liaison. Quel héroïsme !

— Je t'ai dit que je ne l'ai pas tué.

Je regardai en direction de Jessica et vis que la confusion se mêlait maintenant à sa peur.

Connor arma le revolver.

— Alors, tu vas baiser ma femme ou quoi ?

Au diable le raisonnement. Le Connor que je connaissais, ou peut-être que je croyais connaître, n'était pas dans cette pièce.

Désormais, les jeux étaient faits.

— Tu veux que je la baise ? hurlai-je. Je vais la baiser ! Je vais la baiser comme tu n'as jamais été foutu de le faire !

— Arrête ! cria Jessica.

Mes mots résonnèrent tandis que, dans les yeux de Connor, la fureur débordait, son visage s'enflammait et virait à l'écarlate.

— Tais-toi ! me lança Connor.

Il se leva. Son bras s'immobilisa, plié à angle droit, brandissant le revolver braqué plus près de mon corps.

— Tais-toi, lança-t-il à nouveau.

Mais je ne me taisais pas.

— Pourquoi crois-tu qu'elle venait ici, hein, Connor ? Parce que tu ne la satisfaisais pas, voilà pourquoi ! C'est ce qu'elle m'a dit. Mais moi, je la satisfaisais. Tout le temps, sans exception. Et figure-toi qu'elle en redemandait. Elle n'en avait jamais assez. INSATIABLE, ELLE ÉTAIT !

C'était une tirade, une tirade mesquine. Mais c'était aussi autre chose. Une ruse. Une manière de détourner l'attention de Connor... de m'interposer entre lui et le revolver au moyen de la tache aveugle qu'était à présent son esprit. Il fallait juste qu'il s'approche un peu plus de moi.

— TAIS-TOI ! hurla encore Connor.

Derrière moi, j'entendais Jessica s'efforcer de retrouver sa respiration. Elle voulait hurler, mais elle ne pouvait pas. C'était comme si elle suffoquait — le cri s'emparant de tout l'espace dans la pièce jusqu'au moment où il ne restait plus d'air à respirer. Devant moi, je voyais Connor osciller d'un côté puis de l'autre tout en avançant imperceptiblement. Le revolver tremblait, lui-même craquait. Son visage était-il encore mouillé de pluie ? Non. C'étaient des larmes qui ruisselaient sur ses joues. Trente centimètres de plus et je tiendrais ma seule et unique chance.

Connor plongea en avant, possédé par ses démons.

— JE JURE DEVANT DIEU QUE JE VAIS TE TUER ! hurla-t-il.

Je plongeai. Mains tendues, les yeux grands ouverts fixés sur le métal brillant qu'il serrait dans son poing. Ses doigts cherchèrent la gâchette et je touchai au but avant qu'il pût la presser. Un sandwich au revolver, voilà ce que nous étions. Tous les deux luttant pied à pied, oscillant de gauche à droite, d'avant en arrière, le revolver entre nous. Pour Jessica, ce devait être la danse la plus terrifiante qu'elle ait jamais observée.

Plus tard, ils me reviendraient dans leur entier. Les détails. Trop petits pour être enregistrés tout de suite dans le brouillard du moment. L'odeur d'humidité de l'imperméable de Connor, les épaules trempées. La manière dont ses narines se gonflaient et laissaient échapper ces grognements sonores et brefs. Le froid du canon du revolver dans ma main, sa douceur compacte, tandis que je luttais pour le détourner de mon corps et par défaut de le tourner vers celui de Connor.

L'un de nous deux allait devoir céder.

Je pouvais affirmer avoir connu une foule de choses dans ma vie jusqu'à cet instant-là. Me faire descendre n'en faisait pas partie. Si l'explosion elle-même me transperça les tympans, ce fut la chaleur contre mon ventre qui me sidéra vraiment. Plus encore que le cri perçant que poussa Jessica devant Connor et moi, foudroyés.

Le revolver tomba au sol et nous restâmes là, à nous regarder l'un l'autre. Sans ciller.

J'ignore combien de temps cela dura, nous deux comme des statues. Je suis sûr que ce ne fut pas aussi long que l'impression que j'en garde. Mais quand les yeux de Connor commencèrent à papilloter — lorsque enfin il cilla — je baissai les yeux. Je vis du sang... du sang sur nous deux.

Plus de sang sur Connor.

La poudre qui s'enflamme derrière la balle. Une poussée de gaz brûlant. C'était cela que j'avais senti sur mon ventre. Mais je n'avais pas besoin de chercher le trou d'entrée de la balle. C'est à Connor que revenait cette funeste tâche. Ce fut son tour de baisser les yeux. A l'intérieur de son imperméable ouvert, il vit le sang que je voyais. Alors seulement il fut évident qu'il ne s'agissait que du sien. C'était Connor qui avait reçu la balle.

Ses jambes cédèrent sous lui et je le rattrapai au moment où il s'effondra. Le dernier pas de notre danse macabre. Je l'allongeai sur le sol et un filet de sang rouge sombre commença à s'échapper de sa bouche. Il ne me voyait pas ; il voyait à travers moi. Son regard était lointain, plus lointain chaque seconde.

— Je suis désolé, lui dis-je, en chuchotant.

Tellement, tellement désolé. Je ne saurai jamais s'il m'a entendu.

La pluie continuait à frapper aux carreaux. Des doigts pianotant au hasard contre les vitres. Dehors, derrière le rideau de pluie, j'entendais le beuglement ponctuel d'un avertisseur sonore et les autres bruits qui faisaient la ville.

A l'intérieur, Connor, mort, gisait sur le sol.

Jessica laissa monter une plainte incrédule, frappant du poing contre le lit sans pouvoir s'arrêter. Elle m'avait vu lui tâter le pouls et quand je m'étais retourné vers elle, le visage sans expression, elle avait compris qu'il était parti.

J'allai jusqu'à elle, mais elle me repoussa. Si je ne pouvais la consoler, je devais néanmoins la préparer. C'est ce qui m'a toujours frappé dans le déroulement de cette journée. Aussi étrange et dévastatrice fût-elle, je n'avais jamais un seul instant cessé d'être un avocat. Je n'avais pas pu m'en empêcher.

— Jessica, écoute-moi, parce que nous avons peut-être une minute devant nous avant que cette chambre se remplisse de monde, dis-je, ayant bon espoir de me faire entendre. Quand les flics seront là, la première chose qu'ils vont faire, c'est nous séparer. Ils nous demanderont à chacun ce qui s'est passé et vérifieront que nos déclarations correspondent. Il faut qu'elles correspondent, tu comprends ? Il *faut* que nos versions correspondent.

Je savais ce qu'elle était probablement en train de penser. Mon indécence à être aussi calme après ce qui venait d'arriver. Cela m'était égal. J'avais littéralement le sang de Connor sur les mains. Il y avait un tas d'explications à fournir, et je ne pouvais pas me permettre de laisser Jessica se rappeler une chose et moi une autre. Bien que sur le moment ce fût la préoccupation probablement la plus éloignée de son esprit.

Jamais un seul instant cessé d'être un avocat... pas pu m'en empêcher.

Je lui expliquai les tenants et les aboutissants. Points un et deux : c'était un mari jaloux décidé à se venger. Il avait une arme et ce qui s'était passé ensuite était de la légitime défense. Bien qu'il fût difficile de lui parler en ces termes, le véritable point noir concernait Tyler. Connor avait fait plus que sous-entendre que je l'avais assassiné.

Je pouvais déjà entendre la question des flics : « Votre mari a-t-il dit autre chose, madame Levine ? »

Lentement, je fis pivoter le corps de Jessica vers moi. Pour le point trois, j'avais besoin du contact visuel. Peut-être me faisais-je comprendre d'elle, ou bien n'était-ce que l'effet de son état d'épuisement total. Qu'importe. Tout ce que je vis c'est qu'elle ne résistait pas. Elle ne me repoussa pas.

— Jessica, il y a autre chose et je sais que cela a dû te perturber. Connor, je crois, m'a accusé du meurtre de Tyler. Il avait dit quelque chose du même genre avant ton arrivée, mais je ne savais pas de quoi il parlait. Je n'ai rien à voir avec la mort de Tyler, Jessica. J'ignore ce qui a pu pousser Connor à dire cela. L'important est qu'il ne faut pas en parler à la police, tu comprends ? Autrement, nous serions impliqués tous les deux.

Elle était encore en état de choc, elle tremblait, très pâle.

— Tu comprends ? répétai-je.

Elle hocha la tête imperceptiblement.

La seule pensée qui me vint à l'esprit fut Dieu merci Connor ne lui a jamais lu cette lettre.

La lettre !

La présence d'un revolver fumant dans la pièce était déjà bien assez. Je n'allais pas en rajouter.

D'un bond, je m'écartai du lit et me penchai au-dessus de Connor. En même temps, j'entendis des pas courir dans le hall, des voix s'approcher de la chambre. A genoux, je fouillai dans son imperméable à la recherche de la feuille de papier. Je l'avais vu la remettre, alors pourquoi ne la trouvais-je pas ? *Merde, où était-elle ?*

Je cherchai encore, comme un fou. Les voix et les pas se rapprochaient. Mauvais, Philip, très mauvais. Sans cette lettre, tu peux dire adieu à...

Elle était là.

Il ne me restait pas plus d'une seconde. Je la trouvai, la pris, et la fourrai dans ma poche. Plus tard, je la brûlerais.

Libre.

En levant la tête, je vis d'abord Raymond. Il s'était précipité dans la chambre avec un autre employé de l'hôtel, un type en costume sombre. Derrière eux, j'aperçus deux spectateurs, des touristes probablement, qui passaient la tête par la porte ouverte. A leur retour, ils auraient une bonne histoire à raconter à leurs amis.

Je vis Raymond embrasser la chambre du regard, ses yeux ricochant sur moi, Connor, Jessica et revenant à moi. Une fille, deux mecs et une bonne quantité de sang. Sachant ce qu'il savait déjà avant ce jour, j'étais presque convaincu que Raymond avait tout compris instantanément. Ma liaison avait cessé d'être un secret.

— Il est... ? demanda Raymond, en laissant la question en suspens.

Je hochai la tête.

— Oui.

Il était.

TRENTE-TROIS

A une certaine époque, le mot *retombées* me plaisait beaucoup ; j'aimais sa sonorité, j'aimais ce qu'il signifiait. D'ordinaire il s'employait dans une affaire de justice, une affaire que j'avais gagnée et les retombées étaient ce qui entrait dans la catégorie « Aux vainqueurs le butin ». Claques dans le dos, félicitations, et railleries à l'encontre de l'ineptie de l'adversaire. Tout cela couronné par une confortable commission ou un compromis sous la forme d'un dépôt sur le compte de mon cabinet — le compte qui me créditait de ma prime.

Comme les choses changent.

Le mot *retombées* ne me plaît plus.

Quand les policiers arrivèrent, ils firent exactement comme je l'avais dit à Jessica. Ils nous séparèrent aussitôt et nous interrogèrent isolément[1]. On barra l'entrée de la chambre à l'aide de ruban jaune et un groupe d'hommes informes, d'âge moyen, arriva. L'un muni d'un sac destiné

---

1. A l'hôtel, le directeur fut assez aimable pour mettre deux autres chambres à la disposition de la police. Celle dans laquelle on m'accompagna se révéla être l'une des chambres que j'avais occupées avec Jessica. Je la reconnus à cause de la tache d'eau laissée par un seau à glace sur la table de chevet. Jessica me l'avait fait remarquer comme un des exemples du relâchement de l'hôtel en matière d'entretien. Je crois que, cette fois-là, elle était au-dessus. (*N.d.A.*)

à recueillir des pièces à conviction, un autre d'un appareil-photo et un troisième qui semblait n'avoir rien d'autre à faire que fumer. Ils furent suivis par deux jeunes infirmiers musclés qui apportaient un brancard et un drap blanc pour en recouvrir Connor.

Je n'avais guère besoin de faire semblant d'être sous le choc. Je dis la vérité et rien que la vérité, le tout au moyen de phrases courtes et mesurées qui suggéraient un télégraphe. Mon seul péché fut le péché d'omission. Oui, j'avais une liaison extraconjugale. Le mari s'en était aperçu. (Il avait dû me suivre, présumai-je.) Il avait un revolver et avait dit qu'il allait me tuer ; en ces termes exacts, oui. Craignant pour ma vie, j'ai foncé sur lui et nous avons lutté. Le coup est parti accidentellement. J'avais eu de la chance, pas lui.

— Connaissiez-vous le mari personnellement ? demanda l'un des flics.

— Oui, c'était un am... commençai-je à répondre.

Je me repris. La fin de la phrase risquait de faire hausser un sourcil ou deux. *Drôle d'ami,* auraient-ils pensé.

— Oui, je le connaissais personnellement, fut ma réponse repensée.

Il y eut d'autres questions, très vraisemblablement les mêmes que celles déjà posées à Jessica dans la chambre dans laquelle ils l'avaient emmenée. S'était-elle tenue à la version prédéfinie ? Chaque fois que le flic hochait la tête après une de mes réponses, j'en concluais que oui.

Tiens bon, Jessica.

Ils auraient besoin de mes empreintes digitales, naturellement, pour les comparer avec celles du revolver, ainsi qu'une déclaration sous serment de moi et de Jessica au commissariat — pas le même commissariat que celui de mes amis inspecteurs, Hicks et Benoit, Dieu soit loué. (Aucune envie de leur faire ce plaisir.) J'appelai le bureau depuis l'hôtel et parvins à obtenir que Jack m'y retrouve. Si dans sa voix il n'y avait nul sous-entendu signifiant « c'est reparti », je savais que les répercussions seraient cette fois en mesure de faire plonger ma carrière chez Campbell & Devine. Sinon ma carrière tout entière. Penser autrement eût été me bercer d'illusions.

Comme je traversais le hall en direction des portes-tambours du Doral Court, les mêmes portes-tambours que j'avais tant de fois fait tourner après avoir retrouvé Jessica, mes pensées se dirigèrent vers Tracy. Ma future ex-femme. Je me demandai comment j'allais le lui dire. Quels mots j'allais choisir. Ou bien me contenterai-je de tout cracher, sans choisir ? Je consultai ma montre. Quinze heures vingt-cinq. Si tout se passait aussi bien au commissariat, je pouvais être rentré à l'heure à laquelle je rentrais généralement après le travail. Je pousserais la porte de mon futur ex-loft, et Tracy, comme elle l'avait déjà fait un millier de fois, demanderait : » Comment a été ta journée, chéri ? »

Je marquerais un temps d'arrêt, je viderais mes poumons et peut-être, peut-être, commencerais-je ainsi : « C'est drôle que tu poses la question... »

Une façon comme une autre de commencer.

Mais tout cela me parut terriblement hors sujet dès l'instant où le souffle d'air humide me frappa à la sortie de l'hôtel sur les marches du perron. Là m'attendaient trois équipes de télévision locales, chacune emmenée par un piranha en fureur arborant une denture à jaquettes. Sous le crachin qui tombait encore après la pluie de tout à l'heure les journalistes se battaient pour être en bonne position tout en me brandissant leurs micros sous le nez.

— Que s'est-il passé à l'intérieur, monsieur Randall ? cria l'un d'entre eux.

— Est-il vrai que vous aviez une liaison extraconjugale ? cria un autre.

— Retrouviez-vous toujours Mme Levine ici, à cet hôtel, Philip ? cria un troisième.

Ils allaient me filmer, moi et mon regard signifiant « sans commentaires », après quoi, ayant repris les faits glanés ou devinés, ils monteraient un sujet d'actualité pour leur journal de dix-sept heures. Si Tracy n'avait pas allumé la télévision, on pouvait compter sur une bonne âme pour décrocher le téléphone et lui annoncer la nouvelle. Je serais étonné si elle n'avait pas déjà changé la serrure avant mon retour à la maison.

*

Jessica et moi restâmes séparés au commissariat. A dire vrai, je ne la vis pas une seule fois tout le temps que nous fûmes retenus. C'était aussi bien. J'étais sûr qu'elle avait pris contact avec sa mère et il m'eût été très pénible d'avoir à la regarder dans les yeux. Cette pauvre femme avait pensé n'avoir qu'un seul enfant difficile. A la lumière des derniers événements, son fils Zachary ne semblait pas si mauvais.

Jack arriva. Un Jack différent de celui que je connaissais. Ce genre de publicité n'était pas de son goût, et ses manières excessivement contenues n'étaient guère dans ses habitudes. Son expression me rappelait un peu celle de mon père lorsque j'avais emprunté sa Volvo sans sa permission et que j'avais eu un accident. Ma dernière année de lycée. Et c'était le désir de s'assurer que j'étais sain et sauf puissamment mêlé à celui de me tordre le cou. Une pilule amère qui avait un étrange goût de Methaqualone.

Sous la houlette de Jack, ma déclaration de légitime défense tint bon. Les résidus de poudre trouvés sur ma main furent les mêmes que ceux trouvés sur celle de Connor, preuve que nous tenions tous deux le revolver lorsque le coup était parti. Ajoutez à cela les règlements assez libéraux de l'Etat de New York concernant l'usage et l'interprétation de l'usage des armes à feu dans le cas où votre vie est menacée, et il devint clair que, pour la deuxième fois dans la même semaine, j'allais m'épargner la perspective de subir un viol collectif en prison.

Loué soit le droit.

La dernière chose que voulut savoir la police était si oui ou non j'avais l'intention de quitter le pays. Un peu comme quand on vous demande au moment d'enregistrer vos bagages avant un vol si vous n'avez jamais quitté vos valises des yeux. Ce sont des questions de pure forme.

J'étais un homme libre.

Les règlements de comptes, cependant, ne faisaient que commencer.

Quand Jack me dit au revoir tandis que nous quittions le commissariat par la porte de derrière, il m'engagea à prendre un ou deux jours de repos.

— Ensuite, dit-il, nous parlerons.

Je le remerciai pour son aide et me confondis en excuses pour ce qui se passait. J'attendais qu'il me tende une perche, qu'il dise en quelque sorte que tout n'était pas aussi grave que je le pensais, et que ces choses arrivaient. Mais je ne me faisais pas d'illusions. S'il était vrai que ces choses arrivaient, c'était à nos clients, pas à nous.

— Repose-toi, fut tout ce que Jack me donna comme réponse.

Pas vraiment une perche solide, me sembla-t-il.

Ma clé du loft ouvrait toujours. Mais Tracy était introuvable. Avaient également disparu sa grosse valise Tumi et une bonne partie de sa garde-robe. Parties à Greenwich, sans doute.

Je n'avais pas plus envie de rester dans le loft. Néanmoins, l'alternative — un hôtel — était quelque chose dont j'avais eu mon compte pour aujourd'hui, sans façons.

Et puis, ce serait peut-être moi qui ferais changer la serrure. Je revendiquerais les droits de l'occupant et les lieux deviendraient la forteresse de l'apitoiement sur soi-même. Venez me chasser, Lawrence Metcalf, si vous l'osez ! Je ne vous crains pas, vous et votre armée d'avocats ! J'ai Patton et son bloc-notes avec moi, et quand tout sera dit, il vous laissera tous sonnés.

Là-dessus, je vis que mon verre était à nouveau vide. Je me versai un autre scotch. Quatre ou cinq en vingt minutes ? Quelle importance ? Et puis, rien à foutre du verre. Pour quoi faire ? Téter la bouteille me parut nettement plus efficace.

Je sombrai dans l'inconscience vers peut-être dix heures.

Excepté qu'au lieu d'être noir, tout était blanc.

Du blanc partout.

Il y avait une grande pièce blanche, avec une grande table blanche et moi, vêtu des pieds à la tête comme si j'avais pillé le placard de Tom Wolfe. Autour de la table, étaient assises différentes femmes, des femmes que je connaissais ou que je reconnaissais. Il y avait Tracy et Jessica ; le duo de prostituées-restauratrices Alicia et Stefanie ; Rebecca, la serveuse du Gotham Bar and Grill ; et enfin Melissa, qui lors de notre dernière rencontre, au Lincoln Center, me lançait le contenu de son verre au visage. Toutes se moquaient, s'amusaient comme des folles, et quand elles ne riaient pas, elles mangeaient, engloutissant ce qui semblait un magnifique festin de nourriture disposée au centre de la table. Elles mangeaient avec les mains — pas de fourchettes, couteaux ou cuillères — et elles mangeaient tout ce qu'on peut imaginer : cochon rôti, gibier à plumes, chateaubriant ; homard, huîtres, et sashimi de thon ; pêches, prunes et nectarines.

Assis, je les regardais, mais elles ne me prêtaient aucune attention. Au début, toute cette nourriture — leur manière de se jeter dessus avec avidité — me donnait la nausée. Mais, plus je les regardais : Tracy se léchant les lèvres et Jessica se léchant les doigts, les sauces dégoulinant sur les seins nus d'Alicia et de Stefanie et leurs mamelons dressés, Melissa donnant la becquée à Rebecca qui prenait les petits morceaux de viande qu'elle balançait au-dessus de son beau visage et de ses yeux profondément enchâssés, plus j'avais faim. J'avais envie de me joindre à elles, de partager leur festin, de savoir de quoi elles riaient et de rire avec elles.

Mais je ne pouvais rien atteindre. La nourriture semblait toute proche, mais dès que je tendais la main, la moindre calorie semblait toujours reculer de quelques centimètres et me mettre davantage l'eau à la bouche. Je me levai, décidé à trouver le moyen de satisfaire mon appétit, mais plus j'avançais, plus la nourriture s'éloignait. Tracy et Jessica, Alicia et Stefanie, Rebecca et Melissa. La nourriture et les rires. Tout commençant à s'estomper et à se taire jusqu'au moment où je ne vis plus rien et où je n'entendis plus que le bruit de ma respiration, haletante et lourde. Je courais, cherchant à toutes forces à les rattraper, à m'asseoir de nouveau à la table. Je recommençais, recommençais encore, mais en vain, toujours en vain. Epuisé, je tombai au sol en suffoquant, roulant sur le dos et fixant les yeux sur la vaste étendue blanche qui me surplombait.

Surgie de nulle part, je vis une autre femme. Elle était plus âgée, grande, maigre comme un marteau à champagne, avec une peau d'albâtre et des cheveux blancs ramenés derrière les oreilles. Je ne l'avais jamais vue de ma vie, et je la voyais là, penchée au-dessus de moi. Elle n'était ni heureuse ni triste. Je la regardais tandis qu'elle me parlait. C'est à peine si je parvenais à l'entendre.

— Vous devez être Philip, disait-elle.

— Oui, répondis-je.

La femme me tendit la main : il y avait quelque chose entre deux de ses doigts. C'était blanc, petit et rectangulaire. Lentement, je le pris de sa main.

— Je m'appelle Evelyn Simmons, dit la femme d'une voix pleine d'échos, et j'ai été désignée pour vendre l'appartement.

Je ne rêvais plus.

En fait, je m'éveillais pour tomber en plein cauchemar.

J'étais couché dans mon lit, uniquement vêtu de mon caleçon et incapable de me rappeler quand j'avais ôté mes vêtements. M'étant frotté les yeux, je parvins à les fixer sur ce qui se révéla être sa carte de visite. Elle indiquait qu'Evelyn Simmons était agent immobilier du groupe Pickford. C'était une agence new-yorkaise qui ne traitait strictement que des affaires à six zéros au moins (1 000 000 de dollars et plus).

Evelyn agita un trousseau de clés.

— Pardonnez-moi d'entrer ainsi, dit-elle, mais on m'a demandé de le faire.

Elle ne précisa pas qui, c'était inutile. Je ne savais que trop bien au nom de qui était rédigé l'acte de propriété du loft.

— Je suis venue visiter l'appartement, reprit-elle, afin de l'évaluer. Cela ne devrait pas être trop long.

Sacrée putain de blague.

Voilà ce que, plus ou moins, j'étais en train de me dire. J'avais beau être sonné et avoir la gueule de bois, je compris tout de suite que c'était exactement ce que Lawrence Metcalf devait espérer. Il était probablement assis tranquillement chez lui à Greenwich, en train de contempler l'eau, un gros bloody mary à la main, son Trésor dans son ancienne chambre au premier étage, toujours comateuse sous l'effet des deux Stilnox qu'elle avait dû avaler afin de pouvoir s'endormir la nuit dernière après avoir pleuré toutes les larmes de son corps. Oui, Lawrence Metcalf espérait que j'attraperais une crise, que je jetterais dehors son agent immobilier au cul osseux. Il savait qu'un homme en colère creuse ainsi plus vite sa tombe.

Je n'allais pas lui faire ce plaisir.

Je levai les yeux sur Evelyn Simmons quand j'en eus fini avec la carte de visite.

— Prenez tout votre temps, lui dis-je avec un faux sourire.

Hochant la tête, elle lança un bref regard gêné en direction de mon caleçon. C'est là que je compris que pendant tout ce temps l'éléphant avait montré sa trompe.

Je me levai, enfilai un pantalon, et fis de mon mieux pour ne pas tenir compte de la présence de mon invitée matinale, laquelle effectuait sa tournée en prenant des notes sur un bloc. Dix minutes plus tard, elle s'apprêtait à partir et je me servais une tasse de café.

— Quel bel appartement vous aviez là, me dit-elle en passant devant moi. Dommage.

Dommage ?

Lawrence Metcalf lui avait-il dit ce qui était arrivé ? J'en doutais. Elle avait parlé plutôt comme quelqu'un qui a vu le bulletin d'informations. Ou, peut-être, qui a lu les journaux du matin.

Ah oui, les tabloïds.

Après avoir raccompagné Evelyn Simmons du groupe Pickford à la porte, je mis un sweat-shirt et allai au kiosque le plus proche, les yeux baissés tout du long. Je tentai de me convaincre qu'il y avait une chance pour que l'affaire ait disparu dans une crevasse.

Difficile à croire.

« Liaison Mortelle », tel était le titre du *Daily News*. Hormis qu'ils avaient écrit mon prénom avec deux *l* au lieu d'un seul, ils avaient dans l'ensemble bien résumé les faits. Illustrant le court article, il y avait une photo de l'entrée du Doral Court. Si je ne pensais pas qu'une telle publicité pouvait nuire à la réputation de l'hôtel de façon irréparable, je présumais qu'elle ralentirait nettement leur marché des liaisons extraconjugales.

Pour sa part, le *Post* proposait sa version des faits. « Triangle amoureux fatal », annonçait la manchette. Pour ne rien gâcher, ils avaient réussi à se procurer des photos de nous trois et à les positionner de façon à former un triangle. Astucieux. Les photos de Connor et de Jessica semblaient récentes, mais la mienne avait visiblement été tirée de l'annuaire des étudiants de Dartmouth. Un lecteur lambda pouvait croire que Jessica les prenait au berceau. Quant à l'article lui-même, il disait qu'elle et moi « aurions » été pris en flagrant délit par Connor. Étant donné que le *délit* était ce que Connor nous avait précisément ordonné de

289

commettre devant lui, le vieil adage semblait s'avérer une fois de plus. La vérité dépasse toujours la fiction.

J'avais rapporté les journaux et je les lus devant un petit déjeuner composé d'aspirine et de café. Mon unique consolation était que, pour les deux journaux, je ne méritais pas de figurer en première page. Privilège réservé à Donald Trump qui, ainsi que le prouvaient les photos, était tombé amoureux d'un supertop en dansant lors d'une soirée de charité. « Bonne chance à Trump ! » déclarait le *Post*. « La chute du Donald » annonçait le *News*.

Sur le point de jeter les deux journaux à la poubelle, je pensai brusquement à mes parents — et au journal qu'ils tenaient sur mon frère et sur moi quand nous étions petits. Dès que leurs garçons faisaient l'objet d'un article dans la presse, ils le découpaient et le collaient dans cet album en simili-cuir brun qu'ils exposaient fièrement dans le salon. De temps à autre, je surprenais l'un d'eux à le feuilleter quand il se croyait seul.

Je me demandai s'il ne leur était jamais venu à l'esprit que les nouvelles ne seraient pas toujours excellentes.

Il faudrait que je les prévienne un jour.

TRENTE-QUATRE

Au bout de deux jours, il me devint très pénible de rester assis dans le loft en m'efforçant d'éviter tous les miroirs. Si un camion avait un raté d'allumage dans la rue, j'entendais le coup de feu. Je voyais Connor tomber par terre. Je sentais le poids de son corps dans mes bras.

J'avais toujours considéré que ma vie était exempte de routine, mais bizarrement c'était l'absence de certaines petites choses vraiment routinières qui soulignait la cruauté de ce qui était arrivé. Le rasage du matin. Le choix d'un costume. Celui de la cravate assortie. Si banal et à la fois si rassurant. Je n'aurais jamais cru. Ne plus être asservi à la routine était devenu l'un des signes les plus troublants des énormes bouleversements qui affectaient maintenant ma vie. Et qui continueraient à le faire.

Je décidai d'appeler Jack.

Peut-être forçais-je le destin. Si c'était le cas, tant pis. Si mes jours chez Campbell & Devine étaient comptés, je voulais le savoir. Le plus tôt serait le mieux.

Comme je l'ai dit, je n'avais aucune patience.

J'imaginais Donna devant le bureau de Jack au moment où je composai son numéro. Quand elle répondit, elle fit semblant de ne rien savoir et s'y prit très mal. Ce qui la trahissait, hormis qu'elle mâchait son chewing-gum, était qu'elle se montrait beaucoup trop polie.

Quand elle me demanda de patienter, je m'attendis à entendre la voix de Jack. Mais c'est elle qui revint au bout du fil.

— Il veut vous voir à la fin de la journée, vers six heures et demie. Pouvez-vous venir ? demanda-t-elle.

Oui, lui répondis-je.

Sans me parler directement, Jack avait réussi à en dire très long. La première chose qu'il me disait, en me donnant rendez-vous après les heures de bureau, c'était qu'il souhaitait qu'il y eût le moins de monde possible à mon arrivée. Ce qui semblait coller avec la deuxième — à savoir que la nature de notre discussion était telle qu'il ne voulait pas l'entamer au téléphone.

A six heures quinze je pris un taxi pour me rendre au bureau.

Cette fois, il n'y eut pas de clin d'œil. Quand je sortis de l'ascenseur et passai devant le portrait de Thomas Methuen Campbell, son regard serein me parut un peu sévère. Je sentis qu'il me suivait des yeux. Je pensai à ce que Jack avait dit un jour et me demandai s'il avait vraiment « consulté » Campbell à propos de ma situation. C'était certainement un préalable à toute décision délicate.

L'étage était pratiquement désert. Les seuls bruits provenaient des bureaux situés au bout du couloir qui conduisait à celui de Jack. Une fois plus près, je vis que la table de Donna était inoccupée. A l'heure qu'il était, elle se trouvait très probablement à bord du ferry de Staten Island. Je frappai à la porte entrouverte de Jack.

— Entre, me dit-il.

Le même bureau gainé de cuir nous séparait, mais à présent — vous me pardonnerez le symbole — il semblait beaucoup plus large. Au diable les banalités. Jack rangea aussitôt ses quelques papiers et alla droit au but.

— J'ai toujours été direct avec toi, Philip, et je ne vais pas m'arrêter maintenant, commença-t-il, en conservant cette expression neutre que je lui avais vue lors de notre dernière entrevue. C'est une question de chiffres, rien de plus, et comme si je n'étais pas capable de comprendre ça tout seul, Lawrence Metcalf s'est fait un plaisir de me l'expliquer. En résumé, c'est à peu près ça : si tu restes, beaucoup d'argent s'en va ; si tu t'en vas, beaucoup d'argent reste.

Jack secoua la tête.

— Tu as un beau-père formidable.

— J'*avais*, tu veux dire.

Jack acquiesça d'un signe de tête et poursuivit.

— J'aime penser que je suis un homme de principes. Quant à ce que cela signifie exactement, je l'ignore. Mais ce que je sais, c'est ce que je suis responsable du salaire de chaque personne derrière chaque bureau derrière toi. Cela dit, je n'ai guère le choix... je n'ai pas le choix du tout.

L'autre jour, je me suis rendu compte que nous sommes désormais parvenus à l'âge où, pour réussir, nous ne pouvons plus nous appuyer que sur notre instinct et notre intellect.

— Est-ce que je suis viré, Jack ? demandai-je.

Si on réfléchit bien, de l'âge de, mettons, vingt-huit à... euh, à peu près trente-quatre ans, nous sommes lancés, disons, sans filet.

— Seulement si tu ne démissionnes pas, dit-il.

Quand on est plus vieux, tout porte à croire qu'on aura réuni assez d'expérience personnelle, professionnelle, ce qu'on voudra, pour nous sortir de n'importe quel merdier.

— Je suppose que je n'ai guère le choix non plus, dis-je.

Et plus jeunes, voyons la vérité en face, on n'exigeait rien de nous de vraiment important, justement parce que nous n'avions aucune expérience.

— Non, je ne crois pas, dit-il. Je regrette, Philip.

Mais ces années intermédiaires — celles que nous vivons en ce moment —, c'est là que nous sommes réellement abandonnés à nous-mêmes.

— Moi aussi, dis-je doucement.

Nous échangeâmes nos adieux, rapides et prononcés du bout des lèvres, et j'étais sur le point de partir quand je pensai à une dernière chose. Un petit service que Jack pouvait me rendre — garder Gwen au cabinet, lui trouver un point de chute, peu importait lequel.

— Naturellement, me dit-il.

Je quittai son bureau sans rencontrer personne sur le chemin de l'ascenseur. Et puis, au détour du dernier couloir, je l'entendis. Le bourdonnement semblable à celui d'un moteur. Je le reconnus aussitôt. Shep et son fauteuil roulant.

Il n'y eut pas de longue conversation. Pas de silences

293

embarrassés. Pas de fausse compassion. Simplement Shep s'arrêta et leva les yeux vers moi.

— Regarde les choses ainsi, dit-il. Au moins, toi, tu peux marcher, putain !

Nos deux bouches sourirent.

Je lui serrai la main et lui promis de garder le contact.

— Foutaises, dit-il en riant.

Je savais que cet homme me plaisait.

*

Le lendemain matin, les placards et le congélateur étant pratiquement vides, je m'aventurai hors du loft et allai jusqu'à la cafétéria du coin pour manger un sandwich à l'œuf. Sur le chemin du retour, un petit homme me tapota l'épaule au beau milieu du trottoir. Sur son front était marqué *Tiers sans implication*.

— Philip Randall ? demanda-t-il.

— Envoie le paquet.

Ce qu'il fit précisément. Les papiers du divorce. Tracy n'avait pas été longue à demander la dissolution de notre mariage. Excepté peut-être pour le paiement des factures d'électricité, nos avoirs allaient être désormais gelés. La suite des événements allait assurément prendre la forme d'une attaque au bulldozer, ainsi qualifiée parce qu'elle ne manquerait pas de retourner toutes les pierres légales afin de me laisser sans le sou. Le tout orchestré par ce type qui tenait son bloody mary à la main, à Greenwich. Une fois passée la période de communication des pièces du dossier, mes frais d'avocat auraient atteint le montant du produit intérieur brut d'un pays en voie de développement.

— Bonne journée, monsieur Randall, dit le petit homme avec un sourire moqueur.

— Je vous emmerde, répondis-je.

TRENTE-CINQ

Une chose est sûre : ce n'est pas quand un type reçoit un coup de pied dans les couilles qu'il commence à avoir mal. Il y a un léger décalage. Un court séjour dans les limbes au cours duquel le cerveau est presque en position de déni. Il reçoit tous les messages, mais il semble refuser de répondre de façon immédiate.

J'avais conscience de tout ce qui était arrivé. Simplement, je ne traitais pas l'information. Mais quand je rentrai avec cette demande de divorce toute fraîche, tout parut s'enregistrer d'un seul coup. C'était la vie qui me rappelait à la réalité. La vie qui me disait — qui me hurlait plutôt — que, tout bien considéré, je n'étais qu'apparence extérieure. Que vernis. En couche fine et destinée à s'user. Je n'avais plus de femme, plus de boulot et bientôt, si Lawrence parvenait à ses fins, plus un sou. Il n'y avait pas deux façons de voir les choses.

Moi, Philip Randall, j'avais perdu mon brillant.

Et ça faisait mal à crever.

Je voulais en accuser Tyler. Sans lui, tout cet abominable gâchis n'aurait pas eu lieu. Je voulais en accuser Connor. Quelle idée de venir avec ce revolver ? Mais en fin de compte, ce que je voulais et ce qu'il me *fallait* étaient deux choses différentes. Parce que ce qu'il me fallait, c'était accepter la vérité. Je ne pouvais accuser personne d'autre que moi-même.

Oh, être jeune, innocent, et lancé dans les rues de la ville qui ne dort jamais.

*

Un nouveau jour se leva et passa.

Je décrochai le téléphone et le raccrochai peut-être une demi-douzaine de fois. *Jessica*. Ce que j'allais lui dire ? La question était plutôt : allait-elle me répondre ? Qu'elle ait joué le jeu au cours de l'interrogatoire de police était une chose. Qu'elle accepte de me revoir après que la poussière fut retombée en était une autre. Rien ne laissait penser que nous pouvions rester liés, encore moins vivre heureux pour le restant de nos jours. Absolument rien. Mais Jessica était tout ce qui me restait, et je mentirais si je disais qu'il n'y avait pas une part de moi qui s'accrochait à l'espoir, aussi ténu ou dément fût-il, que notre relation pouvait continuer. Je ne pouvais nier le fait que je l'aimais encore. En l'occurrence, à ce stade, je l'aimais encore plus.

Voilà donc l'effet que cela fait.

Elle poserait des questions et je serais franc avec elle quand ce serait possible, moins franc quand ce serait nécessaire. C'était cela ou ne plus la revoir ni lui parler. C'était inimaginable. Finalement, je décrochai le téléphone.

Ma première tentative fut chez elle et Connor. La voix enregistrée me dit que la ligne avait été suspendue.

Ma deuxième tentative fut chez sa mère. La même voix enregistrée me dit que le numéro avait changé. Je m'emparai d'un stylo pour noter le nouveau. Le nouveau numéro, disait la voix, était sur liste rouge.

Ma troisième tentative fut au bureau de Jessica. Je savais qu'elle n'aurait pas encore recommencé à travailler — au moins, je pouvais laisser un message. Mais au lieu de sa boîte vocale, j'eus une réceptionniste. Jessica Levine ne travaillait plus pour *Glamour*, me dit-elle. Je n'y avais pas pensé.

Toutes mes tentatives avaient avorté. Au cours des deux jours et nuits suivants je bus, rendis mes tripes et bus encore. Prochain arrêt, l'oubli total.

C'est alors que le téléphone sonna.

Il avait déjà sonné au cours de ces quelques jours. De nombreuses fois, en réalité. Des appels de Dwight, de Menzi et d'autres qui avaient notre numéro, et chaque fois en fixant le répondeur, je les avais écoutés laisser leur message. Certains pleins de sympathie, d'autres seulement pathétiques. Mais cet appel-là changea tout.

— Philip, tu es là ? C'est moi.

Pas d'erreur possible sur la voix, ni sur le fait qu'il ne me restait qu'un seul *c'est moi* dans la vie. Jessica.

Je me précipitai sur le téléphone et décrochai.

— Je suis là. Tu savais que je serais seul, hein ?

— C'est ce que je me suis dit, répondit-elle, d'une voix calme.

— Où es-tu ?

— Chez ma mère.

— J'ai essayé de t'appeler là-bas.

— Les journalistes ne me lâchaient pas. J'ai pris un numéro sur liste rouge.

— Je sais. J'ai aussi voulu te laisser un message au bureau. Qu'est-il arrivé ?

— J'ai démissionné, dit Jessica. J'aurais été incapable d'y retourner, pas là-bas, après tout ça.

Elle avait probablement raison.

— Tu sais, je me demandais si tu allais m'appeler un jour.

— J'allais ne pas t'appeler.

— Qu'est-ce qui t'a fait changer d'avis ?

— Le manque de sommeil, répondit-elle. Dès que je ferme les yeux, je me retrouve dans cette chambre d'hôtel. Je crois que je me suis dit...

Sa voix s'altéra.

— Que cela te ferait du bien de parler ?

— Peut-être... je ne sais pas. J'ai pensé que oui ; c'est pour ça que j'ai appelé, dit-elle, mais d'une voix de plus en plus hésitante. Seulement maintenant, je ne suis pas sûre que ce soit une bonne idée. Je crois que je vais te laisser, Philip.

— Jessica, attends, non, suppliai-je. Écoute, je sais combien tu dois souffrir. Les choses ne sont pas exactement faciles pour moi non plus. Ce qu'il y a, c'est que plus j'y pense, plus je me rends compte que... pour pouvoir affronter ce qui est arrivé nous devons d'abord nous affronter l'un l'autre.

— C'est impossible, dit Jessica, effrayée.

— Je sais que les choses ont l'air d'être ainsi.

— Non, vraiment, c'est impossible.

— Tu dois essayer, Jessica. Autrement, tu ne pourras jamais quitter cette chambre d'hôtel. Moi non plus.

Elle ne dit rien. Elle réfléchissait. C'était bon signe.

— Tu veux venir ici ? demandai-je.

J'attendis. Elle réfléchissait encore.

— Non, ce serait trop bizarre, dit-elle enfin.

Je comprenais. Après tout, c'était l'endroit où Tracy habitait, ou du moins, où elle avait habité.

— Dans un restaurant ? suggérai-je

Évidemment, si notre dernier rendez-vous avait eu lieu dans un restaurant...

— Peut-être, dit Jessica.

— Il faudrait que ce soit un endroit loin de tout, dis-je, tu vois ce que je veux dire.

— Trop bien, répondit Jessica. Certaines choses ne changent jamais.

— Non, n'est-ce pas ?

Là-dessus, Jessica accepta. Nous décidâmes de l'endroit et de l'heure. Au Nadine, dans West Village, à huit heures.

TRENTE-SIX

A huit heures moins deux minutes, je pénétrai chez Nadine et refusai la première table qu'on me proposa. Elle était près de la vitre. Celle du fond, expliquai-je, serait préférable. Le type qui donnait les menus haussa les épaules : *Comme vous voudrez.* J'étais heureux de constater que non seulement il ne me reconnaissait pas, mais que c'était apparemment le cas de tout le monde. Personne ne sursauta, personne ne se pencha pour chuchoter ou tendre le cou vers moi. Je m'assis et attendis Jessica. Il paraissait dans l'ordre des choses qu'ici aussi je fusse le premier arrivé.

Quant à mon aspect extérieur, c'était vraiment le jour et la nuit. Cet après-midi, quand Jessica avait appelé, j'approchais les soixante-douze heures sans m'être douché et plus longtemps sans m'être rasé. Les orgies d'alcool ont ceci de particulier qu'elles vous laissent peu de temps pour l'hygiène ou suppriment jusqu'au désir d'en avoir.

Mais ce soir, j'étais propre comme un sou neuf. J'oserais dire que j'étais superbe avec mon pantalon de toile et ma chemise Ted Baker. Une serveuse à queue de cheval me demanda si je voulais boire quelque chose en attendant l'autre personne. Non merci. J'étais sûr d'avoir déjà épuisé le quota qui m'était alloué jusqu'à la fin de la décennie.

Jessica arriva. Je la regardai marcher vers moi et s'asseoir avec une certaine appréhension.

— Salut, dit-elle.

— Salut, dis-je à mon tour.

Elle semblait fatiguée, ce qui était parfaitement logique étant donné les circonstances. Maquillage minimal, cheveux bruns ramenés derrière les oreilles, pantalon noir et cardigan vert acide boutonné au-dessus d'un tee-shirt blanc tout simple. D'accord, ce n'était pas la tenue la plus inspirée, mais elle était loin de suggérer le moindre symptôme précoce du Renoncement de la Veuve.

Au début, ce fut comme un premier rendez-vous, encore que ce fût un premier rendez-vous avec une femme avec qui j'avais couché maintes et maintes fois. Il y eut quelques temps d'arrêt et des moments d'hésitation qui retardèrent la conversation. Nous marchions sur des œufs, sans trop savoir comment aborder le sujet. Pour finir, j'y allai, tête baissée.

— Je croyais que tu me haïrais, lui dis-je.

— D'une certaine manière c'est le cas, dit Jessica. Mais pas plus que je ne me hais moi-même.

— Ces choses que j'ai dites à Connor à la fin, les cris et les insultes, je ne cherchais qu'à...

— Détourner son attention... je sais.

— Je n'en pensais pas un mot.

— Je comprends.

— Sais-tu où a eu lieu l'enterrement ? lui demandai-je, ayant pensé depuis le début qu'elle n'y avait pas été tout à fait la bienvenue.

— A Providence, où résident ses parents.

— Oui, cela semble logique, répondis-je en hochant la tête.

La serveuse à queue de cheval reparut. Jessica commanda un thé glacé et je gardai mon eau.

— Connor t'avait-il jamais dit que son père était très pratiquant ? demanda Jessica lorsque nous fûmes à nouveau seuls.

— C'est possible, pourquoi ?

— Parce que son père m'a appelée avant l'enterrement pour me dire qu'il désirait que je sois là. Il a cité la Bible et déclaré qu'il était prêt à me pardonner ce que j'avais fait à Connor. Tu peux croire ça ?

— Tu ne l'as pas tué, Jessica.

— Quand même...

— Oui, je sais.

La conversation retomba un peu, nous consultâmes le menu et passâmes commande. Jessica me posa des questions sur mon travail. Je lui expliquai que, comme elle, j'avais aussi démissionné — au détail près que, dans mon cas, je n'avais pas eu le choix. Elle voulut savoir si j'allais chercher du travail dans un autre cabinet en ville ou peut-être m'installer ailleurs. Je lui répondis que je n'y avais pas réfléchi.

— Et toi ? demandai-je. Tu vas essayer de travailler pour un autre magazine ?

Elle n'y avait pas réfléchi non plus.

Nous prîmes tous les deux les pâtes du jour. Penne aux crevettes et aux brocolis. Jessica toucha à peine à son assiette.

Une fois la table débarrassée, nous fîmes durer le temps du café. J'étais en train de mélanger un peu de crème lorsque, levant la tête, je vis les yeux de Jessica fixés sur moi. Son expression était éloquente. Nous allions revenir au sujet qui nous réunissait.

Jessica : — Ce jour-là, quand tu m'as appelée, tu as dit que nous devions parler. Que s'était-il passé ?

— Quelque chose que Connor avait dit, commençai-je lentement. Nous étions seuls dans la limousine la veille au soir. Au moment de sortir, il m'a dit qu'il était sûr que tu avais un amant.

— Comment pouvait-il en être sûr ?

— Il ne l'a pas dit. Naturellement, il ne voulait pas le dire parce qu'il savait que c'était moi. J'ai cru que peut-être tu aurais une explication.

Jessica secoua la tête.

— Je n'en ai pas.

— Aucune ?

— Je ne vois rien, dit-elle. Alors comment nous a-t-il trouvés ?

— Simple : il m'a suivi jusqu'à l'hôtel.

Jessica but une gorgée de café. C'était une grande tasse qu'elle tenait des deux mains.

— Il y a autre chose, comme tu peux l'imaginer, dit-elle.

— Quoi ?

— Cette histoire entre toi et Tyler Mills. Connor a dit qu'il pensait que tu avais tué Tyler parce qu'il était au courant de notre liaison.

Je ne laissai rien paraître.

— Je suis toujours aussi perplexe, dis-je. Ce qui est bizarre, c'est que ni toi ni lui ne connaissiez Tyler, alors où Connor aurait-il trouvé cela, je n'en sais rien. Ce n'est certainement pas moi. La seule explication plausible est que Connor était tellement furieux qu'il disait n'importe quoi pour se venger de moi. Tu l'as vu, non ? Tu as entendu ce qu'il voulait nous faire faire sous ses yeux... il délirait.

Jessica reposa la tasse. Elle me considéra, la tête penchée.

— Je crois que tu peux mieux faire, dit-elle en détachant les syllabes.

Je posai sur elle un regard sans expression ; elle croisa les bras sur la table.

— Il y a quelque chose que tu me caches, il me semble.

— Pourquoi dis-tu cela ?

— Oh, je ne sais pas, répondit-elle, avec une certaine irritation dans la voix. Peut-être à cause des deux visiteurs que j'ai eus hier. Je crois que tu les connais — les inspecteurs Hicks et Benoit ? Ils ont dit qu'ils t'avaient interrogé sur Tyler Mills. Et puis ils m'ont montré les photos.

Prudence, Philip.

— Que leur as-tu dit ? demandai-je en m'efforçant de garder mon sang-froid.

— Rien, rassure-toi. Ces photos étaient de toi et de moi, et j'étais convaincue qu'ils pensaient que nous avions joué un rôle dans le meurtre de Tyler. Et puis, je n'allais pas leur répéter ce qu'avait dit Connor sans te donner d'abord l'occasion de t'expliquer. Je te devais bien ça. Mais pas plus. Alors, *s'il te plaît*, dis-moi que tu as une explication.

— Ce n'est pas ce que tu penses, Jessica.

— Le problème, c'est que je ne sais pas quoi penser. Tu ne m'as jamais parlé de ces photos ni des inspecteurs. Tu m'as laissé dans l'ignorance de tout.

Elle se pencha au-dessus de la table, la lumière verticale lui illuminant le visage.

— J'ai joué mon rôle. Je me suis tenue à notre histoire. Maintenant à toi de jouer. Il faut que tu sois franc avec moi.

Ce n'était plus la Jessica impuissante dans cette chambre

d'hôtel. C'était la Jessica que je connaissais bien. La Jessica avec qui je faisais l'amour. Mon ambition érotique. La fille qui savait obtenir ce qu'elle désirait et à cet instant précis — avec une intensité considérable, ajouterais-je — ce qu'elle voulait c'était la vérité.

Alors, merde, je lui ai tout dit.

Parce qu'elle me tenait. Parce que le moment était venu de mettre un terme au mensonge. Parce que, après le prix qu'elle avait payé, je pensais qu'elle méritait de savoir. Parce que, si elle pouvait être ici avec moi alors que Connor était mort, elle pouvait également comprendre ce qui s'était passé avec Tyler, qu'il avait exercé un chantage sur moi. Sur *nous*, quand on y réfléchissait bien. Oui, elle pouvait comprendre.

Alors je racontai à Jessica ce premier déjeuner à l'Oyster Bar et comment Tyler me suivait. Les jeux auxquels il s'était livré ensuite, culminant avec sa visite-surprise chez Baltha-zar. « Mais, votre visage m'est très familier », avait dit Tyler à Jessica. Oui, en effet, et il avait les photos pour le prouver. Il y avait eu le rendez-vous dans le parc où Tyler avait aug-menté la somme et mon impression que je n'avais pas le choix. Que c'était lui ou moi.

Je lui décrivis mon plan. Puis la soirée elle-même. Le moment où je m'étais ravisé, ma crise de conscience. Le lit vide et Tyler armé du couteau. Comment il s'était rué sur moi et, enfin, cet horrible *clank !* qu'avait fait sa tête en frap-pant le radiateur.

Je lui dis tout — jusqu'à la lettre de Tyler, et quand j'eus fini, je demandai à Jessica, du fond de mon cœur, si elle me croyait.

— Oui, répondit-elle.

— Est-ce que tu comprends pourquoi je ne pouvais pas aller à la police ?

— Oui.

Mais à ce moment-là, ses yeux avaient commencé à se mouiller. Une larme solitaire glissait le long de sa joue. Elle se renfonça dans son fauteuil, les épaules voûtées. Elle ne pouvait pas savoir à quel point ce serait terrible. Et je ne pouvais pas savoir, point.

J'aurais dû suivre les conseils de Tyler.

Le parc. Ce petit détecteur qu'il avait passé sur moi. « Et

ça détecte aussi les micros, avait-il dit. Tu devrais songer à t'en procurer un. »

Sans blague, Tyler.

TRENTE-SEPT

Il n'existe pas de guide Zagat des prisons de la région de New York. S'il en existait un, je crains fort que le centre de détention Butler du comté de Wayne n'obtiendrait pas de très bonnes notes. Cuisine désastreuse, décoration désastreuse, service désastreux.

J'étais accusé d'homicide involontaire, avec réduction de peine si je plaidais l'accident ayant causé la mort sans intention de la donner. Ce qu'il y avait d'intéressant avec les micros qu'ils avaient demandé à Jessica de porter, c'était que cela revenait pour le procureur à proposer un tout ou rien. Ce qui signifiait que si on croyait un détail de l'histoire, on devait la croire en totalité. Ils ne pouvaient pas désigner mes actes comme intention de tuer sans reconnaître que je n'avais pu mettre mon projet à exécution. Ils ne pourraient jamais prouver que je n'avais donné qu'une vérité tronquée. Il n'y avait pas de témoins et pas d'arme du crime proprement dite. C'était ma parole contre... la mienne.

Jack avait proposé de me défendre. J'ai préféré lui demander conseil, et il m'a indiqué le ténor du cabinet Burnham, Burnett, Redway & Ford. En fin de compte, j'étais tout simplement trop abattu pour continuer à voir Jack. Je crois qu'il avait compris.

Quant à Jessica, que puis-je dire ? Je crois qu'elle aurait fait une excellente joueuse de poker, au bout du compte. Pas une fois elle n'avait laissé entrevoir son jeu. Elle n'avait jamais rien laissé paraître. Elle avait joué à la perfection.

Elle m'avait joué à la perfection.

Elle ne s'était pas tenue à notre version. Dès le départ, les flics avaient touché son point faible, son sentiment de culpabilité. Elle leur avait parlé de Tyler — répétant ce que Connor avait dit dans la chambre — et il n'avait pas fallu longtemps pour établir des liens connexes. Mes vieux potes les inspecteurs Hicks et Benoit n'avaient pas tardé à apprendre que leur petit avocat avait de nouveaux ennuis. Hé ! ce n'était peut-être pas ce marginal, finalement !

Pourtant, avec tout ça, ils n'avaient pas de dossier solide. Deux hommes seulement auraient pu l'étayer pour eux : Connor et Tyler. Le *hic*, c'est qu'ils n'étaient pas là pour témoigner.

Jessica était leur dernier espoir. Peut-être avaient-ils fait pression sur elle pour la convaincre de porter ce micro, ou peut-être m'en avait-elle voulu — dès l'instant où le coup était parti et que Connor était tombé. Cela dit, elle savait son rôle sur le bout des doigts. Et elle l'avait joué à la perfection. Elle avait préparé le terrain. Il ne lui restait plus qu'à exploiter ma confiance. *Je n'allais pas leur raconter ce qu'avait dit Connor sans te donner l'occasion de t'expliquer.* Elle m'avait attiré dans sa toile.

Telle l'araignée la mouche.

J'avais raconté toute l'histoire et, pendant ce temps, elle s'était contentée de regarder. Elle m'avait regardé droit dans les yeux. Et je l'avais regardée droit dans les yeux. J'avais cru y voir de la compréhension. Ce que je voyais en réalité c'était sa vengeance.

*

— *Randall !*

J'avais de la visite, m'annonça le gardien.

Je n'attendais personne. Mes parents m'avaient déjà rendu leur unique visite. Ils étaient passés en coup de vent et étaient repartis le jour même. J'avais eu l'impression qu'ils me rendaient leurs derniers devoirs. Comment le leur reprocher ? Leur fils s'était depuis longtemps éloigné d'eux, et ils ne pouvaient plus le reconnaître. Mais j'avais espéré qu'ils ne se sentiraient pas coupables. Je m'étais efforcé de leur expliquer qu'il n'y avait rien qu'ils eussent fait ou pas fait. Maman ne m'avait jamais mis de robe. Papa n'avait jamais abattu le chien sous mes yeux. Il arrivait que les gens soient tels qu'ils étaient simplement parce qu'ils étaient ainsi.

Quand je demandai au gardien qui était mon visiteur, il m'adressa son rictus :

— Est-ce que j'ai l'air d'être votre putain de secrétaire ?

Évidemment, à voir son gros corps, ses cheveux clair-semés, et son visage marqué de cicatrices d'acné, je trouvai que, oui, il ressemblait un peu à Gwen.

C'était peut-être elle. Jack lui avait fait part de ma requête de la garder au cabinet et c'était sa façon de me remercier.

Je parcourus le long couloir au plafond bas qui conduisait au parloir. Elle me tournait le dos, mais je vis tout de suite que ce n'était pas Gwen.

C'était Sally.

Sally Devine était venue me voir.

Elle me serra étroitement dans ses bras et m'embrassa sur la joue. Ensuite, elle recula et me regarda des pieds à la tête.

— Le jean ne vous va pas du tout, dit-elle en secouant la tête.

Je ne pouvais que partager son avis.

— Je vous ai apporté quelque chose, annonça-t-elle.

Elle ôta le papier d'aluminium qui recouvrait une assiette.

— Fondant au chocolat avec ganache framboise.

En effet, Sally m'avait apporté deux tranches de son gâteau préféré.

— Avez-vous réussi à glisser la lime à l'intérieur ? plaisan-tai-je.

— Non, mais j'ai cru rêver quand les gardiens ont donné des coups dedans pour vérifier. Je les aurais tués !

— Pas si fort, dis-je, pour rire. Les murs ont des oreilles.

Elle me serra encore dans ses bras. Je la remerciai d'être venue. Et je mangeai plutôt avidement les parts de gâteau.

C'était la première fois depuis longtemps que j'avais de la bonne nourriture.

— Jack sait-il que vous êtes ici ? demandai-je.

— Il croit que je fais des courses à Woodbury Common. Je ne crois pas qu'il y trouverait à redire, mais je n'ai pas voulu prendre le risque de lui en parler. Et j'aime bien l'idée d'avoir un homme dans l'ombre.

— Ce serait plutôt un homme *à* l'ombre, Sally.

— Oh, mon Dieu, je sais. J'ai du mal à imaginer comment vous pouvez vivre. Les choses se passent bien ?

— Le mieux possible.

— Jack m'a dit que vous pourriez être libéré pour bonne conduite au bout d'un an et demi.

— Espérons-le. Et dire que vous pensiez avoir des problèmes.

Elle sourit :

— Vous m'avez soutenue et maintenant je suis venue vous soutenir.

— Je vous suis reconnaissant.

— Je dois aussi vous dire que je ne bois toujours pas, dit-elle fièrement.

— Félicitations.

— Merci. A chaque jour suffit sa peine, comme on dit.

Je posai les yeux sur les murs de parpaing.

— Je sais ce que vous voulez dire.

Nous bavardâmes encore un peu et, au bout d'environ une heure, Sally me dit qu'elle reviendrait dans un mois — si j'étais d'accord.

— Plus que d'accord, lui assurai-je.

J'ajoutai que si je connaissais beaucoup de gens auparavant, peu d'entre eux se seraient déplacés pour moi, encore moins de manière régulière.

Elle accepta le compliment en me pressant l'avant-bras. Sur sa main autrefois lourdement parée de bijoux, je ne vis qu'un simple anneau de platine.

— Vous avez bien fait de ne pas mettre beaucoup de bijoux pour venir ici, lui dis-je.

— En fait, dit-elle en regardant l'anneau, je ne porte rien d'autre depuis un mois. Comme si j'étais une nouvelle femme. J'ai trouvé que tout ce clinquant était vraiment trop lourd.

— J'aime bien cette nouvelle femme, lui dis-je en l'embrassant sur la joue.

Je la regardai s'éloigner avant de regagner ma cellule. *Ma cellule.* A tout prendre, mon nouvel appartement ne mesurait que trois cent dix-sept mètres carrés de moins que l'ancien. Il me faudrait du temps pour m'y adapter. Et pour m'adapter à tout ce qu'était désormais devenue ma vie.

En regardant en arrière, je devais pratiquement me forcer pour croire que tout était vraiment arrivé. J'avais été victime d'un chantage et j'avais prémédité un meurtre, mais si je n'avais tué personne, deux hommes étaient morts à cause de moi. La femme que j'avais épousée pour son argent avait fini par me prendre presque tout le mien. Et la femme avec laquelle je l'avais trahie était celle qui, pour finir, m'avait trahi.

Des moments décisifs, on peut dire que j'en avais vécu à la pelle.

Je n'avais plus de dossiers à préparer, plus de chambres d'hôtels où donner des rendez-vous, et plus de tables à réserver au restaurant. Quant aux virées entre mecs, la télévision était allumée dans la salle commune de la prison de huit à dix.

Il ne me restait que du temps — du temps qui prendrait son temps avant que je puisse tout recommencer. Remis à neuf et réhabilité. Moins dangereux pour la société. Ce ne serait pas facile. Mais peut-être était-ce là le problème, depuis le départ. Tout avait été un peu trop facile.

La tentation était forte de sombrer dans l'amertume. Ma décision fut de laisser courir. Eprouver de la rancune eût signifié, une fois de plus, placer mes intérêts au-dessus de ceux des autres. Une très mauvaise habitude. Du moins, je puisais un peu de réconfort dans la pensée que Jessica savait maintenant que je n'étais pas le monstre sorti de ses pires cauchemars. Rien qu'un type au fond du trou.

Je la repris pour la relire encore.

La lettre de mon frère était arrivée quelques jours auparavant, de Portland, Oregon. Dedans, Brad ne parlait pas de mon infortune. Au lieu de cela, il avait choisi d'évoquer ce qui comptait énormément pour nous quand nous étions gosses. Des choses insignifiantes. Les souches de nos billets d'entrée au stade de Wrigley. Les dollars en argent que

nous avaient donnés nos grands-parents. La pierre volca-
nique que nous avions trouvée en creusant dans la cour de
derrière. Il écrivait qu'il ne se rappelait pas exactement à
quel moment ces choses avaient cessé de compter autant
pour nous.

Seulement que, lorsque c'était arrivé, ce devait être le
jour le plus triste de notre vie.

REMERCIEMENTS

Laura Tucker pour son intelligence, son esprit, et ce trait de personnalité en voie de disparition : le désir de prendre des risques.

Richard Curtis simplement parce qu'il est un vrai professionnel.

Rick Horgan pour sa grande perspicacité et son attitude toujours détachée. Une combinaison extraordinaire pour laquelle je lui suis éternellement reconnaissant.

Jamie Raab parce qu'elle entre dans la pièce et qu'elle me récite des vers sans efforts. Je ne connais pas de meilleur chemin vers mon cœur.

Jody Hanley pour son étonnante compréhension et son excellent point de vue. Si parfaite et si jeune, c'est trop injuste.

Harvey-Jane Kowal et Betsy Uhrig pour leur persévérance dans la guerre épique qu'elles ont menée afin de protéger la langue anglaise de mes incessants efforts pour la massacrer.

Nancy Wiese et Erika Johnsen pour être allées jusqu'au bout du monde pour moi.

Scott E. Garrett pour ses conseils avisés et pour la visite chez le dentiste.

Elaine Glass pour son esprit inflexible et son optimisme contagieux.

Ainsi que Stephen Schaffer pour son immense savoir. Mike Lewis pour avoir si généreusement donné de son temps et de sa sagesse. Paul Weinstein pour m'avoir toujours aidé, y compris pour ce livre. Et Ralph Pettie, le premier professeur qui m'ait encouragé à écrire.

Enfin, John et Harriet Roughan. Mon vrai du faux, modèle de confiance, et mon socle indestructible.

Colin Harrison

Havana Room

À la suite d'un drame dont il a été rendu responsable, Bill Wyeth a tout perdu : sa famille, son travail d'avocat, sa dignité. Désœuvré, il traîne chaque nuit sa solitude à la même table d'un restaurant de Manhattan. Mais dans cet établissement apparemment sans histoire, l'entrée du *Havana Room*, un salon très privé, lui est encore interdite. Bill se raccroche alors à une obsession : découvrir ce que cache cette porte toujours close... Une virée nocturne orchestrée par le nouveau maître du polar new-yorkais.

n° 3921– 9,30 €

DOMAINE ÉTRANGER, DES ROMANS D'AILLEURS ET D'AUJOURD'HUI

Bret Easton Ellis

Glamorama

Riche, jeune et beau dans le New York des années 1990,
Victor Ward évolue avec aisance dans cet univers
sans âme où règne la dictature des apparences. Sexe,
drogue et MTV : tel est le mot d'ordre de ces *people* qui
font fantasmer la planète ! Mais tout bascule dans l'horreur
lorsque Victor, à Paris pour un tournage, devient le témoin
de la violence aveugle du terrorisme. Avec un talent
époustouflant, Bret Easton Ellis nous entraîne du rire à
l'épouvante dans un monde où la violence la plus extrême
a la beauté du diable.

n° 3292 – 8,50 €

Hanif Kureishi
Intimité

« C'est la plus triste des soirées, car je m'en vais
et ne reviendrai pas. » Après six ans de vie commune,
un homme se prépare à quitter sa femme et ses deux
enfants. Il passe une dernière nuit à analyser sa rupture
et à imaginer sa vie future. À travers les confessions
intimes d'un homme en pleine crise identitaire, Hanif
Kureishi signe ici une réflexion désabusée sur l'amour
et la difficulté d'être un couple.

n° 3170 – 6 €

DOMAINE ÉTRANGER, DES ROMANS D'AILLEURS ET D'AUJOURD'HUI

Impression réalisée sur Presse Offset par

C P I
Brodard & Taupin

La Flèche (Sarthe), 42877
N° d'édition : 3613
Dépôt légal : juin 2004
Nouveau tirage : août 2007

Imprimé en France